我说红烧，你说肉

初曰春　著

群众出版社
·北京·

目 录

马大嫂进城

这些天，马大嫂一直没睡好，半夜里总会自己笑醒。

马大嫂本名叫刘水英，这名字是她年轻时自己改的，好像跟某个样板戏有关。嫁到马家庄之后，随了男人被人叫作马大嫂，直到男人死了之后，她才逐渐习惯并且乐意接受这个称呼。

这么多年下来，马大嫂把两个儿子拉扯大，吃过的苦、受过的累，还有遭的那些委屈，个把月也说不完。早几年，她总想把心里的苦水倒一倒，但所有事情都只能憋在心里。想想也是，家家户户都忙活着，谁也没闲工夫听别人瞎唠叨。也罢，有些事情没必要再提了。

苦日子总算熬过去了，大儿子在消防部队当了军官，小儿子上了大学，日子也越过越有盼头。尤其是最近这段时间，马大嫂实在是太高兴了，她恨不得让马家庄的人都知道自己要进城了。进城干什么呢？进城看大儿子，看她马上要过门的儿媳妇。

在此之前，马大嫂难受了好几天，因为她心里正烦着呢。

这些鱼啊肉啊的都臭了，兔崽子咋还不把儿媳妇领回来？马大嫂心里骂的兔崽子就是自己的大儿子马小刚。埋怨归埋怨，马大嫂不能说，她怕丢人，因为自己前些天去犁沟乡赶集的时候，就跟街坊邻居说了，要去买鱼买肉，等儿媳妇回家的时候摆酒席。现在眼睁睁地看着买来的东西都腐烂发臭了，她的心里边也越来越不得劲儿。马大嫂不是心疼那几个钱，如今日子好过了，就是没这些东西，杀只鸡、宰只鹅还是很简单的。所以马大嫂听见大鹅“嘎嘎”直叫的时候，踹开了房门几乎是一步冲进了院子里，朝着大鹅狠狠踢了一脚，气急败坏地骂：“畜生，你叫唤什么？早晚把你宰了算完！”

“马大嫂，这是谁招惹你了，让你发这么大的火？”村支书站在院门口探着头向里面张望。

马大嫂又撵上大鹅踹了一脚，才招呼村支书进门：“大兄弟，没啥，心里面堵得慌。来，来，快进屋。”

村支书笑了笑说：“不啦，不啦，我还得去乡里开会。我就是顺路告诉你，大侄子来电话了，说这几天忙，不回来了，让你进城看儿媳妇呢。”

忙，忙，就知道忙，也不知道一天到晚忙了些什么。眼瞅着村支书走远了，马大嫂的心里还是一个劲儿地嘀咕。

想得倒挺美，哪儿有婆婆去见儿媳妇的？祖上还没这规矩呢。不行，不能去，要让兔崽子老老实实地把儿媳妇领到跟前，我正儿八经地相一相，配不上的话就是拼了这条老命也不能应这门婚事。这个念头也只是闪了一闪，马大嫂见过儿媳妇的照片，而且马家庄的女人们几乎都见过儿媳妇的照片，人人都夸儿媳妇长得俊。她们都说自己有福气，找了个城里娃做儿媳妇，可以进城住大楼房享清福了。

可不是嘛，兔崽子捎信让自己进城，这是天大的喜事，我在这里赌什么气？马大嫂的精神头儿一下子又上来了。她把刚和过面的手朝围裙上擦了擦，又解下围裙挓挲着手，奔着村口一路小跑过去。

马大嫂知道，这个时辰村口的人最多，马家庄的女人都在那儿，有绣花的，有择菜的，还有纳鞋底的、看孩子的。马大嫂现在就要让她们知道，儿子让自己进城，去看自己的儿媳妇。

马大嫂一直这样，从儿子当兵走了以后，她就喜欢去村口，因为在那里，她能第一时间碰到邮递员，第一时间拿到儿子给自己写的信、寄的东西，第一时间听到街坊们夸赞儿子有出息。的确是这么回事儿，每次听到那些夸奖，马大嫂都会在嘴上骂："狗屁啊，那个兔崽子如果能出息，你们谁家的孩子都能当知府、当县太爷!"虽然嘴上这么骂，但马大嫂心里早就乐开了花。

马大嫂大字不识一个，她只是从戏文里知道，知府和县太爷是很大的官。马大嫂从没想过自己的儿子能当官，即便儿子来信说自己当了排长，她也没当回事儿，后来村支书告诉她"你儿子是咱村出的第二个军官"，她才模模糊糊地想起在打鬼子的电影上看过，排长好像是个官。可是这两年怎么不放电影了呢？兔崽子小的时候最喜欢看电影，还喜欢学着电影里的样子，找个玉米秸插上几个小棍当冲锋枪。兔崽子小时候可没少闯祸，天天自封司令带着一群孩子打鬼子，打烂过小学的窗户玻璃，放走过别人家栏里的猪和羊，还踩坏过园子里刚发芽的菜苗。兔崽子真没少挨他爹的揍。如果不是他爹走得早，他得挨多少棍棒和拳脚呢？

想到这里，马大嫂的步子又放慢了，她忽然想起，男人那年春上入土，自己险些跟着寻了短见。给男人送殡的时候，马大嫂脑子里一片空白，那时候她一手扯着马小刚，一手抱着小儿子，小儿子那会儿还没满月呢。

一想起自己的男人，马大嫂就决定不去村口了。她觉得自己真的是老了，老得昏了头，理应去坟头给男人烧点儿纸、敬杯酒，把这喜事唠一唠。这桩心事儿把马大嫂心里的兴奋劲儿全都搞没了，她拖着沉重的步子往家里走。

马大嫂心里乱极了，她既想马上见到自己的儿媳妇，又想去坟头看一看。

马大嫂开始生自己的气了，该早点儿把儿子娶媳妇的消息告诉死去的男人，也该早点儿把给男人迁坟的事儿告诉儿子。

马大嫂看着屋子里的相框，男人和儿子都在照片上朝着自己笑，看着看着，马大嫂就掉泪了，她抬起胳膊用袖子擦了眼泪，越擦泪越多。马大嫂奇怪男人死的时候自己都没哭过，这会儿咋就哭上了呢？

对着相框流了半天泪，马大嫂心里又亮堂起来，她决定还是先进城，见了儿媳妇再说。

马大嫂主意一定，手也跟着利索起来。她翻出给马小刚纳的鞋垫子，心里念叨，穿上娘做的针线活儿，再难的路也好走。她又找出给马小刚晒的地瓜干，心里又念叨，吃了娘做的小零食，心里再苦嘴也甜……马大嫂把所有想带给马小刚的东西收拾妥帖了，才想起该给自己找一件像样的衣服。马大嫂翻箱倒柜，找出了儿子给自己买的所有衣服，穿上又换下，换下又穿上，她实在是搞不准哪件更合适。马大嫂想，进趟城真麻烦，都说狗不嫌家贫、儿不嫌母丑，可我如果穿得不得体，儿子不硌硬，儿媳妇嫌不嫌？亲家公亲家母嫌不嫌？

马大嫂这样来来回回、反反复复折腾了好几天，就是下不定决心啥时候进城。她思来想去还是去找了村支书：“大兄弟，你还是给你大侄子打个电话吧。你跟他说，我不进城了，等他忙完了再把儿媳妇带回来。”

“马大嫂，你这是整的什么景？”村支书几乎不敢相信自己的耳朵。

“我寻思着也不差这十天半个月，我要真进城了，家里的鸡啊猪啊谁来喂？园子里刚种的白菜、萝卜谁来浇？”

马大嫂的话还没说完，村支书就乐了：“你可真是穷讲究，往后就是城里老太太了，几个禽畜、几垄菜地还看在眼里？”

“老辈的人不都说嘛，破家值万贯呢。”

“快别叨叨了，还是抓紧进城吧，再不去还不得把你急疯了？家里的事儿你放心，我搭把手就替你照应了。”

村支书的话让马大嫂吃了定心丸，她恨不得立即生出一对翅膀，飞进城，见到儿媳妇。

说起来也怪，前几天马大嫂睡不好是在梦里自己乐醒的，这回真要进城了，她反倒一整宿都合不上眼了，直到天亮的时候才偎在床头打了个盹儿。

鸡叫了两声，马大嫂就躺不住了。她拿起梳子蘸上水，把花白的头发梳了又梳，一直梳到了天放亮，才点起炉灶烧火做饭。屋顶的炊烟袅袅升起的时候，马大嫂已经喂完了猪、喂完了鸡、喂完了鹅。刚放下盛鹅食的铝盆，马大嫂又想起了一件事，她匆匆忙忙地跑到里屋，从床底下拖出一个土罐子，里边是腌好的咸鹅蛋，儿子最好的就是这一口，黄澄澄的鹅蛋黄，咬一口就淌油，香喷喷的。马大嫂还没来得及想象儿子见到咸鹅蛋的贪吃样，就闻到了一股子煳味，锅里的水烧干了。马大嫂又慌里慌张地掀开锅盖，加水煮鹅蛋，一个劲儿地埋怨自己："老了，真的是老了，过去这些营生闭着眼都能收拾妥当，今儿个到底是怎么了？"

马大嫂坐着村支书的手扶拖拉机到乡里的时候，屁股已经被颠得没了知觉，但她头脑很清醒，自己离儿子越来越近了。

村支书帮忙拦下一辆进县城的公交车，把所有行李搬到了车上，又专门嘱咐马大嫂："大侄子的地址和电话记住了吗？"

马大嫂微笑着点点头。

"钱啊什么的收好啊。"

马大嫂又微笑着点点头。

"到了以后，让大侄子给我来个电话，我们也好放心。"

马大嫂还没来得及点头，车屁股就冒出一股烟开跑了。

车慢悠悠地在山路上爬了起来，马大嫂依着村支书的话，找出了写着儿子地址和电话的字条。马大嫂不识字，但她觉得字条上那些钩钩叉叉的东西很亲切，像儿子小时候调皮的笑脸一样可爱。马大嫂又依着村支书的话，把兜里的钱拿出来，放到衬衣贴胸的口袋里。她紧紧地捂住自己干瘪的胸，居然想到了儿子小时候抓着自己的奶子吃奶的样子。马大嫂羞红了脸，她瞪大眼朝周围的人看了看，仿佛别人都看透了她的心思。

车子终于晃到了县城，马大嫂搬下自己的行李长长地舒了一口气。冷风一吹，马大嫂又想起一件事，她提起自己的包裹进了车站里的公共电话亭。

"闺女，你帮我给儿子挂个电话。"马大嫂低头伸展开手里已经攥湿了的字条。

女孩儿剔着指甲扬了扬眉，细声细语地说了句："长途六毛，市话三毛。"

城里的女娃说话的声音就是好听，模样儿也俊。马大嫂心里这么想着，就把字条递给了女孩儿。

女孩的脸色“唰”地变了：“哎呀，这么脏!”说完，就把公用电话推到了马大嫂的面前：“自己拨，自己拨，没看到我这正忙着吗?”

马大嫂的火气一下子从心底冒了出来，她忽然想起家里养的那只“嘎嘎”乱叫的大鹅，声音真刺耳，长得也难看。虽然心里这么想，但马大嫂绝对不能说出来，她还得让人家帮忙打电话。

“兔崽子，是我，你娘啊。”

“娘，你坐几点的车到啊？我算好时间去接你。”马大嫂捧着电话，几乎感受到了儿子“噗噗”地向自己的耳朵边吐来了热气。

“我还没买票呢。”

“咋还不买？快买车票告诉我哪班车，我接了你就带你去看房子。娘，我告诉你，我和你儿媳妇贷款买了套大房子，专门给你留了个房间，等我装修好了，就把你接过来，咱们一家子一块儿住，你也好早点儿抱孙子。娘，你快去买车票，现在就去!”

马大嫂几乎想摔掉电话，她抬高了声调训儿子：“兔崽子，催什么催？寻死啊，不就是买张车票嘛！兔……”马大嫂还没把嘴里的话说完，就瞥见公共电话亭里的女孩儿朝她翻了个白眼。她气呼呼地摔掉电话，迎着女孩儿的白眼恶狠狠地瞪了一眼，心里想，刚才没细打量，这娃真是没法看，眼圈蓝瓦瓦的跟吊死鬼一样，嘴唇红兮兮的跟吃了死孩子一样。

马大嫂终于上了车，车上的乘务员拿起话筒说：“各位乘客上午好，欢迎乘坐本次班车，本次旅途预计一个半小时……”

乘务员又叽里呱啦地用英语说了一通，马大嫂自然听不懂，但她还是从乘务员笑眯眯的眉眼和甜丝丝的声调里，感受到了城里女娃跟马家庄那些女娃的不一样。马大嫂的心情一下子晴朗了。她这才发现肚子已经“咕咕”地叫了起来，饿了，得吃点儿东西了。她早晨把一锅饭烧煳了，也没正经吃饭，现在该找点儿东西填补填补了。

马大嫂这么想着就从包裹里摸出了干粮和咸鹅蛋，她咽下一大口，听到喉咙里发出了“咕隆”的声响，就乐呵呵地想，兔崽子刚才在电话里说，让我搬到城里住，那城里能养鸡、种菜吗？下次我得把马家庄的那个土罐子带进城，给兔崽子腌鹅蛋。鹅蛋一定得腌好，黄澄澄的鹅蛋黄，咬一口就淌油……马大嫂又把咸鹅蛋塞进了包裹里，她不舍得吃，她要把它带进城，兔崽子就好这一口呢。

马大嫂又咬下一大口干粮，咀嚼了大半天，听见自己喉咙里又发出了“咕隆”的声响，才乐呵呵地继续想，兔崽子让我抱孙子，我得给孙子缝个红肚兜，再缝双虎头鞋，孙子能有多重呢？长得随兔崽子还是儿媳妇？都说男娃娃随娘女娃娃随爹，还好，儿媳妇长得俊。

马大嫂乐呵呵地啃了一会儿干粮，也乐呵呵地想了好大一阵子。她现在开始嫌车跑得慢了，恨不得马上见到儿媳妇。马大嫂忽然觉得给兔崽子打电话的时候好像忘了一件事，忘了什么事儿呢？马大嫂愣了好一阵子才想起来，电话上没说明白，该让兔崽子把儿媳妇带到车站，兔崽子见不见无所谓，身上长几根汗毛闭着眼都能数得清。

马大嫂又低头打量起自己的衣服，她用粗糙的手摩挲着衣襟想，儿媳妇不会嫌弃吧？要嫌弃了还让我看孩子哄孙子吗？孙子一定跟兔崽子小时候一样淘。兔崽子是随了谁呢？男人一辈子都很本分，马大嫂的心“倏”地凉了半截。这些时日正合计着给男人迁坟，这事儿该怎么跟兔崽子说呢？兔崽子会怪我吧？一定会怪，那兔崽子不蹦跶真是见鬼了呢。如果敢蹦跶我就狠狠踹他一脚，就像踹那只没事儿就“嘎嘎”乱叫的大鹅一样。不能踹，不能踹，踹坏了大鹅没法下蛋，兔崽子就吃不上那一口了。

马大嫂想到这儿，又从包裹里摸出一个咸鹅蛋。她盯着鹅蛋出神，直到车子来了个急刹车，鹅蛋碰到了自己的头，她也没觉得疼。

乘务员又拿起话筒说，旅客朋友们，前方发生车祸，大家少安毋躁。

少安毋躁是什么意思？马大嫂没多想，因为她已经看到了一辆大红色的车。车的样子很眼熟，那些忙忙活活的人穿的衣服也很眼熟，马大嫂记得儿子寄回家的照片里有这样的衣服、这样的车。

兔崽子这会儿在忙什么呢？也跟他们一样忙？肯定忙，不忙为什么不带儿媳妇回马家庄呢？多亏没回马家庄，要不男人的事儿还真不好交代。想过这些，马大嫂心里又敞亮了。

马大嫂就这么容易满足，心里一满足，就目不转睛地看那些跟儿子穿一样衣服的人。一个一个真精神，他们肯定跟兔崽子一样也爱吃咸鹅蛋，马大嫂忽然想，应该把这些鹅蛋分给娃娃们，这个兔崽子准保乐意，他向来都把别人看得比自己重要。

还没等马大嫂摸出包裹里的咸鹅蛋，车就开了，她把脸贴在车窗玻璃上，握着鹅蛋冲娃娃们摆手。

车子终于到站了，乘务员帮马大嫂提下了大包裹。马大嫂脚一落地，就觉得头有些眩晕，一屁股坐在包裹上，心里想，老了，老了，真是老了。

马大嫂盯着眼前粗粗细细的腿歇了一气儿，才想起忘了告诉儿子马小刚自己坐的是哪班车。字条呢？记了儿子电话的字条呢？马大嫂把浑身上下的衣兜都翻了个遍，又把盛干粮和鹅蛋的包裹翻了个遍，那字条怎么就自己长翅膀飞了呢？马大嫂的脑袋“嗡”的一声大了。

马大嫂的目光开始在人群里搜索，有那么几次都要喊出声了，她才发现自己认错了人。不能在这傻等，我得自个儿去找，我得让兔崽子还有儿媳妇知道，他这个农村来的娘也是好样的，不就是找个人嘛多大点事儿。在马家庄咱怕过啥？马大嫂信心十足地出了车站。

马大嫂抬起左脚又放下了，想迈右脚又感觉不对，眼花缭乱的车让马大嫂犹豫着不知到底该迈哪只脚。马大嫂细细地打量起路上的车，都闷着头冒着烟，就是没看见眼在哪儿，车的眼长在哪儿呢？别说，马大嫂还真看出了门道，她发现城里人跟乡下放羊一样，都是一群一群地走。她瞅准了机会，跟着一波人走到了马路对过。

马大嫂顺着路边的店铺，一家一家地问：“认识马小刚吗？我儿子，大儿子，在这城里当兵，穿红衣裳、戴钢盔帽……”马大嫂比画了半天也没人知道她说了些什么。谁能听明白呢？哪怕说个灭火人家也知道要找的是消防兵啊！

一路下来，马大嫂真的觉得累了，高楼大厦的缝隙里斜刺来的几缕阳光，晃得她心里也跟着慌了起来，再把脚踩到地上就有些轻飘飘的不那么真实了。

马大嫂把包裹蹾到地上，掏出干粮，想了想又摸出了一个咸鹅蛋。她攥着鹅蛋朝身旁的路灯杆上狠狠磕了两下，把剥下的鹅蛋皮扔在地上，跟着又上前跺了两脚。她轻轻咬下一口，心里骂道：“兔崽子，我这就把你最爱吃的给吃掉，看你娘能不能狠下心。”马大嫂又吧嗒吧嗒嘴，很生气地对自己说：“我这就回马家庄等着你，让你再跟我躲猫猫，你敢进门我就打断你的腿，我才不管儿媳妇怎么想。”

熟悉的炊烟把马大嫂的目光又拽到了天边。

马大嫂坐在山梁上望着山窝窝里的马家庄，心里又七上八下的：兔崽子这会儿在城里肯定着急了，儿媳妇也该埋怨我了。嗨，老了，老了，老糊涂了，真是想起一出是一出。

马大嫂一点儿都没糊涂，她一直等到天黑透了，才蹑手蹑脚地走进马家庄。在经过村口的时候，马大嫂又在心里盘算：赶明儿见了街坊邻居该怎么说？她闷着头走路，还没想出主意就到了家门口。门前的两棵槐树不知疲倦地站在那里，探向天际的枝丫像长长的手臂，舒展开来，矜持地随风摇摆，树叶在风中窃窃私语，好像在告诉她答案，又好像在笑她胡思乱想。这一切，马大嫂都没有理睬，她迈着坦然的步子走向家门，在开锁的时候，她冷不丁地冒出一句：“管它呢，先回家，再怎么着咱也算是进过城了。”

这天晚上，马大嫂踏踏实实地睡了一个安稳觉。

刺槐花开

马小刚

每年五月初，鱼鸟河畔的刺槐树都会挂满了花。那花先是白嫩嫩的，像一串串葡萄，春风一吹，就变成了淡黄色的，似蝴蝶般飘飘悠悠地洒满一地。那阵子，风是柔的，挟着淡淡的香气，令人心旷神怡。马家庄的人喜欢光着脚丫踩在落花上，软软的很惬意。这些都只是马小刚记忆深处的风景，每回忆一次，他都会执拗地加上些细节，让鱼鸟河边的景色变得更加迷人。

事实上，马家庄的人虽然赤脚在河坝上走，但他们不会去留意空气中弥漫的清香，步履总是匆匆的。他们风风火火地去麦地，趁着刚开春的季节，侍弄庄稼。春风乍暖还寒，行走的人们忽然感觉热烘烘的，身上、腿上刺刺挠挠的，很不舒服。马家庄的人会在刺槐花开的那几天，脱下笨重的老棉袄。

离家久了，马小刚会习惯性地过滤掉那些不太清爽的记忆。他向妻子和女儿描摹的是另一番风景。蓝莹莹的天，明晃晃的太阳，几朵白云飘在鱼鸟河的水面上，悄无声息。透过绿的树、白的花，不远处是成片青翠的麦子。麦苗随风伸展着小手，向天空探着脑袋，像一群顽皮的孩子。女儿总是忍不住发出啧啧的称赞声，吵着闹着要回奶奶家，但这个心愿却有那么一点儿奢侈。

现在终于好了，总算有机会可以经常带女儿亲近那片熟悉的故土了。

去年冬上，一纸调令，马小刚到市消防支队担任支队长。在这之前，二十几年的时间里，他一直在省会当兵。尴尬的是离家近了，回家看望老人的机会反倒没了。除夕、元宵都在部队上忙活，就连清明节他也没顾得上回家给父亲上坟。好在母亲识大体，不计较这些。也真是多亏了母亲，按照马家庄人的习俗，男人去世，长子理所当然要挑起一家人的担子。但母亲要强，说砸锅卖铁、沿街乞讨也得供两个儿子念书。在这一点上，母亲比马家庄的所有女人，甚至好多男人都要硬气。现在苦尽甘来，马小刚兄弟俩成了庄里最有出息的人。唯一的遗憾是，马小刚常年在外当兵，而且当的是消防兵，越是逢年过节就越是忙得不可开交。如果不是弟弟在老家有个一官半职，隔三岔五能回趟马家庄，母亲的日子还真难挨。

马小刚曾经把母亲接到省城想尽尽孝心，但不出半天工夫，母亲就坐不住了。她说城里的一切都叫人硌硬。天是灰蒙蒙的，人是吵闹闹的，街是脏兮兮的，自来水是黏糊糊的，就连太阳都是懒洋洋的。母亲总是念叨马家庄祖屋前那几垄菜，菠菜该浇水了，韭菜该开镰了，西红柿该打杈了，黄瓜也该搭架子了。马小刚知道，母亲是在想念屋前的两棵刺槐树。

那两棵树一大一小，一高一矮，被马家庄的人称为母子槐。据老人们讲，高的那棵是母亲嫁到马家庄那年栽下的，矮的那棵，马小刚曾经为它写过作文。作文的题目和内容他早就记不得了，但有关树的故事，整个马家庄的人都不会忘。

那年刚开春，母亲就挺着大肚子，在屋前槐树下的猪圈旁种下几棵南瓜。马小刚每天早晨都会跑到那里趴着看半天，等待南瓜破土发芽。终于有一天，两片嫩绿的芽瓣顶着清晨的阳光，伸了伸懒腰。晶莹的露珠煞是耀眼。马小刚欢喜极了，连蹦带跳地跑回家告诉母亲。等母亲拖着沉重的步子来到树下时，一只芦花鸡刚刚啄了南瓜芽，扑棱棱地飞走了。母亲心疼，踮着脚折断几根刺槐枝，弯腰插成一圈篱笆。马小刚的弟弟就在这个节骨眼儿上出生了。早产加难产险些要了母亲的命。父亲为了支付数额不多的医疗费，进山采石头摔死了。喜事变丧事，一家人的生活雪上加霜。讨债的人想把那棵刺槐树砍掉，母亲披肩散发地拦在树前，说人在树在。

没过多少天，南瓜苗用须子拍了拍扎成篱笆的刺槐枝，瓜蔓就大摇大摆地钻了出来。母亲刚要拔掉篱笆，却发现南瓜蔓攀附的一根刺槐枝已经发芽了。鹅黄色的嫩芽像马小刚弟弟肉嘟嘟的小手。

庄里人说马小刚的弟弟命硬，克死了父亲。母亲说扯淡，生死由命，庄里人就不敢胡扯了。他们怕母亲急红眼，撕烂他们的嘴。母亲一夜之间变成谁都不敢招惹的婆娘。只有马小刚知道母亲的苦。每天夜里，母亲都会一边抹眼泪，一边哄弟弟。更多的时候是在骂，骂老天爷不长眼，骂男人心太狠，撇下孤儿寡母自己去享福了。

日子过得苦巴巴的，好赖那年春天满树刺槐花开得喜人，那年夏天和秋天南瓜也争气，硬是让一家人挺了过来。母亲逢人便夸刺槐树，说这一老一少两棵树就是老马家的活命树。后来，母亲索性给马小刚的弟弟取名叫槐生。

小刺槐树一天天长高了，两棵刺槐树成了母亲的精神支柱，再经过马家庄人的渲染，母子槐就被传得神乎其神了。马小刚哥儿俩跳出农门之后，庄里谁家有孩子考学、外出打工，都要到树下烧一炷香，磕两个头。

不能再胡思乱想了，马小刚现在恨不得飞回马家庄，跟母亲一起坐在母子槐下，闻着花香一起唠嗑。可是，还没等进村，马小刚就看到树下围着一堆人。有几个妇女兴奋得脸都红了，她们对刚下车的马小刚说："瞧吧，你们政府都要逼出人命了，可真够狠的，逼得人家娘儿俩闹得鸡飞狗跳。"马小刚不知这几位年轻女人是谁家的儿媳妇，她们显然把自己当成了政府的干部。

马小刚拨开里三层外三层的人群。有人喊："马小刚回来了。"母亲斜瞅一眼，愣了一会儿，才慢腾腾地站了起来。

刘水英

马小刚的母亲叫刘水英，据说是看了样板戏《龙江颂》之后，根据主人公江水英的名字把自己名字改了。那个年代都这样，但凡有点儿想法的年轻女子，都想把自己打造成革命的铁姑娘。在别人眼里，刘水英是马家庄的传奇人物，但她自己从来不这么想。

如果不是在玉米地里见到刘水英，你肯定会把她当作城里人。脸面、脖颈、手臂、脚踝都白得似藕，最古怪的是，再毒辣的日头也晒不黑。还有那鼓胀胀的胸和圆滚滚的臀都一颤一颤的，极有弹性，让马家庄的大老爷儿们流下不少口水。男人活着的时候，不管庄稼地里的活儿有多累，黑了天还是会一头扎进她的怀里，在炕头上耕耘播种，乐此不疲。就为这个，刘水英没少骂男人，骂他毛毛糙糙地要作死。谁想男人真的死了。刘水英就埋怨自己的嘴巴太毒，而且差一点儿就跟着男人一死了之。因为，寡妇门前是非多。

马痦子是男人的三叔，比男人大两三岁。这人肯下力气，地里的庄稼被他拾掇得有板有眼，算得上马家庄的富裕户。可他就是讨不上媳妇。倒不是因为他眉心上长了痦子，实在是为人太差。马痦子是别人取的外号，他最大的毛病就是见了女人挪不动腿，不管是弟媳还是嫂子，但凡有点儿姿色的女人，他都管不住自己。他会乜斜着眼，眉心的痦子紧跟着就红得发紫。

刘水英感觉有风从背后吹来，掀起了肥大的土布褂子，有一丝凉意从后腰顺着脊背钻进了褂子里，又拐了个弯儿，抚弄起双乳。刘水英瞅了眼满地的阳光，亮赤赤的有些眩晕。刘水英猛地直起腰，回过头，看到了硕大通红的痦子。刘水英不知道马痦子什么时候来的，愣在了那里。马痦子的手就不安分了，揉搓了双乳，又急火火地抓了一把刘水英的屁股。带着烟臭味的气息扑到刘水英的脸上，鱼鳔一样腥臭黏湿的口水涂到了她的脖颈上。刘水英狠狠地咬了一口，把满嘴的血呸了马痦子一脸。马痦子眉心的痦子跟着变成了暗红色，风一吹，血渍变得发黑，像长了满脸痦子。马痦子的耳朵差点儿被咬掉，他恼恨地想用镰刀劈了刘水英。这小娘们儿真他妈的不识抬举，把该办的事儿办了，欠的债也就利索喽。

马痦子气不过，招呼人要砍掉刺槐树，刘水英就在这个当口上让马家庄的人领教了她彪悍的一面。

刘水英做梦都没想到，三十多年后，小儿子槐生会带人来砍树。

小兔崽子真是丧良心，没有这两棵刺槐树，开春揭不开锅的光景怎么熬？刺槐花是好东西，救过咱一家人的命哩。别给我讲什么大道理，还什么农村城镇化，屁！要想砍树，先把我这老太太砍了。别以为我不知道你心里的小算盘，一把屎一把尿把你拉扯大，撅撅腚我就知道你拉什么屎。别扯那些片汤汆丸子的事儿，什么干部家属带头为群众做榜样，谁是干部家属？我就是一个农村老太太，祖宗八代都是贫农。嗐，这样的儿子真不如没有，整个一白眼狼。报应啊！我刘水英上辈子造了什么孽？年轻轻的死了男人，拼死拼活把你拉扯大，这回过头来反咬一口，砍掉我的命根子，也不怕天雷劈了你。

刘水英坐在刺槐树下不哭也不闹，她说有理不在声高。她用目光在人群中睃寻，嘴里不停地数落，有理有据，条理清晰。庄稼人喜欢凑热闹，在他们眼里，谁家丢只鸡，菜园里少根葱，都很有意思。他们，特别是女人们，最爱把家长里短带到鱼鸟河边，一边搓洗衣服一边拉着呱儿，涮一涮，抻一抻，衣服洗净了，那些闲言碎语也就随着飘洒的水珠落进了河水里。如今没人再去鱼鸟河洗衣、择菜了。河瘦得像根鸡肠子，曲里拐弯儿，哩哩啦啦，在一座垃圾堆边，窝成了一湾臭水，很像一泡又黑又臭的鸡屎。庄里的女人们把阵地转移到母子槐下，可是今天被刘水英一个人占了。

今天的主角不光刘水英，还有她的小儿子马槐生。人们先是安静了一会儿，然后就不再矜持了。谁让这个老太婆的两个儿子都在外边做官？他们巴不得闹个鸡飞狗跳，动静越大就越叫人兴奋。真有好戏看了，这不，老大也回来凑热闹了。水泄不通的人群自动分开，像流淌的河水遇到块石头很快又合拢了，只有溅起的水花漫出一层雾气，还有嘈杂的水声。先前指指点点唯恐天下不乱的人们开始小声嘀咕。

刘水英一看到自己的孙女，就有些不好意思了。她慢悠悠地站起身，拍拍屁股上的尘土，整了整前襟，招呼街坊邻居。都散了吧，散了吧，该下地下地，该忙活什么忙活什么。人群片刻骚动之后又安静下来，他们眼巴巴地等待着，究竟在等什么，谁也说不清。毕竟，这个结果不过瘾。

刘水英把低垂的一缕头发撩起来，捋到耳际，环视周围的人，然后猛然间把目光锁定在一个人的脸上。刘水英忽然盯住人群中的马痦子，笑呵呵地说："想当年，庄里那么多人想砍树，我都没答应，现如今谁敢欺负我一个老太婆？别说是我的亲儿子，就是天王老爷来了，我也不答应！我今儿把话撂在这儿，干部家属我不敢当，我没那个觉悟。你们谁也别糊弄我，我是军属，打官司我不怵！小刚说过，碰到麻烦事儿，部队上会出面帮忙。都别在这儿围着了，我得捋把刺槐花，给孙女做槐花饼。"

人们终究没看到令人兴奋的场面，一个个悻悻然地离开了母子槐。没人像往常一样聚在树下叽叽喳喳，就连平日里喜欢在树荫下做针线活儿的女人们，也提着板凳、马扎，远远地朝这个方向张望。跟大多数人预料的结果一样，刘水英没让小儿子进家门，只把马小刚和孙女领回了家。马槐生在树荫下连续抽了几根烟卷，谁都看不清他的表情。

刘水英很快又把马小刚父女撵出了家门，她不想让孙女看到自己的另一面。刘水英把自己关在院子里，冲着鸡啊鸭啊的发火，脾气跟很多年前一个样。这些禽畜没惹她，可她就是瞅着不顺眼。两个儿子小的时候，她就偏心。煮熟了鸡蛋，要把蛋白留给小儿子，腌好的咸鸭蛋则会把蛋白给大儿子。好东西谁都稀罕。刘水英抬起脚踹在一只蹒跚走路的鸭子身上，吓得它抻长了脖子，“嘎嘎”地叫着，扑棱着翅膀，七扭八拐地跑远了。畜生，不长眼，翅膀硬了，挓挲着毛想飞啊！从小到大，想要什么就给你什么，惯出一身的臭毛病，连这两棵树都敢砍。打小就跟你说了，大刺槐树是我嫁到你老马家时栽下的，小刺槐树是生你那年发的芽，闹饥荒的时候，是刺槐花填饱了你的肚皮，那是祖上显灵，你爹开眼。不孝的玩意儿，猪狗不如。刘水英长叹一口气，提起猪食桶朝猪圈走去。她看到几只鸭子梗着脖子叫个不停，就一脚踢翻了鸭食钵，把猪食桶往地上一蹾又骂上了。那些个鸡蛋、鸭蛋都塞进驴肚子啦？可怜了老大，吃没吃好，穿没穿好，高中还没毕业就被打发到部队当兵了。小刚多懂事啊，憋着满眼眶子泪离开了家。每个月十几块钱的津贴，刨去零花全都寄回家了，不就是为了让你个畜生能继续念书？小刚呦，千万别怪嗔我，老太婆我当年瞎了眼了。早晚会遭报应，指不定哪天就让天雷给劈了。

马槐生

马槐生吃了闭门羹。马家庄的人都说母亲脾气硬，这回可算是领教了。自己好歹也算乡里的父母官，却在家门口把脸面丢尽了。

马槐生知道两棵刺槐树是母亲的命根子，可再怎么着也不至于这么神道，好像自己还有大哥能走到今天，都是托了树的福。要真这么灵验，我也不用遭那个罪，受别人挤兑。还有，大哥也可以在树前拜一拜，还值什么班，怕什么火灾。这老太太真是别扭，油盐不进，连自己儿子的工作都不支持，岂不让外人笑掉大牙？还有大哥，每次打电话都唠叨，说消防工作压力大，火灾隐患比老家的刺槐花还多，还因为这个寝食难安。玩什么浪漫？净整些文明词儿。一家不知一家的难，站着说话不腰疼，你到基层政府干两天试试。张家长李家短，东家油盐西家醋，用不了一晌午，准保把你折腾得嗓子冒烟、脑袋瓜子发胀。还刺槐花、寝食难安呢，不把你操弄得日娘骂祖宗，我马槐生把名字倒着写。大哥呀大哥，你就不能替我求求情？好像所有事儿都是我的错。你部队上讲究个执行力，地方政府也不能含糊啊！别以为当个消防支队长就有什么了不起，县团级是不假，可你顶多管几百个兵。我这乡镇一合并，手底下好几万的人口哪，春耕秋收，计划生育，乡镇企业，哪个不得我去操心。牢骚只能在肚子里发，马槐生还是得把事情从头到尾捋一遍。

马槐生有些后悔自己一时冲动。乡里组织开会，村干部骂骂咧咧，说群众意见很大，也很集中，都不肯搞什么统一规划。胡咧咧！没有困难要你们这些村干部干熊？马槐生当场骂了娘，他把桌子拍得山响，茶杯盖都被震到了桌子底下。直到扩音器发出“吱吱啦啦”的尖啸声，才把那些交头接耳的村干部给镇住了。马槐生越来越佩服区长了。到乡里报到前，区长就教他，在乡下工作手腕要强硬，方法要灵活，既要学会当公仆，又得学会耍流氓，否则根本压不住阵脚，方方面面都不尿你那一壶。现在看，话不中听，理儿对。马槐生寻思，就凭你们村干部一咧嘴，红口白牙叫叫苦，这工作就不开展了？纯粹是让我下不来台！这事儿好办，我亲自带队，就到马家庄，乡党委的班子成员统统下乡，包村包户，我看工作有多难。

智者千虑，必有一失。马槐生在自己母亲这里碰了钉子。不行，无论如何都得拔掉这颗钉子，上上下下都瞪眼瞅着呢！

谁知道他们都藏着什么心思。不管他们打什么算盘，我马槐生必须得靠谱。区委书记就要退二线了，区长接班顺理成章。更别说自己是区长点名提拔的，人家对咱有知遇之恩，于公于私都该贯彻好上级意图。乡村规划算什么，充其量是面子工程，区长虽然不指望这个出政绩，但他当了一把手之后肯定会有大动作。马家庄注定会消失，村民们都得统一搬到楼上住。缩小城乡差距，走城镇化的路子，都是中央精神。退一万步讲，没有上级精神，这一亩三分地也得让给宇众公司。宇众公司是区里唯一的上市企业，为了把这家公司的厂子建到区里，区长没少遭罪，也没少受窝囊气。那会儿咱只是区长的秘书，所有事儿都看在眼里，区长就差给人下跪磕头了。没办法，招商引资是重头戏，发展经济才是硬指标。宇众公司总算是点了头。他们想建硫酸厂就建，想开发房地产就开发，所有项目都亮绿灯。这不，宇众公司方面的头头儿说要建个铅厂，区长二话没说就同意了，碰到土地、环保这些挠头事儿，他还亲自往市里、省里跑，生怕企业不满意，弄得鸡飞蛋打。这就是信号，我马槐生必须讲政治。

算了，七七八八想这么多有什么用？当务之急是做通老太太的工作，左邻右舍都在耗着呢，自家老太太都整不利索，有什么资格要求别人。来硬的肯定行不通，戗戗急了，老太太真会拼命。有的村干部提意见，说给村民一点儿补偿金，这算哪门子道理？国有土地上零星栽种的苗木，都属于集体所有，哪儿有处置了公家的东西，还得倒贴钱给别人的理儿？再者说，乡里到哪儿弄钱？这工作才刚开始，回头还得硬化路面、竖路灯呢。就算有钱也白搭，从自家老太太这里来说，根本就不是钱的事儿。都说有钱能使鬼推磨，很多事儿靠钱还真白搭。有一次，找区里要补偿金，乡里开会研究，让我马槐生带上钱代表乡里去找区长。会上统一了思想，现在的世道都讲究这个，花出去的那部分钱回头找个由头冲冲账，会议记录不体现这档子事儿就是了。补偿金倒是争取到了，马槐生却在区长那里挨了顿批。区长说得明白，如果领导干部都这么个风气，还不如回家种庄稼。区长的话像是空洞的大道理，可听起来心里熨帖。碰到这样正派的领导，我马槐生有什么理由不干好工作？

马槐生想，还是剑走偏锋，让大哥马小刚帮帮忙吧。

马小刚和马槐生

还没等马槐生去市里，马小刚就到了乡政府。

马小刚带了个副处长，说是防火处的，要检查乡里重点单位的防火工作。马槐生拿起电话要通知宇众公司，副处长说不用打电话，要看看实际情况，一副公事公办的样子。马槐生没计较这些细枝末节，他心里揣着事儿。他把工作交代给乡长，就一扭头钻进了马小刚的车子里。

马槐生一个劲儿地夸赞宇众公司，说自从宇众公司把厂子建到乡里，消化了周围村里过剩的劳动力，村民们都叫好，说再也不用出远门打工，也不愁拖欠工资，在家门口干活心里踏实。说到这里，车颠了一下，马小刚像是点了下头。看着马小刚闭着眼睛似睡非睡的样子，马槐生有些愤懑。可他知道，有事儿相求，必须心平气和。马槐生停顿片刻，又觍着脸介绍："村民们的收入高了，生活也跟着好了起来，乡里统计，目前乡政府驻地农贸大集的贸易额和税收在全区排第二，这个数据没掺任何水分。这次乡里对各村统一规划，宇众公司出了不少资金，他们马上要建铅厂，这个项目一上马，又可以解决大批农村剩余劳动力。"随行的副处长插话："少说几句吧，我们首长在休息。”马槐生心想，大哥可真会摆谱，官架子越来越大了。这个副处长也挺逗，居然不知道我俩是亲兄弟，倒也不能怪他，别说名字上看不出是兄弟俩，就是长相上也没法让人把他俩扯到一块儿。马小刚长相随母亲，他本人跟父亲像一个模子刻出来的。一想到母亲，马槐生就愁开了。他瞥了一眼副处长，闷起头，学着马小刚的样子，佯睡起来。

在宇众公司，马小刚始终没有言语。他板着脸，把眉头拧成了大疙瘩。检查结束了，马槐生对后来赶到的公司负责人说：“虽然你们给乡里做了贡献，解决了那么多剩余劳动力，但今天这顿饭还是得你们埋单。”

马槐生的哈哈还没打完，马小刚就冷不丁地冒出一句：“剩余劳动力？农民的土地哪儿去了？”马槐生被这句话戗得哑口无言，他只能听从马小刚的安排，回马家庄的祖屋里吃午饭。

屋子里黑洞洞的，马槐生好大一阵子才适应了光线。他看到母亲捏着根针，在头发里划了一道。母亲正在纳鞋垫。马槐生凑过去，夸赞母亲针线活儿利索。母亲没抬头也没吱声，用手指上的顶针推着针屁股，把绣花针的针尖扎进了鞋垫里。马小刚连忙解嘲，问母亲打算把鞋垫送给谁，上面竟然还绣了“踩小人”。母亲冷冰冰地回答说：“留给我自己，踩死你这个小人。”马槐生委屈极了，朝着马小刚嘟囔：“哥呀，我是咱娘亲生的吗？都说娘俩没有隔夜仇，咋就这么歹毒呢？”马小刚尴尬地笑笑，吩咐马槐生去大门口撸刺槐花。他要亲自下厨为弟弟做顿槐花饭。

马槐生盯着槐花饭心不在焉，他要说服马小刚帮忙做通母亲的工作。“我得把咱娘搬到城里住，一大把年纪了该享几天清福了，咱娘若不同意，大哥你想法把咱娘搬到你那住几天。这里早晚都得拆迁，先让老太太到城里适应一段时间，免得心理上接受不了。”

马小刚放下筷子问：“拆迁？”

“嗯，宇众公司要建个铅厂，这一带都得拆迁，早一天晚一天的事儿。”

马小刚想到了鸡肠子一样的鱼鸟河。小的时候，河面开阔，河水清冽，下地干活的乡亲口渴了，趴下就喝，凉滋滋的，甜丝丝的，很爽口。马小刚经常带着槐生一起在河里摸鱼，为这个可没少挨骂。母亲说槐生是火命，跟水犯冲。看来这小子真是跟水有仇，好好的鱼鸟河都给败坏了。还宇众公司呢？纯粹是愚弄大众的公司，地方政府这些领导心里不明白？他们脑子里都在想什么呢，真是猜不透。

马槐生似乎从马小刚的沉默里得到了一点儿暗示，他开始滔滔不绝地宣讲自己的目标。什么三步走六招棋，听起来头头是道。真的就那么完美无瑕吗？马小刚让马槐生冷静下来想一想，光鲜的数字背后是什么。马槐生说：“想过，任何事物都要一分为二辩证来分析，要发展就得付出代价，有些时候得发扬革命传统，排除万难不怕牺牲。”马槐生的这套理论让马小刚恼怒：“发展凭什么就得牺牲乡亲们的利益，让他们埋单？”马槐生不以为然，他说：“发展就得有阵痛，阵痛都是暂时的，比方咱娘，砍掉这两棵树，刚开始心里肯定不爽快，等看到群众都过上了好日子，肯定会乐得合不拢嘴。”

马小刚心想完了，绕来绕去只盯着眼前的蝇头小利，那个公司投资的项目都是污染大户，一时的繁荣都是虚假的，昙花一现的灿烂背后是断子绝孙的勾当。马槐生恰恰不这么想，他觉得马小刚是老顽固、老保守，有污染很正常。他说：“等经济发展起来，有了钱照样治理得山清水秀。再说了，当初把厂区建在乡里，区长也是通盘考虑的，所有污染都顺着鱼鸟河流到别的县区了。从这点来看，区长是个好父母官，等区长干了区委书记，我也被提拔成副区长，我不但可以给咱老马家光宗耀祖，还可以在更大的舞台上施展才华。”马小刚痛苦地闭上眼，弟弟槐生已经走火入魔啦。

马小刚不再跟马槐生理论，他转过头安排副处长：“回去组织业务骨干，查查宇众公司的几个厂，该查封的查封，该关停的关停，对那些责任人该拘留的拘留，绝对不能遗留半点儿火灾隐患。”马槐生不敢相信自己的耳朵，大哥这是怎么了，这不明摆着把自己往火坑里推吗？“行，你要敢查宇众公司，我就组织工人去上访！”

“滚，都滚！干那些丧天良、丢良心的事儿，小心让天雷劈了你！”母亲刘水英终于憋不住心里的怒火，把哥儿俩撵出了家门。

马槐生气呼呼地上车走了，马小刚独自在母子槐下踱步。才一天的工夫，地上已经是落英缤纷。微风吹过，他下意识地抽动鼻翼，却闻不到一丝花香。

马璐瑶

马璐瑶从小就向往田园生活。马家庄和鱼鸟河的故事，就像老家祖屋前的刺槐树一样，早就在她的脑海里生根发芽了。她跟父亲马小刚说过，这辈子最大的愿望就是编一份杂志，专门刊登各地的秀美风景和风土人情。为了这个梦想，她没有遵从父亲的意愿报考军校，而是选择了一所重点大学的中文系。马璐瑶明白，父亲有两大心愿，一个是让她女承父业继续穿军装，另一个是记住家乡的山山水水永远别忘本。父亲的第一个心愿她无法满足，第二个她责无旁贷。更何况她跟父亲亲密无间，这一点熟悉他们父女的人都知道。记得上中学的时候，她曾经跟马小刚撒娇，说爸爸对她这么好，上辈子他俩肯定是情人。谁知道马小刚皱着眉头不认账，说没那么玄乎，只不过是平日里在部队上忙顾不上家，再不对闺女好点儿说不过去。本来挺浪漫、抒情的氛围，被父亲破坏得一塌糊涂。

马璐瑶觉得父亲虽然不会浪漫，却很感性。汶川地震的时候，他看着电视新闻就能掉眼泪，外省发生一起亡人火灾，他指着电视骂娘。这不，自打从马家庄回来以后，马小刚的情绪就反常了。虽然父亲在别人面前一声不吭表情坦然，实际上内心早就波澜起伏了。别说马小刚，就连自己一个在城市里长大的女孩儿，仅凭跟故土那丝血脉相连的关系，就根本无法忍受那里发生的一切。马小刚心里憋着一肚子火，闷着头跟谁都不说话。马璐瑶决定帮父亲一把。

为了自己的梦想，马璐瑶正在报社实习。她想找记者把马家庄的事儿报道出来，通过媒体引起社会关注，最不济也能形成个内参，让有关领导知情。她的想法得到了一位资深记者的支持，两个人专程跑到马家庄。他们关注的不是那两棵刺槐树，而是那里人们的迂腐。所有人都在夸赞宇众公司，他们看到的是眼前的各种实惠，有什么比真金白银更叫人欢喜呢？马璐瑶他们取得了大量第一手素材，只用了一晚上的时间就写好了稿子。部门主任看过之后很兴奋，用他的话说，已经很久没见到这么有深度的报道了，表面上看是在写民生，实际上是通过这个现象挑破了地方政府不作为甚至乱作为、恶作为的脓疮。部门主任让她们继续跟进，做好跟踪报道，说这事儿肯定是一枚重磅炸弹，搞不好会引起官场上的地震。但是，结果却让马璐瑶大失所望。稿子被枪毙，那位带着她一起采访的记者很不甘心，却又无奈。这事儿再明白不过了，这次报道触动了某些人的利益，太敏感了。

马璐瑶有一种挫败感。她犹豫了半天，还是忍不住去找父亲诉苦。马璐瑶从父亲凝重的表情里感到一丝不安。马小刚虽然联想到一些问题，但他没想到会比预料的更复杂、更糟糕。马小刚止不住怒气，坐在沙发上唉声叹气好半天，才无可奈何地劝女儿别难过，说这事儿跟刺槐树的枝条一样，扎手。马璐瑶这才知道，父亲也碰上了硬茬儿，去宇众公司检查消防安全的工作组还没出门就被拦了下来，市里的主要领导打电话，让消防支队多去公司指导工作，为地方经济服好务。父亲说，这话很有意味，领导的话你得悟，人家不会给别人留下把柄。马璐瑶明白了，连消防这样的执法部门都拿它没办法，媒体更是无能为力了。不过，马璐瑶还是挺佩服父亲的。因为父亲说了，要尽快联系省消防总队派个检查组，市里受干扰有阻力，省里来或许能把它扳倒。说这话的时候，马小刚伸出大手在面前做了个砍刀的动作，马璐瑶想父亲这次是动真格了。

第二天，马璐瑶看到父亲仍然愁眉不展，细端详还有些蔫头耷脑，好像苍老了许多。马璐瑶想躲进自己的房间，给马小刚腾出个安静的场所，却被父亲拦住了。父亲说省里也拿他们没招儿，有背景啊。末了，父亲不得不安慰自己说，这样也好，省得让你槐生叔难堪。

马小刚的不甘变成了痛苦，全都写在了脸上。马璐瑶有些心疼，必须想个法子，不光为父亲。马璐瑶进了书房，打开电脑。她要修改那篇稿子，通过网络发到各大论坛上，通过手机发到微信上。什么腰带哥、大表叔不都被网络掀下马了吗？有成千上万的网民转发吐槽，估计比传统媒体效果还要好。马璐瑶开始敲击键盘，那些字符因为注入了情感而变得十分灵动。马璐瑶很快完成了这项工作，但她没急着把这些文字发到网上，她觉得再配上图片就更有视觉冲击力了。对，明天就回马家庄拍照片去。

这天夜里，马璐瑶做了个梦。鱼鸟河发了洪水，好多村民都在水里扑腾着，向她求救。槐生叔叔的情况最糟糕，有些发福的身子不断下沉，马璐瑶伸出手，抓了个空，却看见奶奶踩着祥云飘到了眼前。奶奶把叔叔从水中一把捞了出来，拽着头发飞到了家门前的刺槐树上。马璐瑶看到父亲在树杈上向她招手，还看到奶奶脚下的那朵祥云变成了一团刺槐花。

马璐瑶在刺槐花的清香中醒了过来。窗外电闪雷鸣、大雨倾盆，她想把自己的想法告诉马小刚，让父亲帮忙看一下写好的那份材料。可是父亲已经走了，天不亮就冒雨赶到了马家庄。马璐瑶掏出手机摁下了熟悉的号码，电话那头传来父亲疲惫的声音。父亲说他正跟槐生叔叔一起在抢险一线，现在形势非常严峻……电话中断，马璐瑶这才发现梦境变成了现实。

马璐瑶的手机 QQ 上蹦出一个对话框，是一条新闻：马家庄遭遇新中国成立以来最严重的洪涝灾害，坐落在鱼鸟河畔的宇众公司硫酸车间发生泄漏，下游村庄受到严重污染，受灾面积或将达到三千余亩。

不知什么时候，手机“吧嗒”一声滑落到地板上。马璐瑶浑然不知，盯着窗外墨黑的雨幕出神儿。一道明亮的闪电从天际劈来，撕开了黑暗。马璐瑶在越来越近、越来越响的雷声中打了个寒战。她忽然意识到，自己已经没必要在网上发文章了。

奶奶告诉她，这辈子都没见过那么大的雨，还有那么响的雷，真是吓死人了。奶奶还说，她眼睁睁地看见母子槐的树冠上炸起一个球形闪电，把两棵刺槐树都从头顶劈到了根。在树下避雨的马痦子被吓了个半死，雨停了就变成了疯子，满大街跑来跑去，还一个劲儿地嚷嚷作孽遭雷劈。

奶奶说这话时，就坐在客厅里，她虽然离开了马家庄，可总是喜欢一个人对着墙角念念有词。她在念叨马家庄，念叨鱼鸟河，当然，念叨最多的还是刺槐树。

在永无休止的自言自语中，奶奶的身子骨一天不如一天，她已经迈不开腿、挪不动步了。马璐瑶心里清楚，即便奶奶的身板还硬朗，也不会再回马家庄了，因为祖屋前的母子槐，还有鱼鸟河畔的那片刺槐树都莫名其妙地死去了。

腊梅花开

一

今年的秋天不比往年，马家庄的人还没来得及把秋粮收进囤里，天就下起了雪。先是刮了三天大风，把树下厚厚的落叶一扫而光，紧跟着天就阴沉了脸，仿佛遭遇了极大的不幸，硬是把远山近水涂成了乌黑色。按老一辈的经验，第一场雪通常不大，没必要担心，可这一回十分反常，大雪铺天盖地、来势汹汹，整整下了两天两宿，地上的积雪已经很厚了，半空中还悬挂着厚厚的云层，压得人喘不过气来。

马致远从炕头上蹦下来，趿拉着鞋，走到堂屋，推了推房门。门早已被院子里的积雪堵住了，他抬起头，隔玻璃仰望天空，像在打量一个灰头土脸的人。听见动静，爹在里屋瓮声瓮气地问，干什么去。马致远原本想说扫扫院子里和街门口的雪，寻思了一会儿，还是没吱声。他转过身蹲下来，在地上抓起一把柴草扔进了灶膛。火苗被压下了半截身子，光线也跟着暗了下来，在昏暗的光影中，马致远的脸色变得更加难看。

柴草还有些水分，显然不适应骤然而至的高温，它们扭曲着身体，发出噼噼啪啪的声响，冒出一股黑烟之后才安分下来。火苗恢复了常态，不知疲倦地舔着锅底。马致远一直蹲在那里，直到腿脚发麻，也不肯站起来。身体有些僵硬，他感受不到一丝温暖。

马致远从口袋里摸出烟，伸手从灶膛里拽出一根木棍，用棍子尽头微弱的火点燃香烟。他狠狠地吸了一口，又贪婪地吸了一口，才站起身来朝里屋走去。他的步子一瘸一拐，脚板踩在地上软绵绵的，因为蹲得太久，整个脚掌还有脚趾像针扎一样疼。

马致远抬腿坐在炕沿上，缭绕的烟雾模糊了他的面孔。他下意识地缩了缩脖子，把烟头掐灭扔在地上，又侧身躺到了炕上。窗外的雪花依然漫天飞舞，好像起风了，风顺着窗缝钻进屋子，冷飕飕的透心凉。院子里梧桐树的叶子还没落尽，它们在风雪里瑟瑟发抖，那些残存的绿色已经毫无生机，冷不丁瞥一眼，倒有几分张牙舞爪的样子。

刚下雪的那天头晌，爹娘跟来家里串门的邻居说，这天邪行，收个庄稼都不叫人安生。邻居扯开嗓门笑了半天，说还死盯着几粒庄稼干吗，赶过了年就搬到楼上住了，别说你家致远在部队上当官，就是俺这样的庄稼把式也不指望那个了。爹就笑话人家没远见，指望那点儿拆迁的赔偿款早早晚晚都得喝西北风。爹说得在理，但马致远就是觉得这话别扭。

也不知怎么了，自打托同村的远房亲戚马小刚让他当了消防兵，然后又在部队上提了干，爹就时常把“远见”两个字挂在嘴边，好像这兵不是他马致远在当。马致远对这个词特别敏感，现在想起来浑身都打冷战。天冷只是一方面，更要命的是心已经凉了。先前马致远不会抽烟，整个人往那一站就清清爽爽、利利索索的，可现在他不但嗜烟如命，也开始不修边幅了。气不顺啊！别人很难体会他内心的感受。

按说爹是个很开明的人，早些年在乡粮管所工作，七里八乡很有名望，大家都夸他德好。在马家庄一带，“德好”是对人的最高褒奖，相当于城里人评价一个人的人品好。乡下人表扬人或讽刺人用词跟过日子一样，都很节俭，多一个字也不舍得用。也许是穷日子过怕了吧，爹听说他要娶王雪梅，气得鼻子都歪了。爹说：“你眼瞎啊，我娶个农村娘儿们遭一辈子罪你看不见？还非得娶个农村女人回来！”马致远说：“我跟你那会儿不一样，我现在已经正连职了，结了婚就可以让她随军。”爹接着就骂：“你这纯属放狗屁，那么多城里的好闺女你不找，偏从乡下找个拖后腿的。别的不说，你从城里买房子，我领了拆迁费，好歹能给你贴补点儿，她家在山沟沟里，穷得叮当响，凡事都得指望你。”马致远不再言语，他把希望寄托在娘身上。

印象中，爹提过类似的话题，那时候马致远还小，只要扯到娘拖累了爹，家里总要闹个鸡犬不宁。有那么一次，娘还以死相逼，吓得爹觍着脸一个劲儿地赔不是。这一回娘一声不吭，末了蹦出一句：“我跟你爹就那命，你要跟那个叫什么梅的扯拉不清，我就不认你这个兔崽子。”马致远当时就懵了，他说：“行，你们再逼我，我就打一辈子光棍。”紧跟着家里就炸开了锅。娘哭得一声高过一声：“行啊，兔崽子，当个兵翅膀也硬了，你要真有这骨气，我就到金牛山跳崖去！”

金牛山在马家庄的背面，村前的鱼鸟河就是那里的山泉水汇集而成的，许是沾了山里的灵气，鱼鸟河里的鱼、虾、虫、草都格外机灵。附近村子的乡亲们都说马家庄风水好，光马氏家族就出了好几个当官的。人们有个朴素的观念，学而优则仕，只要有个一官半职就能光宗耀祖。马致远知道爹心里憋着一口气，他希望自己有出息。这里面有很多原因，不说也罢。倒是娘的态度让他无法接受。

王雪梅是马致远的中学同学，家住在金牛山的另一面。在他们上学的时候，就生出了一点儿小情愫，马致远当兵以后，两个人的关系才逐渐明朗。头两年，娘病怏怏的，王雪梅干脆搬到了他家里伺候。马家庄的人都夸赞。有一阵子，娘也是逢人便夸，谁料想，几年下来反倒成了这样。在庄户人眼里，单身女子未过门就住到了男方家里，那就等于认了这门亲。如果顺着爹娘的意愿，让别人来看，那王雪梅就成了二手货。

窗外传来嘎巴嘎巴的声响，梧桐树的几根枯枝被积雪压折了，或粗或细的枝丫随风摇摆，马致远盯着枝丫愣怔了许久才猛地醒过神来。雪梅啊雪梅，你一定在痛恨我，请原谅我的懦弱。爹娘都很善良，我无法改变他们，你一定在耻笑我。因为你，我成了烟鬼、酒鬼，我可以作践自己，却没有胆量接受你。是的，在部队我是一个勇敢的人，成千上万次地出入火场，我从未皱过眉头，但在你面前，我只是个胆小鬼。

雪梅，你不要哭，我喜欢看你笑的模样儿，我为你牵肠挂肚，魂灵因此留在了马家庄的山水间。尘世间，很多男人会爱上许多女人，而我心里只有你一个。你曾经说我是威武的勇士，可我不配，根本不配。我有勇气舍弃生命，却没有勇气反抗爹娘的意志。那些难以忘怀的时刻，无时无刻不在摧残我的意志。

在美丽的金牛山脚下，你那扑闪的睫毛，还有会说话的眼睛，都让我拥有了第一次心动。咱们为风水问题争论不休，你说你信命，我说这世上能够主宰命运的只有自己。现实摆在这里，我根本无法摆布自己的人生，我无法安慰你，更无法饶恕自己。你哭出来吧，哪怕只是滴几滴泪水。我看不到你眼中的泪花，但你却因我悲伤欲绝。置身在悲惨的境遇里，就如同在漫无边际的黑夜里游荡，很容易失去自我。

雪梅，你肯定知道金牛山的美丽传说。说是牛郎的牧牛从天上下凡，在人间选此美境栖息，它每天食山间百草、饮河间清水，浑身的皮毛金灿灿的。碰到谁家穷得揭不开锅，牧牛就会抖下几根汗毛，汗毛落地就成了金条。后来官府知道了这个秘密，命官差把牧牛逮回去，牧牛不肯就范，用牛角顶开山脊，奔入山中，山体合拢之后，被人称作金牛山。人们把金牛山当作神山，据说很灵验，特别是男女相爱，只要金牛托梦，就一定美梦成真。可这座神山也保佑不了我，我马致远依然噩梦连连。

二

在梦中，马致远无数次与传说中的牧牛相遇。

牧牛也会吸烟，它嘴里叼着烟袋锅，烟火一明一灭，衬得眼睛闪闪发亮。马致远从牧牛的眸子里看到了自己的身影，有些佝偻的躯体让他自惭形秽、不敢吱声。牧牛抽完烟，瞥一眼马致远，清了清嗓子，晃晃脑袋，居然唱了起来："天蓝蓝山青青，遇见我那心上的郎，剪下云朵绣花床，我伴郎君诉衷肠，天蓝蓝山青青，遇见我那心上的郎，踩上天边七彩虹，我与郎君隔桥望……"尖细的嗓音和婉转的唱腔让马致远倒吸一口凉气，末了，牧牛又来了一嗓子："郎君与我海誓山盟，世事弄人却难相恋，只求松柏盖身尸骨全。”唱完山歌，牧牛竟然泪水涟涟了。

马致远听罢一时无语，他的胸脯剧烈地起伏，喘着粗气有些哽咽。牧牛在这个时候说话了，它说：“你们的事情我都知道，你俩天生一对，只是……”只是什么马致远没听清，他只觉得天旋地转，醒来才知是一梦。因为梦境，马致远的身上已经完全被汗水湿透了。他不敢再面对王雪梅，纵使鼓足了勇气也无济于事。实在没有脸面再见面了，一切都像是被下了咒语。

跟王雪梅的最后一次相见是在去年冬上，确切地说是在去年老兵退伍之后。马致远在部队上送完退伍老兵就请假回了马家庄，他兴冲冲地给心上人发了短信，相约在金牛山脚下碰面。那里有一片洋槐树，春天的时候，漫山遍野的槐花开得灿烂，像一团团白色的云朵簇拥着，如同仙境。可在初冬时节，树叶全都落光了，只有一棵腊梅还生机勃勃。整座金牛山或者说周围的村落里也只有这一棵腊梅，马致远搞不清它的来历，事实上也没必要为这费心思。只要有腊梅的存在，他们约会的地点就明朗了。而且，最关键的是，在万物萧条的季节，绿意盎然的地方不亚于一处风景，会让人心情变得愉悦。

一瞅见王雪梅，马致远就三步并作两步迎了上去。毕竟穿着一身军装，固有的矜持让他有些羞涩。倒是王雪梅显得落落大方，她仰着脸问：“想我了吗?”马致远点点头。王雪梅又瞪大了眼上下打量马致远，美丽的目光咄咄逼人。他忽然发现对方的眼神里还透着些豪放，热情似乎能让枯木逢春、朽木发芽。温润的唇把马致远想要说的话堵在了嘴里，那份柔软启动了身体的马达，整个躯体都如火一样炽烈燃烧。马致远恨不得将面前的这个女人融化。事后，马致远经常回想当时的一些细节，却怎么也记不清如何拒绝了对方。

王雪梅悄无声息地哭了，马致远安慰她：“早一天晚一天你终究是我的女人。”这应该算作承诺，可在现实面前却又那么不堪一击。临分别时，王雪梅咬了半天嘴唇才挤出一句话：“你如果外边有人了，我不阻拦你。”王雪梅转身走了，在马致远眼里，即使背影也能让金牛山的美景黯然失色。

约会的当天晚上，马致远跟爹娘摊牌，他怎么也没想到两位老人的反应会那么强烈。特别是娘，跟变了个人似的，陌生得让他心悸。娘矢口否认雪梅照顾她时的万般好处，不但挑出了许多毛病，还说自己身子本来就没事儿，人的寿限早就命中注定了，不是谁照顾几天就能怎么样的。那些毛病显然都是鸡蛋里面挑骨头，但马致远无法说服爹娘，尤其是娘，一旦把事情跟命运扯上边，就算你有天大的本事，也无法改变她的想法。没办法，老人信命。

马致远担心娘的身体状况，只能旁敲侧击地告诉老人，如果做得绝情了，旁人会说风凉话。别看庄户人家没读过几天书，大字不识几个，但在很多事情上，心里亮堂着呢。再者说，好事不出门，坏事传千里，人家倘若知道是他马致远甩了王雪梅，唾沫星子都能把他淹死。娘根本不理这个茬儿，她说要骂也是骂我们老两口，你在部队上，八竿子够不着。在这件事上，爹和娘的意见出奇地统一。

接下来发生的事儿是马致远始料未及的。在马致远即将结束休假准备归队的头一天早上，娘把村里的殷婆子请了回来，说是让殷婆子去王雪梅家跑一趟，一来看看生辰八字合不合，二来探探对方家里的口风。马致远一听就乐晕了，以为事情会有转机，连想都没想就答应了。整个上午他都坐立不安，恨不得到村口迎接殷婆子。

殷婆子是这一带的名人，早些年专门给人当媒婆，撮合了不少男男女女。有一年，儿子遭了车祸，她就变得疯疯癫癫了。她平常跟正常人没什么两样，遇到一些事儿，就猛然间口吐白沫，全身抽搐，说自己是牧牛上身，紧跟着就说些稀奇古怪的话。别说，她癫痫状态下说的话都八九不离十，让人们不得不服气。有人就私下里喊她神婆。媒婆也好，神婆也罢，在金牛山附近很受尊重，因为这份尊重，所有人都忘了她的名字，直接喊她殷婆子。

人真的不能有什么念想，因为念想是个很奇怪的东西，它能叫人快乐无比，也能让人痛苦不堪。马致远的爹娘抱着同样的念想，他们盼望殷婆子早点儿回马家庄，早点儿给他们回个话。一上午，娘都心不在焉，干活丢三落四。而马致远则是魂不守舍，备受煎熬。娘在灶前忙活着炒菜，马致远在炕上向窗外张望。他们彼此心照不宣，谁都不肯点破。

殷婆子踩着饭点儿踏进了家门，两杯酒下肚，就打开了话匣子。她说："两个孩子八字合婚。"这话刚说完，娘的脸色就变了。殷婆子没理会，从盘子里夹起一块肥肉，吧唧吧唧嚼了一会儿，直到嘴角淌出了油，才咽进了肚子里。她拿筷子一指马致远说："那闺女不正经，我掐算了，跟三个男人睡过觉，至少打过一次胎。"马致远一听就急了。殷婆子又拿筷子指了指说："你别不信我，你自己说，你俩有没有去过金牛山，嗯，就是山脚下，在腊梅树那里，办了什么事儿？你知她知我知，天知地知还有腊梅树也知。"马致远顿时哑口无言。

殷婆子什么时候走的，马致远全都记不住了，他把自己灌醉了。他隐约记得，殷婆子还说，那棵腊梅刚想开花就枯了，不信自己去看看。马致远头痛欲裂，他无论如何也不相信算命的，既然有那么大本事，干脆把自家算准了，过上好日子不就得了？可他必须承认殷婆子不一般，居然能知道他们约会的地点。马致远迷迷瞪瞪地去了一趟，腊梅花居然真的枯萎了，见鬼！

那天下午以及整个晚上，马致远都昏睡不醒。他情愿永远这样下去，不再清醒。没有什么比这个更残忍啦，殷婆子似乎开了天眼，既然能看到我们约会，那就应该能看到别的什么。真是知人知面不知心啊，王雪梅你竟然背着我跟别的男人不三不四，还怀过别人的孩子，难怪那天那么主动，身子都脏了，真是腌臜透了。

第二天上半晌，马致远才醒过来，趴在炕头上，五脏六腑几乎都要被吐出来了。盯着满地秽物，他有些恍若隔世。一切都是真的吗？不，不可能！在部队上，无论训练多苦多累，马致远从未如此狼狈过。他拖着沉重的步子，离开了马家庄，离开了金牛山，回到了部队。这一路上，他想了许多，仿佛身子、大脑，所有的一切都不属于自己了。时隔一年，直到今天，此时此刻，马致远依然疲惫不堪。他实在无法排解心中的苦闷，他已经被残酷的现实摧残得体无完肤。

三

马致远一骨碌从炕上爬起来，望着窗外纷飞的雪花，遥想金牛山脚下那棵腊梅。去年被殷婆子说中了，原来已经有了花骨朵、正欲开放的腊梅花枯萎了，也让马致远心中盛开的爱情之花凋谢了。那阵子，马致远不再相信爱情，一切都来得太突然了，把他变成了一个孤独无助的可怜虫。

马致远回到部队以后，一年一度的冬训工作就开始了。前些年，兵役制度没改革之前，几乎所有部队都是这样，在老兵已经退伍、新兵还未补入的这段时间，会开展冬训，人员较少，加上季节的原因，一般不会组织业务训练。就拿马致远服役的消防部队来说吧，他们会在这个阶段组织体能训练，估计是要在这个时节为官兵储备必需的能量。体能训练不像是健身房里的运动，时间一长就会显得枯燥乏味。如此一来，马致远就更加打不起精神，训练时总是恍惚，有几次还险些出现失误，差点儿惹下乱子。如果不是有马小刚这层关系摆在那里，估计得挨处分。

所有事情都无法与他人分享，马致远连个倾诉的对象都找不到。忍耐让他遭遇了前所未有的寂寞。他把烟酒当作依赖，在一个人的世界里体会度日如年的痛楚。王雪梅不是水性杨花的女人，不能因为殷婆子的信口雌黄就怀疑自己的爱人。在经历了无数次的内心挣扎之后，马致远决定给王雪梅个说法。

现在，马致远很后悔当初过于优柔寡断，难道真如娘所说，一切都是命中注定？他找不到答案。他觉得自己还不如窗外的梧桐，它最起码可以坚守最后一丝绿意。可自己却走不出内心的桎梏，一步一步陷入泥沼。直到这次休假回家，马致远才知道，在他醉酒的那天下午，王雪梅不干净的事情已经传遍了马家庄。

秘密被一张张嘴巴接力传递，很快就被传得神乎其神，这种事情刺激了人们的兴奋点，很多传递者甚至把自己当作传闻里的旁观者，似乎他们亲眼见到了一些事实。一些细节说得有鼻子有眼。有人说那个女人穿着红色羽绒服，打出租车在政府大街东边的路口下车，在那里待了三分钟之后，接了电话才进了旁边的一家宾馆。也有人说那个经常跟她见面的男人将近五十岁，都有些秃顶了，长得很富态，那个男人陪她去过医院妇产科，肯定是去打胎。还有人说，她是傍上大款了，真是有钱能使鬼推磨。有熟悉王雪梅的村民为她打抱不平，说这孩子打小本分，不可能办这种丢人现眼的事儿。很快就有人反驳，净他妈的瞎扯淡，人总是会变的。遇到个别男人说句同情话，家里的女人就会揪住不放，非得让男人交代清楚，好像跟王雪梅有一腿的是自家男人。

金牛山一带的村落有他们的习惯，对不三不四的女人都不肯直呼其名，仿佛喊了名字会脏了自己的嘴。哪怕有些事情只是推测和猜疑，人们也不肯原谅。苍蝇不叮无缝的蛋，你自己没毛病别人也不会说三道四。就这样，王雪梅在他们嘴里变成了那个女人，她被公众架到了道德的审判台上。很多人听说之后，只蹦出一两个字，“操”或者“日她”，他们用吝啬的语言表达莫名其妙的愤怒。

消息很快传到了王雪梅的村子里，这一家人是最后的知情者。据邻居讲，王雪梅的娘哭天喊地，差点儿喝了农药，王雪梅的爹气急败坏，非要让她把事情说清楚。王雪梅说自己只是在县城一个饭店里当服务员，巴掌大的地方怎么敢明目张胆地干什么见不得人的事儿？这些话被传开之后又变了味道，人们说，瞧瞧吧，自己承认了不敢明目张胆，那说明可以偷偷摸摸，这样的事儿谅她有一万个胆子也不敢穷显摆。

王雪梅被定性为万恶不赦的女人，她的一举一动都激起了人们无限的好奇。穿得稍微时尚点儿，有人会说她想勾引男人，描个眉或抹个唇膏也会成为她风流的证据，更可怕的是，她戴口罩出门也会被人指责，说她还算有那么点儿廉耻，知道自己没脸见人。

事情闹得沸沸扬扬之后，王雪梅她爹曾经攥着刀子，想找马致远一家拼命，如果不是邻居拦着，后果不堪设想。没有什么比这更残忍的了，在庄户人家的眼里，面子比命还金贵，更何况这是有辱门风的窝囊事儿。始料未及的是，王雪梅的爹娘能忍住，他们的儿子忍不住。

王雪梅的弟弟在省城大学读新闻专业，寒假回家的时候，听说了这件事后气愤不已。他发挥自己的专业优势，明察暗访，找到了根子。一切都应该归罪于殷婆子，都什么年代了还搞封建迷信，险些害了人命。他把事情经过编了条微信，起了个吓人的标题：神婆一张嘴断送别人一条命。一夜之间，微信被上百人转载，点击率过万。他的同学还配上了图片，转发到微博、QQ 空间和其他网站上，已经被逐渐淡忘的旧事又被网络炒热了。王雪梅的弟弟一不做二不休，请已经毕业在媒体工作的学长帮忙。

经过网络和媒体的发酵，派出所的民警介入了。就在殷婆子被抓的那一天，王雪梅离家出走了。马致远时常想，如果当时自己不那么颓废，知道一点儿老家的信息该多好，最起码可以安慰一下雪梅，总不至于让她不辞而别。马致远仰在炕头上，呆呆地盯着对面的白墙，墙上除了村里给军属发的一张慰问信，就没有别的东西了。可在马致远眼里，平整光洁的墙面变成了挺括的幕布，很多个镜头依次而过。

幕布上有一丛鹅黄色的迎春花，那时候马致远的部队驻地刚开春，紧接着是粉嘟嘟的桃花，然后是丁香麦穗般的花蕾悄悄绽放，有紫的，有白的，争奇斗艳。但在马致远面前的幕布上，这些花暗淡无色。王雪梅的身影不知何时出现在花丛间，她的姿色照亮了怒放的丁香花，马致远抽动鼻翼，似乎闻到了喷涌而至的花香。马致远伸出手，花丛中的雪梅却怨艾地瞪了他一眼，扭转了身，渐行渐远。丁香花被碰落了，猛地变成了那棵花苞枯萎的腊梅。

马致远的心变得空落落的。是的，王雪梅出走的时间正是丁香花开的季节，大半年过去了，她依然渺无音讯。马致远现在嘴巴发苦，但还是忍不住点上一支烟，希望能在缥缈的烟雾中找到一丝慰藉。他很多次在虚幻的世界里见到了翩翩起舞的雪梅。可是雪梅不会跳舞，一切都是幻觉，恍然如梦。烟灰落到了炕上，烟烧到了手指他才打了个激灵，回到了现实。

通过短信、微信和QQ，马致远给王雪梅发送了无数条信息，刚开始是质问和愤怒，到后来是歉意和乞求，但他没有收到任何回复，一个字都没有。可那时候为什么就不能直接打个电话呢，真叫人不可思议。他扔掉烟头，犹犹豫豫地摸出手机，向熟悉的号码再次发送了那条短信：我已回村，今天上午10点，腊梅树下不见不散。马致远抬起手，看看腕上的手表，离10点还有半个钟头。瞅一眼窗外越来越密集的雪，他缓缓地推开窗子。大雪已经封门，他毅然决然地从窗户跳了出去。

马致远在雪地里踉踉跄跄地朝村后的金牛山跑去，近了，越来越近了。他已经看到了那棵腊梅树。他有些眩晕，因为他影影绰绰看到树下站着一个人，仔细辨认，那身影太熟悉了，是雪梅，没错，就是雪梅。

雪梅顶着一身白雪，嘴里呼出的热气让她的面孔有些模糊。哦，不是热气，是雪梅在抽烟。马致远跑过去，夺下抽了半截的烟，狠狠地扔到雪地里。在“吱吱”的声响中，雪梅淡然一笑说：“你别冲我发火，你没资格，咱俩见这一面就两清了，你也彻底死心吧。”马致远这才意识到，雪梅化了浓妆，不知是天寒还是抹了深色的唇膏，反正她的嘴唇乌青发紫。雪梅头也不回地走了。马致远看到她的屁股在超短裙的包裹下，一扭一扭很扎眼，那双腿上的渔网袜，一个个网眼就像张开的一张张大嘴，像是要把整个世界吞下。

雪下得更稠了，腊梅树的枝丫在风中瑟瑟发抖。马致远眯缝起眼，仔细端详，腊梅树上没有一个花骨朵。他伸出手抹了一把眼，眼眶潮湿，眼角却是焦干的。回家吧，一切都被大雪埋葬了，包括来时的脚印。

马致远一步三晃地朝村子走去，炊烟从马家庄的上空升起，拽着他的视线飘向远方。只有脚下的步子是真实的，雪地上那两行长长的脚印，过不了多久也会被落雪抹平。

如同经历了艰辛的长途跋涉，马致远终于回到了家里。这天下午，马致远躺在炕上发起了高烧，他梦见腊梅花开了，雪梅在树下咯咯地笑个不停。

格桑花开

您没猜错，这是个跟雪域高原有关的故事。如果您有耐心读完它，您或许会觉得这是我在杜撰，比如女主人公的名字，就会让您不舒服，但偏偏就这么凑巧。

还有，您一定觉得题目很俗气，很有可能被它倒了胃口，但我还是决定把它写出来，因为它与我有关。

我设想了很多种开头方式，最终还是顺从了自己此时的心情，我准备找几个关键的节点，为您讲述事情的来龙去脉。尽管这极有可能影响您的阅读快感，但我还是固执地写下了这个开头，并且为自己寻找了开脱的理由。我有些语无伦次了。

2015年8月19日，拉萨贡嘎机场

从未想过天会离自己那么近，我完全有理由相信，伸出手就能触摸到云彩。可我没有心情欣赏美景，我的心思不在这上面。

先作一下自我介绍。

我叫夏冬，一个不务正业的程序猿。程序猿是别人对我们软件专业从业者的戏称，带着点儿调侃，可能是因为我们通常会在夜深人静的时候编写程序，趴在电脑前敲代码的样子很像长臂猿。不管别人怎么说，我始终觉得这个比喻很恰当。我都忘了自己为什么会选择一个跟专业毫无关联的工作。

我现在干的是码字的营生，说好听了，算是个自由撰稿人，说难听点儿，也就是个没找到工作的网络写手。

我依然在夜深人静的时候干活儿。只需要电脑和香烟，我就可以完成我的写作任务。我跟网站签了合同，每天更新五万字，您或许会认为这个数字有些可怕，但山外有山，有的同行可以每天更新十多万字，天知道他们用了什么法子，一天下来，不吃不喝、不去茅房，只是敲键盘又能打出多少字呢？

跑题了。

怎么说呢，这是份非常艰辛的差事，我要取悦我的读者，揣摩他们的好恶，才能拥有更多的粉丝。我相信，其他同行也有同感，这只是猜测，因为同行之间几乎没有任何交集。大家都是各写各的，越是天马行空越能换来点击量，我的所有收入都指望这个。我还没达到顶级水平，没有出版社为我出书，更没有影视公司购买我的影视改编权。还好，我比那些刚入门的网络写手要强，虽然都靠此谋生，我比他们要体面很多。

我忽然意识到，我的表述拖泥带水，在网络平台上写作让我已经习惯了这样的状态，一丁点儿的事情我都会把它变得没完没了，否则我很难完成既定的工作量。

哦，差点儿忘了说了，我为自己找的理由是，写作是一件相对自我的事情，我必须依照自己的意愿来敲打键盘。

废话少说，还是讲讲我自己的事情吧。

我是来挽救爱情的。

我的女朋友叫格桑，别误会，她是汉族人，我的大学同学，确切地说是我的学妹。天知道她犯了什么邪，当兵就当兵吧，非得选择西藏。

该怎么形容格桑呢，她是那种外表高冷、内心火热的人。我们认识的时候，正流行“超女”和“快男”，那些一夜成名的人就是她的偶像。她把自己的头发也剪短了，一副男孩子的打扮，说话还故意压低了嗓门。那时候，我的思想非常保守。我无法想象，一夜之间就冒出了那么多草根明星。最关键的是，女人都霸气外露，男人反倒娘儿们得不像个样子。选秀节目捧红的那些年轻人多数是不男不女的，令人费解。可以想象，当时格桑给我留下的印象好不到哪里去。

究竟什么时间我跟她走到了一块儿，这个还真不好说。一切都顺理成章，一切又出乎意料。就像格桑忽然通知我她要去当兵，令我惊愕不已，显然超出了我的心理承受极限。

在贡嘎机场，我首先要面对的是高原反应。在北京出发之前，我算计了半天，机票钱是不能省的，住宿可以挑条件差一点儿的宾馆，红景天就没必要买了，一盒一百多元，得多少点击量才能换来啊，心疼。格桑极其厌恶我的这个习惯，她觉得男人必须大气，还曾经在正式场合对我旁敲侧击。真是一家不知一家的难，我要是有好的家庭背景，自然也会给足自己面子。

可我的老家在远方，一个叫马家庄的小村子，连父亲都是倒插门的，就差把我的名字叫成马冬了。

没钱自然会矮三分，这是真理。否则，我不可能跟自己较真，搞得最后差一点儿丢掉小命。其实，如果早点儿较真可能就不是这个结果了。

当初格桑说要去西藏走走，我还说中国这么大就该去转转。她说要去当兵，我也以为是心血来潮。谁能想到，她动了真格。一周前她就通知了我，我没当回事儿，反应实在是迟钝。没别的办法，只能进藏。

到了贡嘎我才知道，这不是人待的地方，说句话都气短，更别说干别的事情了。

2015 年 8 月 20 日，拉萨布达拉宫

真是太粗心了，格桑说要进藏当兵，我压根没当回事儿。

这些天，网络上最火的词儿是“最帅的逆行”，上个礼拜的一场事故让橘红色的背影成了民众关注的热点。我的网络小说都是玄幻的，很少涉及现实生活，包括消防，即便如此，现在我也不得不跟随大众在网络上吐槽。可我怎么也没想到，格桑也会当消防兵，而且是到西藏当消防兵。

我从贡嘎机场赶到拉萨，直接去了布达拉宫，我要去朝拜，让历代活佛保佑我找到格桑。当然，还有个很重要的原因，我对西藏消防知之甚少，但我知道布达拉宫里面有消防队。是的，我在网上看过写他们的新闻稿，说他们如何无私、多么伟大。说实话，我不太相信甚至有些抵触过于正统的宣传，我总怀疑其中掺杂了水分，这世道都是人人为我，哪来那么多奉献？不敢想象。

请允许我质疑世上的一切，一个写作者必须有别于常人，人云亦云是写不出好作品的。可是，我被那里的消防兵给镇住了，用网上流行的话讲，那真是吓死宝宝了。他们正在训练，每个人一手提了一盘水带，顺着坡路往上跑，我的乖乖，这是要逆天啊。我连说句话都不利索，总要喘上一会儿粗气，他们竟然健步如飞。

我找到他们领导，他正在队伍前指挥训练。我一张嘴，他就咧嘴笑了。在遥远的他乡，浓重的乡音成了特别通行证，他很爽快地回答了我的问题，还邀请我到他们队上坐一会儿。我摆手拒绝了，紧跟着就没了知觉。

醒来的时候，我躺在布达拉宫消防队的宿舍里，那位萍水相逢的消防队领导让我好好养病。我说，谢谢叔叔，我得去找人。他说，别瞎折腾，有事儿他会帮忙。

我的脑袋跟炸了一样，平常熬夜没当回事儿，现在觉得能打个盹儿都那么金贵。恍恍惚惚当中，我一直噩梦连连。我梦见了格桑。我向她飞奔过去，眼见就到她身边了，她的四周燃起了熊熊大火，近在咫尺却无法牵手。

那位领导给我带来了消息，说格桑已经到部队报到了，但现在人去了天津，去参加入警大学生集训了。我连连感谢，他说都是老乡，没必要客气。我知道我该回内地了。我想用自己的方式对他表示感谢，说有空的时候为他们写封表扬信。他委婉地拒绝了。他说，布达拉宫的消防兵跟其他地方的都一样，干的都是良心活儿。我对这个说法很感兴趣，终因高原缺氧导致思维迟钝，什么也没说出口。

跟他告别的时候，他跟我说，我不是什么领导，我只是个中队长。看我一副懵懂的样子，他又跟我解释说，中队长相当于大部队的连长。实在不好意思，我把人家喊老了，连长一级我怎么能喊叔叔呢，可他黝黑的脸、干燥的皮肤，还有头顶并不多的头发，一看就是四十多岁的样子。

不过，这些对我都不重要。我现在恨不得立即飞回内地，马上找到格桑。我承认，我就是这么自私。

2015年8月20日，天津消防培训基地

格桑拖着行李箱，踩着自己的身影，进了这个陌生的营区，心里的喜悦已经从眼角流到了嘴角。

在此之前，格桑从未想过进部队。她打小就讨厌部队，她始终把部队叫作鬼地方，可现在居然穿上了军装。一切都像梦一样，是一时冲动吗？不是，绝不是。

格桑跟一般的女孩子不同，别看平时大大咧咧的，但对自己的人生规划得非常细致。大二的时候，她就做好了计划——考研，最好是去美国。为了这个目标，她比别人都要用功，别人还在为英语四级冲刺的时候，她已经拿下了六级；别人刚通过了英语四级考试，她就已经完成了托福考试。格桑只想去美国读研，心目中的学校只有一个，那就是麻省理工。

那时候，格桑刚刚认识夏冬，她毫无保留地表达了自己对他的好感，可夏冬似乎并不买账，扭扭捏捏没个爽快话。格桑打过退堂鼓，在恋爱问题上，一般都是男生主动，大胆表白反倒让自己陷入了尴尬的境地。真是没劲。

有段时间，格桑想，你夏冬有什么了不起的啊，不就是会写几篇臭文章吗？这样的人，在文科生里一抓一大把，但她又不得不承认，那些文字在夏冬的笔下变得灵动，凭空为他的整体印象加了分。最为尴尬的是，格桑是个轻易不肯服输的人，她觉得自己必须把对方拿下，那样会有一种成就感。

从某种意义上讲，夏冬以网络写作为生，是受了格桑的影响。格桑当时挤对他，说他也只是会写几句酸不溜的打油诗。夏冬不服气，格桑就吵吵，说你有本事就写网络小说。夏冬说，very easy。那阵子，格桑最喜欢的是网上连载的《心理罪》，她觉得每一个情节设置得都是那么巧妙。令格桑感动的是，夏冬非常用心地开始了网络文学创作。他说，哪怕没有读者，也要为格桑一个人写下去。

夏冬就是这么执着，格桑尤其喜欢他这一点。但此时此刻，如果夏冬真在眼前，格桑会扒了他的皮。

太气人了！一大早就电话不断，既然拒接了，就该明白什么意思。现在倒好，领导刚组织开会，准备让大家作自我介绍，手机铃声就响了。领导虽然没说什么，但众人把目光都聚集到了自己身上，挺没面子。格桑果断地挂断电话，摁下了关机键。

坦白地讲，夏冬身上有很多优点，否则格桑早就把他甩了。交往两个年头了，除了在花钱的事情上特别小气，其他近乎完美。格桑知道，夏冬的父母都是农民，日子过得艰辛，但这算不上什么。她虽然在公开场合让夏冬下不来台，但私底下还是经常吵着让他讲老家的事情，马家庄、鱼鸟河、金牛山、昆嵛山，等等，早就成了脑海里的美丽画面。

爱一个人，可以接受与之相关的所有事情。夏冬对我能做到这一点吗？显然不是。从我把进藏当兵的决定告诉他的那刻起，我就等着能有个答复，但夏冬始终模棱两可，好像我格桑跟他没有半毛钱的关系。

夏冬，你肯定是不在乎我，但凡重视我，也该有个说法，哪怕是强烈反对，也是感情的一种表达方式。最可恨的是，我专门发过一条微信：“许我一份平淡，回你一生相守，前方的路即使迷茫，我们还是要前进，何不携手，共赏美景？”这几乎就是明确表态，可他就是不当回事儿，绝对是在装蒜。

格桑心里想得很简单，既然能接受我出国留学，就不该反对我去西藏，连句话都不说算什么事情。是在暗示我分手吧，那就没必要再跟我联系，接二连三地打电话，还发短信说去了西藏，骗鬼去吧。

情绪受到了影响，格桑在部队的第一次会开得心不在焉，她没留意其他战友的发言，连自己说了些什么都记不真切了。

回到宿舍，格桑索性把自己扔到了床上，四仰八叉地平躺在那里。格桑本来就不是个淑女，糟糕的心情让她没有兴趣也没有力气收拾行李。格桑猜想，个人的这种状态肯定让别人无法理解，她绝不否认，因为连自己都觉得莫名其妙。

宿舍门忽然打开了，涌进来的新鲜空气让格桑意识清醒起来，她赶忙起身，有些慌张地站在床边。进屋的是负责训练的队干部，她轻声问了句，身体不舒服吧，要学会照顾自己。话语中带着怜惜，也有点儿责备。她的语气很熟悉，让格桑想起了很多年前的事情，泪水一下子把眼眶涨满了，格桑扭过头，仰起脸，竭尽全力控制自己的情绪。

虽然是女孩子，也得学会坚强。队干部又跟着嘱咐了一句。这句话太考验定力了，格桑生出一种错觉，在片刻的内心波动后，她挤出笑容，想把话说得尽量幽默，还没开口就哽住了。因为她发现对方的眼神里透出一丝神秘的光泽，温柔、和蔼，又有些诡异，像是给她施加了某种魔法。格桑没有回避那目光，她咽下口唾沫，终究没说出一句话。

午饭之前，格桑一直都像在梦游。队干部的脸在她面前变得很不真实，忽远忽近，时而清晰时而模糊。她的声音仿佛也变了腔调，断断续续却很空灵。

到后来，格桑隐约听到一种声音，是来自雪域高原的声音。

格桑让思绪顺着声音回到了去年夏天，那个暑假，她只身一人去了西藏。她是想寻找丢失已久的东西，那是属于自己的，可她看到的、听到的，都是一些零零碎碎的片段，加上想象可以让它们变得合情合理，但过去的事情，乃至整个历史都不是拼凑的。格桑啊格桑，推测和想象是夏冬的拿手好戏，你没有办法拿到确凿的证据卸去心头的怨气。

当兵的念头，像是羊卓雍措湖的湖水，美得让人怀疑它的真实。格桑无可奈何地爱上了它。她决定用像湖水一样“蓝色”的眼睛去寻找证据，只有这样才会找到事情真相。

格桑相信自己的第一感觉，她愿意为此失去爱情，甚至放弃出国留学，以及其他曾经视为珍宝的东西。

1999年9月23日，北京木樨地南里

天还没亮，李君就起床了。

李君没开灯，只是拿着抹布，蹑手蹑脚地在客厅和卧室之间走动。卫生早已打扫利索了，家具上、电器上，即便是最不起眼的角落，也都一尘不染了，可李君还是跟不放心似的，反反复复地收拾家务。这些不会说话的家什肯定是有情感的，要不然怎么会在天色暗淡的情况下，闪烁着迷人的光泽？

家里所有的摆设都是结婚前李君亲自挑的，那时候，李君还在北京五棵松桥那里的一家部队医院上班，业余时间几乎逛遍了附近的市场。货比三家，过日子得精打细算，李君专挑性价比最高的买。有些零碎物件，李君自己一个人搬回了家里，搬运费也是一笔不少的费用，能省一分是一分，毕竟双方老人年纪都不小了，需要花钱的地方多了去了。李君时常为此感到骄傲，因为这些东西都倾注了自己的心血。

这次回家休假，李君不知不觉养成了一个奇怪的习惯，在没人的时候，总会冲着某一个家具说悄悄话，近似病态。说了些什么，李君也搞不清楚，好像所有唠叨都没经过大脑。李君把这归罪于醉氧，所有在西藏工作过的人回到内地，都会有一段时间的适应期。刚回家的那几天，李君睡得昏天黑地，怎么也醒不过来。很多时候，也有一些模糊的意识，但更多的时候，是漫无边际的梦境，一遍一遍，无始无终。李君总觉得自己在云端飘荡，天是那么蓝，云是那么白，梦里的李君还在西藏。

让李君无法忍受的是，美丽的梦总是被凶险的结局终止。女儿在梦里出现的时候，总是身处险境，跟孩子有关的一切凶兆，哪怕是在梦中，李君也不愿意去接受。李君现在终于找到了病根，心爱的女儿都不理自己了，不冲着空气说话，又能跟谁说话。李君承认，跟所有亲朋好友都难以沟通，张口闭口都离不开西藏，跟大家伙儿永远不在同一个频道上。

女儿刚满四周岁，李君就作为援藏干部进了高原，谁知这一走就是三年，以至于这次回家，女儿根本认不出自己。李君为此懊恼，也因此伤心，在无数个噩梦醒来的时候，总是泪洒枕巾，仿佛遭受了莫大的委屈。女儿乖巧懂事，总是扑闪着漂亮的长睫毛，用怀疑的眼神锁住李君，目光里透着胆怯。李君心里难受极了，亲生女儿跟自己形同陌路，没有什么比这更残酷了。这不能怪别人，是自己对不起女儿。

李君这次休假只有一个目的，结束有名无实的婚姻。说实话，不能怪对方，谁也不愿意独守空房，李君深爱着那个人，也正因为爱才选择要分手。一切来得都没有任何征兆，当李君拿出离婚协议书时，那个人居然“嘤嘤”地哭了，肩膀急剧颤抖，看上去让人心疼。老天实在是不公平，总是让有情人难成眷属，可李君偏偏认了死理，觉得必须马上把自由还给对方。

事后，李君也懊悔不已，人家把女儿拉扯大了，自己却提出了这样的要求。这样的念头也只是一闪而过，李君偏执地想，自己没错，爱一个人就应该让对方更幸福。在实在说服不了自己的时候，李君就说自己到了更年期，高原生活让更年期提前了。

李君心里清楚，对于婚姻自己选择了逃避，就像现在，必须赶在女儿睡醒之前离开家。李君知道，女儿不会挽留自己，不必担心难舍难分，在女儿眼里，自己只是一个临时的过客。但李君还是不敢直视女儿，小家伙的一举一动、一笑一颦都聚集了两个人的影子。李君曾经动过转业的念头，却因此自责了好长时间，作为一名军医，相比那些在基层一线的士兵，这样的想法似乎带着几分罪恶。

没有人会理解李君，他们认为李君着了魔，连小家庭都顾不上的人，在别人眼里是另类。或许只有父亲会支持自己了，可他老人家去了另一个世界，坟头已经长满了野草。李君把心头的野草清除干净，心也跟着亮堂了。艰难地抉择之后，李君大胆地向对方提出了要求，但不得不承认，自始至终，那个人是支持自己的。这是事实。

天慢慢亮了，李君不再去想那些烦心事儿，借着窗户透进的一缕曙光，李君开始准备早餐，女儿挑食，要给小家伙的早点做出花样，那个人爱喝冰豆浆，要给煮好的豆浆降温加冰块。李君嘴里念念叨叨，一边忙活一边看着时钟。李君在心里打算，做完这些事后，留个字条走人。

在做这些营生的时候，李君猛然意识到，这一天是秋分，按照老北京的规矩是要吃一碗打卤面的。

她用菜刀拦腰切断了一根香葱。白玉似的葱白、翡翠般的葱叶，没多大工夫就变成了细碎的葱花，白白绿绿混杂在一起，刺眼而醒目。

太阳已经在天边露出了圆脑袋，李君的身影越来越清晰了。盯着案板上色彩分明的葱花，李君心中陡然生出了委屈，眼眶里也盈满了泪水。

稚嫩的声音让李君愣怔了好一会儿，是女儿，是那个人见人爱的小机灵鬼。女儿说，李君，你今天要走了吗？李君没有听错，女儿直呼其名，一愣神儿，思维就僵住了。女儿又问了一句，你今天就要走吗？李君才答非所问，今天秋分，给你做了打卤面。女儿说，我不吃打卤面，我要吃月饼。李君知道，在十一天前的12号，一家人过的那个中秋节，让女儿有些留恋，因为她声音里带着怨气。

李君的泪水终于落了下来，不知不觉淌到了唇边。李君咂摸了一下，泪水有点儿咸，有点儿苦，却又都不像，究竟是什么滋味根本说不清。那个人把女儿抱了起来，回过头问李君，能不走吗？李君点点头，又摇摇头。

格桑记得，李君离开家的时候，阳光有些刺眼。她搞不清妈妈为什么要扔下她和爸爸，一个人去那么远的地方。那里肯定有魔鬼，掳走了妈妈的心。

2014年8月1日，阿里陆军某部营区

格桑始终认为，自己很有主见，很多时间会为某个想法变得异常固执，甚至叫人无法忍受。把自己的名字改成格桑、选择夏冬做男朋友，都是很好的例证，所有闺密都不看好他们的恋爱，但两个人从没真正意义上红过脸。

这次来西藏，夏冬还用微信给她转了点儿钱。格桑从手机上把钱退了回去，她的理由是，在西藏可能用微信并不怎么方便，不如现金用起来踏实。夏冬很快从银行取了钱，给她送了

过来，这让她十分感动。

在格桑心里还有个小秘密，她希望现金里有几张五十元面额的钞票。从八岁那年，她就对这个面额的钞票有着占有欲，为此，她骗过爷爷奶奶的钱，还偷过爸爸的钱。全都是因为妈妈。

妈妈离开她的时候，新版人民币还没发行，一个多星期之后，她就收到了爸爸的礼物。爸爸在银行工作，动不动就送给她纪念钞，按理说，普通的钞票对她没有任何吸引力，可她就是想拥有更多五十元面额的钞票。直到现在还是如此，谁让那钞票的背面印着布达拉宫呢。格桑无数次地举着钞票，冲着阳光不停地看，在那个年纪，圣宫就是西藏的象征，在那一张张钞票里能看到妈妈的影子。

直到这次进藏前，格桑才从妈妈的老同事那里知道，妈妈援藏的工作地点不在拉萨，而是在阿里。阿里是个陌生的地方，格桑只知道那里出过孔繁森。

这么多年了，格桑和爸爸都有意识地回避跟妈妈有关的话题，甚至连西藏都小心翼翼地绕过去不提。可此时，她已经踏进了阿里的一个部队大院。是妈妈的老同事帮忙联系了战友，让人家照顾这个来自北京的女大学生。

格桑给爸爸说的是要到西藏进行社会调研，爸爸没同意，也没反对。这种模糊而暧昧的态度让她心里很不是滋味，她甚至断定，爸爸对妈妈是有着仇恨的。反正她对母亲是既恨又爱，说不清是一种什么感觉。

陪同格桑来阿里的是一位女少校，长相虽然很普通，但在军装的衬托下，整个人都显得英气十足。一路上，女少校没少给她讲故事，印象最深的是险些失联的两个军校毕业生。

两个学生高高兴兴地从拉萨出发，他们要到现在的这个部队报到，临走前，领导告诉他俩去阿里有一千六百多公里，路况很糟糕。两个人觉得这算什么，如果连这点儿苦都吃不了，还怎么在西藏当兵。很快他们就知道，现实是残酷的。那个时候，通信技术还很不发达，方圆几百公里都荒无人烟。他们遇到了泥石流，一连几天都无法跟外界联系。一天、两天、三天……一周之后，拉萨和阿里方面还在寻找他们，直到半个月后，他俩才疲惫不堪地到达了阿里。到了那里，他们就住进了卫生队，多日的劳累、强烈的高原反应，再加上缺少食物，让他们发起了高烧，差一点儿丢了性命。

女少校说，这个事儿发生在 2000 年，其中一位是她的丈夫，救他命的军医叫李君，虽然从未见过面，但大家都说她是个好大姐。

跟妈妈有关的事情，格桑格外关注，这么多年了，妈妈只在梦里出现过，一切对她来说都那么神秘。

这一天是建军节，部队上的兵们给了格桑一个特殊的欢迎仪式。他们在操场上列队，给格桑表演队列和军体拳，在呼吸都困难的高原上，格桑不忍观看，很心疼，但更多的是感动。

女少校告诉她，这里的官兵每个人身上都有故事。她指着一个矮小瘦弱的上尉说，那个连长的老家在四川，年前回老家休假时，进门连喊了三声“妈”，可老人瞅着三年没见、体重不足百斤的黑脸“中年人”愣是没认出来。看到朝思暮想的儿子，母亲给当副县长的大儿子下了死命令，让他给弟弟在县里找一份最好的工作，年底无论如何都要转业。但不管家人怎么劝，他死活不答应，反而给母亲和大哥做起了思想工作，说，阿里虽然苦了点儿，可我是一连之长啊。他的哥哥急了，说，芝麻大的一个官儿，讲什么大道理，再者说，这地球缺了谁都照常转。连长反问一句，都脱了军装，这活儿谁干？他铁定了心要在阿里待下去。

午饭的时候，格桑发现，一位藏族士兵看她的目光很特别，搞得她很不好意思，到了下午，她才发现是自己想多了。那个藏族士兵不是看中了她的容貌，而是对她的手机感兴趣。每次看到她用微信跟夏冬聊天，他都会在不远处盯着出神儿，彼此熟悉之后，他才用不太熟练的汉语求格桑帮忙。他说部队不让随便用手机，拜托她登录一下 QQ，通过 QQ 空间告诉亲戚、朋友，他在这里一切都好，让大家都别惦记。

这些对于格桑都不重要，她太想知道妈妈的事情了。女少校做了很长的铺垫，才带她进了部队的荣誉室，在那里她看到一面烈士墙，妈妈的照片在墙上挂着。她忽然发现，妈妈的笑容熟悉又陌生。

格桑一直以为妈妈活着，只不过是调到了别的部队，或者早已转业回到了北京，可她现在忽然意识到，是之前自己刻意排斥所有跟妈妈有关的信息，她甚至认为妈妈是个坏女人，早就跟别的男人跑了。爸爸一定知道事情真相，可他为什么不告诉我？格桑很想拿起电话，把爸爸痛骂一顿。

但事实摆在眼前，容不得格桑逃避。她从妈妈的遗物里看到一个日记本，纸张有些发黄，有些字迹像是被泪水浸染过，变得模糊。格桑把本子捧在胸前，用手摩挲着，仿佛那是妈妈圆润的双乳、温热的额头、粉红的面颊。她知道那是妈妈的生命，妈妈的一切都在那些娟秀的字迹里。

是的，我必须为人生作出选择，赶明年毕业就报名，当兵进西藏。

2016 年 3 月 2 日，北京芍药居北里

大半年的时间了，格桑一直不肯搭理我，我不知道自己做

错了什么，我甚至想到了自杀。我把这个想法发信息告诉了她，她回复说，想死就抓紧了结，别在地球上浪费空气。我猜想，她在给我发短信的时候，肯定是有了高原反应。她的高原反应很严重，从天津结束集训进藏后，一直让她饱受煎熬。

受到煎熬的岂止格桑一个人，我在这个地下室里也是度日如年。我吃不下睡不着，头发一掉一大把，有时候两天不吃饭都没有食欲。刚才，我吃了两个烤地瓜。受格桑的影响，我大半年的时间没有写作，我的那一点儿积蓄早已捉襟见肘。烤地瓜也算是对自己的犒赏了。

我不得不兴奋，格桑总算是有求于我了，这意味着我们可能冰释前嫌。可是，我们之间好像压根就没发生过分歧。

格桑给我发来一封邮件，里面全是照片，照片上是一行行的蝇头小字，读起来很累眼睛。但她让我仔细读，读出精神实质，再写点儿东西。还精神实质呢，真有点儿受不了，这才进部队半年，就如此讲政治。可这话我只能憋在心里，就在敲击这些文字的时候，我还在犹豫该不该把它们放在小说当中。来点儿真实的细节吧，因为我下面就要节选一些真实的内容——

一

很多事情，欢欣抑或悲怆，都无法从记忆中消除，有关阿里的记忆更是如此。

关于家庭、亲人和孩子，几乎每名官兵都有一些令人伤感的故事。这些故事，平时谁也不愿意提起，都埋在内心深处，能埋多深就埋多深，能埋多久就埋多久，因为都是些伤疤，一碰就会流血……比起恶劣的自然环境带来的肉体上的痛苦，官兵们更难以承受的则是来自家庭和亲人精神上的重压。

献身雪域高原，就意味着“献了青春献终身，献了终身献子孙”。能够理解他们的姑娘不多，在西藏的部队里，有众多的大龄未婚青年。这是谁的悲哀呢？他们不是不懂情感，他们并不缺少男子汉魅力，一切都是因为他们穿上了军装，一年有九个多月不在家，嫁了他们吃苦受累不说，还要为他们的安全提心吊胆……有的姑娘结婚前只提出一个条件：“只要脱下军装，转业到地方就行。”

在连队里，流传着这样一段顺口溜：“有女莫嫁藏兵郎，一年四季守空房，休假方踏故乡门，雪域急电又离乡！”每次在心里吟咏，我都会热泪盈眶。

再过几个月，我就要回到北京了，那里有我亲爱的丈夫和女儿，我知道，这里会成为我此生最难忘记的一段记忆。

二

我无法原谅自己，事情过去了好多天，我都会在噩梦中醒来。我迈不过心里的那个坎儿。

嫂子刚来的时候就跟我成了朋友，她给我讲自己的故事。她说这次来阿里，坐客车用了整整一周的时间，一路上大部分地方都没有饭店，只能吃点儿饼干、面包什么的。路上住的招待所实际上就是把土堆砌起来，上面再盖上牛毛毡，她跟几个陌生男人在同一个大棚里住了六个晚上。我跟嫂子说，我还没有真正了解阿里，我来这里的时候，坐的是军用越野车，三天就能到，嫂子真是受苦了。嫂子说，不苦啊，能见到自己那口子了，高兴都来不及。

嫂子讲得最多的是自己的儿子，小家伙跟我女儿同岁，帅气得很，眉眼里全是嫂子的影子。嫂子经常给我做她家乡的特色菜，我都吃上瘾了，可是，我没能救活她的命。

该死的，自从来到这里我就经常胃疼，那天疼得我龇牙咧嘴、大汗淋漓，手术刀都捏不住。在进手术室之前，团长再三嘱咐我，让我一定别出岔子，保证部队干部家属的平安，不能让军人的孩子没有母亲。我说，没问题。团长很信任地拍了拍我的肩膀。他说，301医院来的专家就是不一样，自信。

我是不是过于自信了，如果……可是这世上没有如果。嫂子，我对不起你，更对不起你的儿子。我从没流过这么多泪水，可泪水又有什么用呢？它换不回你的生命，换不回孩子的妈妈。

三

我终于作出了抉择。

我情愿让女儿恨我一辈子，我不希望她能理解我，但我相信，当她知道真相的时候，会原谅我的。

人见人爱的小公主啊，你或许永远看不到我写的日记，但你要相信，妈妈不是坏妈妈。妈妈爱你，可妈妈别无选择。妈妈一直胃疼，这次回北京查出了胃癌，所有人都让我留在北京治疗，可我还是离开了你。离开家的时候，你哭着跟我说要吃月饼。妈妈的心都碎了，可是妈妈不能哭，更不能在你面前哭。

妈妈为一个阿姨哭了好久，因为妈妈的失误让她的儿子失去了母亲。那个小哥哥只比你大几天，如果我活着，一定让你俩结婚。现在妈妈得了不治之症，于是决定跟爸爸离婚，把剩下的时间交给西藏。只要妈妈还有能力，就要对得起自己的良心。

原谅妈妈的自私吧，我亲爱的宝贝。

我明白了日记主人的身份，对格桑的所有怨言全都消失得无影无踪。可是，我必须承认一个问题，我现在不会写小说了。当初在这个小区租房子，只是为了离鲁迅文学院近一点儿，似乎这样就能沾上点儿灵气。

格桑，我清楚即将完成的这篇小说有些不伦不类，但我发誓，我第一次这么认真地构思、认真地写作，认真得有些较真儿，我只求你别跟我较真儿。

2016年3月3日，成都双流机场

再有两个小时就能见到你了，我亲爱的格桑。这一次我也来个疯狂之旅。不，从今天起，无论何时何地，我都会永远陪在你的身边。

放心好啦，我会编程序，还会码字，更不怕吃苦，老天爷饿不死瞎眼的家雀。我相信，美丽的雪域高原会让我的文字变得更富激情。就算是我失去了文学的悟性或是天赋，我也能胜任记者的工作，我就去报社应聘，写消防、写军人、写所有干良心活儿的人。

最后，我坦白交代，我来西藏还有一个非常自私的目的，我怕你碰到那个阿姨的儿子，就算是遇不到他，你这么优秀也会被人抢走。对，我现在坦诚地告诉你，我是来抢救我的爱情的，而且我会不惜一切代价。

喇叭花开

一

顶多几分钟，天地间就墨黑一片，大雨倾盆而至，混淆了白昼与黑夜的界限。槐米回过神来时，雷声已经变成了鼓点，时而紧促、时而舒缓的节奏让她有些心悸。她有那么一阵儿恍惚，非常希望一直这样下去，光线模糊未尝不是一种解脱，至少可以有短暂的错觉，产生一些其他的联想。人或许都有类似的经历，有时心焦得如在沙漠里跋涉，有时惊悚得如在恶浪里挣扎，更多的时候是凝望窗外的风景，不知所措。可惜梦想和现实总是不在同一个频道上，它们像一对热恋已久却又没有结果的情人，总是失之交臂，显得那么任性。

槐米试图从现实的困境中挣扎出来，但无论如何努力都是枉然。内心的隐秘是一个人的牢狱，让人越来越渺小，也变得孤立无助。槐米用目光、躯体度量了与丈夫的实际距离，事实证明，两人相隔甚远，遥远得如同两个星际。这是令人恐惧的。槐米无法做到坦然和无畏，她可以平心静气地面对儿子，还有丈夫的父母、亲戚，却无法接受丈夫带来的一切。有些东西需要从根上斩断，因为它会偷偷生长，滋生出苦闷，槐米想彻底做个了结。她知道，告别它的时刻迟早都会来临，只是早一天或者晚一天的事情。

槐米打开电视，用遥控器不断换台，她不喜欢那些鼓噪无味的综艺娱乐节目，可新闻访谈类的节目也是众口一词，让人很难提起兴趣。最关键的是，丈夫的身影有时会在新闻里出现。刚开始她是心情激动的，她不得不承认自己的虚荣，她甚至专门给亲戚朋友发短信，向他们预告丈夫将在哪个节目里出现。那时候可真傻啊，面对街坊邻居的称赞，槐米感到骄傲和自豪，那种精神上的满足让她沾沾自喜。这些事情早已成为过去，可是回顾起来依然叫她压抑。

槐米经常劝自己，事情或许没有那么糟糕，有些事情不去多想，尽量淡化它，或许会有另一番天地。可槐米根本做不到，每次丈夫回家，她都会处在极端的氛围中，像在接受一种奇怪的考验，更像在遭遇一场无声的战斗。丈夫真的变了，一切变化都悄无声息，当槐米有所觉察时，那个无数次亲近过的人渐行渐远，变得无比陌生。生活啊，搁在谁身上都是磨炼，由不得感慨就扑面而来，真正降临到自己头上，也只能仓促上阵了。

槐米平常只能跟电视机为伴，自从来到这座城市，她就失去了跟外界打交道的机会。先是在医院里伺候丈夫，然后是跟着丈夫到处作报告。现在倒好，自己捎带着成了名人，到哪儿应聘都会被委婉地拒绝。想想也是，一般的单位不敢聘用劳模的妻子，除非人家想搭个顺风车，捞点儿政治名誉或者图个广告效应。当然，这也跟自己的态度有关，在公众眼里，自己和丈夫是学习的榜样，那就意味着做任何事情都必须谨小慎微。早知如此，槐米当初说什么也不会同意参加这样的报告会。

槐米并不认为自己想得极端，好几年前她就有了随军的资格，那时候她在老家一所学校当副校长，在周围人的眼里，她身上闪烁着事业型女人的光环。不过，从另一个角度来讲，她也确实撂不下自己教的那些孩子。有一点不可否认，槐米原本抱了许多念想，比如，作为英雄的妻子，她可以有更多机会，说不定部队上会出面，把她直接安排到哪个学校当校长。槐米不知道这算不算有野心，反正她认为只要有个一官半职，在自己的一亩三分地上就能实现个人的价值。她实在看不惯现在的教育体制，说是要改革，搞素质教育，可实际的情况是雷声大、雨点小，很多地方还念歪了经。

这些离自己越来越遥远了，一切早该结束了。槐米现在可以毫不犹豫地放弃很多事物，包括这外表光鲜的婚姻。槐米知道，她会遭遇很大的阻力，尤其是内心的自责。她无法做到问心无愧，可怕的欲求让自己揣了些许想法，那些想法让她变得卑微而渺小，但她有勇气面对。曾经因此引起的巨大惶恐渐渐淡化，她已经做好了准备，毫不畏惧地去迎接、应付来自别人的指责。

很多事情即便再琐碎也无法被遗忘，纵使你有天大的本事，也不可能忽略某一时刻，把它变得了无痕迹。或许从一开始就注定了无法回避。

那天傍晚，天也下着雨，只是没有今天的大。槐米忘了因为什么事情去了车站，在她走近候车厅准备收伞时，对面猛地弹出一把伞。槐米被碰歪的雨伞扯住一缕头发，细密的雨丝随风斜扫在她身上。槐米有些惊讶。一对不大的眼睛傻傻地盯着她，胸脯微微起伏，手足无措的样子像是个不太正常的人。这是槐米第一次跟丈夫碰面。在对方吞吞吐吐的道歉声中，她看到一张羞红的脸，还有一身干净、清爽的橄榄绿。

每次回忆起这个细节，槐米都会有毫无来由的冲动。呆傻的目光、羞赧的神情、利索的军装，究竟是什么打动了心里某个部位，她也说不清。总之，有一个奇怪的东西击中了她，让她为之迷恋。槐米至今都在怀疑，当时肯定犯了魔怔，一个女孩子居然主动跟人家索要联系方式，如果当时有一点点的矜持，就不会有后来的事情了。看来，所有苦恼都是自找的。

后来，槐米收到一首诗："我的伞不小心碰了你的伞/我的心里一阵闪/多希望你能为我把身转/享我一辈子的暖/待到我去宏图展/娶你的日子也不会太远/怕只怕/我们的缘分越来越浅。"现在看来，这算不上诗歌，可当时它偏偏就成为一条红线，把两人牵到了一起。

确定恋爱关系之后，槐米恨不得让天下人都知道，她无数次地把自己置身军营，想象着与深爱的人一起出操、一起训练。跟许多爱情故事的情节雷同，在某一个初夏的清晨，在一株芙蓉树下，槐米第一次亲吻了他。槐米记得他唇中淡淡的烟草味，槐米更清楚地记得，他们脚下有一棵匍匐的藤蔓，末端的须角已经够到了芙蓉树，正高高地昂起头，向上攀爬。哦，那是一棵牵牛花，蓝莹莹的花朵顶着露珠，像一个仰天啼鸣的喇叭。

那个人把牵牛花叫作喇叭花。他说，喜欢这种花，生命力顽强，朴实无华，像吹起的冲锋号角，而且还能入药，普度众生，很像他们消防兵。槐米饶有兴致地注视着喇叭花，她觉得男人浪漫极了。她在内心深处生出一种模模糊糊的渴望，她把自己变成了喇叭花，依附在男人身上。

盛开的喇叭花风姿绰约，槐米透过花朵看到了下半辈子的希望。这么多年过去了，槐米为了男人的喜好，把喇叭花移植到阳台上。盆栽的花儿虽然得到了更为细致的照料，花开不断，但花型却日益瘦小，总像是缺了点儿什么。

槐米把手里的电视遥控器往沙发上一甩，起身向阳台走去。喇叭花依然开得灿烂，却早已失去了昨日的激情，那一朵朵花像蓝汪汪的眼睛，闪烁着鬼魅一般的光泽，静静地注视着她。槐米本想从花草间寻到一丝安慰，但此刻她发现自己极其幼稚，幼稚得过于浅薄。一旦失去了爱，一切都会贬值，更何况是稀松平常的喇叭花。

槐米揉了揉鼓胀胀的太阳穴，咽下一口唾沫，有浓重的苦和涩，是很多年前留下的烟草味。

二

窗外的雨不知何时停了，天空变成了灰白色，显得有些凝重。槐米回到客厅，在嘈杂的电视声中想着自己的心事。今天一定要把这脓包捅破，尽管他如今说话滔滔不绝，早已没了过去的羞涩，尽管他经常词不达意，而且语调和姿态过于格式化，但我还是要用严厉的目光审视他，必须让他知道我蒙受了多大的屈辱和痛楚。

每年寒假，槐米都要乘坐列车一路向北，在一千多公里外的小站下车，然后坐上狗拉爬犁进入林区。男人的父母住在那里，他逢年过节不能回家，作为妻子陪伴老人是天经地义的事情。对于来自城市的槐米而言，那片广阔的土地散发着野性的光芒，新奇和兴奋过后便是煎熬，那片沃土冰封了许多温暖而浪漫的记忆。

结婚的头几年，谈论起自己的丈夫，槐米总是一副骄傲的样子。在熟悉的同事面前，她几乎没有秘密，关于男人的故事，她反反复复讲过很多遍。男人不善言辞，认真细致，最令她自豪的是，他救过很多人，宽厚的胸膛可以托付终身。生活扮演着不光彩的角色，总是明里暗里搞些恶作剧。槐米很快在同事们面前失去了话语权。当时真像傻子一样，被推进了产房还叮嘱父母不要告诉男人，别让他在部队里分心。儿子长到一岁多，男人才回家探亲，看着他欣喜若狂的样子，槐米的心被融化了，她保持了沉默，一声不吭地享受久别后的团圆。

不知道为什么，槐米没有过多的抱怨，她已经习惯并十分享受那份孤独。就在一年多前，槐米还安慰男人，让他别有太大压力，大不了转业回地方，一家人早该团聚了。在很长一段日子里，槐米都在为重聚做着准备。槐米甚至有了异样的感觉。广袤无际的旷野中耸立着一株芙蓉树，在它的身上、脚下缠绕着翠绿的藤，鲜艳的喇叭花随风跃动，舞出了旋律，仿佛在召唤远方的爱人。

男人说在部队发展受限，组织上或许会安排他转业。槐米了解男人，她知道就算是有了充分的心理准备，他也很难适应这个选择。男人早已融入部队了，据说他一天不出警都会憋得难受。说这话时，男人已经在区消防大队干大队长，按说他的业务重点是防火监督，一般的火灾事故他可以不去现场。可男人就是管不住自己，他说消防重在防火和灭火，防火是第一关，灭火是最后一关，哪个环节都非常重要。有一句话男人总是挂在嘴边，他说消防干的是良心活，任何一个不起眼的小隐患都可能酿成大祸，哪怕晚出警一秒钟后果都不堪设想。可是，时下的状况总是令他窘迫，有时甚至会局促不安。

槐米从男人的只言片语里捕捉到一些信息，归结起来，无非是工作很难开展，经常遭遇阻力。有的工程还没上马，说情的人就动起来了。有领导，有同事，还有八竿子打不着的亲戚。最可怕的是一些政府重点项目，男人说什么狗屁重点，无非是要重点关照而已。有些地方领导讲话很有艺术，说消防是地方党委政府领导下的一支现役部队，应该主动为企业搞好服务，为经济建设和改革发展保驾护航。很多事情都是如此，一旦上纲上线，被扣上了大帽子，就变得合情合理了。男人不适应这样的环境，那就势必会被淘汰。

槐米对自己的某些行为感到自豪，她决不会像别的女人一样，逼着自己的丈夫去做什么。当再大的官，挣再多的钱，也不能昧了良心。从某种意义上讲，无论从哪一方面，槐米都默默地支持着男人。时至今日，她还在怀疑自己中了邪，怎么就图了虚名呢？现实跟自己开了个极大的玩笑，槐米无法原谅自己。很多细节此时回想起来都已经变得模糊了。是槐米有意去淡化某些记忆，如果事情可以重来，她一定会选择另一种方式。这一步迈出去就没有退路了，她宁愿把自己恍若置身于一个久远的时代。选择性的失忆倒也是个不错的法子，只有远离真实才能让悬空的双脚落地。

没有人属于自己，每个人都与他人相连，彼此产生交集，并且分享着某些东西。人也许会因此失去自由，换来的有可能是喜悦，也有可能是悲伤，以及爱或者恨。那个时候，槐米还深爱着男人，也因此生出了很多的牵挂。这世上一定有心灵感应，那段时间一连许多天槐米都是梦魇缠身，一遍一遍让她为之惊恐和战栗。梦中，她总在一所大房子里哭泣，男人的躯体清晰可辨，却僵在不远处无法触摸，有一次居然裸露了下身，槐米想要做些肌肤相亲的事儿却不能。绿色的藤蔓很快缠绕了整个身子，变成了蛇，蓝色的喇叭花像蛇吐出的信子。槐米专门上网，查了周公解梦，但那只是自欺欺人。

熬过几宿，槐米终于鼓足勇气给男人打电话，她知道男人跟自己一样憎恨迷信者，但她实在撑不下去了。拨打了很多遍，手机都无人接听，槐米越发担心起来。一个人一旦被不良的情绪笼罩了，那就会情不自禁地去想些极端的事情，反反复复地恶性循环，糟糕透顶。整个下午槐米都捏着手机，生怕漏掉任何来电和短信，漫长的等待几乎耗尽了她所有的精力。电话铃声终于响了，部队通知她立即赶过来。

男人在火灾中救人受伤了，虽然伤势并不严重却让所有人都捏了一把汗。男人在病床上还安慰槐米，说这下好了，塞翁失马，让他捞着了，最起码今年部队不会打发他转业。这也只是一时的兴奋，随后的几天，男人躺在床上不吃不喝，默不作声。事后，槐米才知道，愧疚让男人没有勇气再活下去了。

在那次救火的过程中，因为男人的指挥失误，还牺牲了一名战士。那只是个十八九岁的孩子，火场上的一念之差，付出的是一条鲜活的生命。男人无法原谅自己。消防支队的领导一趟一趟地往医院跑，他们想尽了办法劝他。好话孬话说了一箩筐，男人始终油盐不进。到后来，某位领导开导他说，事已至此，那就把事故讲成故事，是否给集体抹黑先撂在一边不说，最关键的是要给死去的战士一个说法。如果真成了事故，被上级通报也就罢了，那孩子连个烈士都评不上，于心不忍啊。男人被这句话打动了，他勉强接受了建议，稀里糊涂地成了典型。

槐米当时并不知道这些细节，她只是觉得自己没嫁错人。大多数人心里都有一点儿英雄情结，或轻或重，槐米自然也不例外。她帮男人修改事迹报告，提前为他排练。只不过，槐米忽略了一个问题，男人脸上的笑容消失了，而且脸色越来越难看。

想想也真够可怜的，没有人知道男人到底背负了多大的压力。他每天都要奔走于各个会场，为形形色色的人作报告，还要接受媒体的采访。男人的名字很快传遍了大街小巷，这一点支队领导也始料未及。停不下来了，男人必须去重复地背诵早已写好的讲稿，鲜花和掌声让他越来越低迷。可以想象，当一个人试图遮掩一些秘密时，就不得不一次次背叛自己的灵魂，去接受谎言的打击。这种打击是致命的，是常人无法忍受的痛楚和沉重。男人靠强大的意志维持着现状，有些秘密连妻子都不能说，这是多么残忍的悲剧啊！

直到有一天，男人从噩梦中惊醒，才告诉槐米深藏已久的秘密。男人撕扯着自己的头发，歇斯底里地说这就是命啊，命中注定要为之付出代价。男人也信命了，这意味着他的精神彻底崩溃了。可怜的人啊，你忐忑不安地熬过了那么多白昼和黑夜，你把自己当成了最无耻的苟活者，而且还要带着永远不能愈合的伤口去表演。槐米忽然觉得，真要提出离婚，也会把自己置于万劫不复之地。如果选择了离开，也会把自己推上道德的审判台。

三

槐米陷入了深深的沉思之中，她开始反思自己的行为，很显然，自己也充当了不光彩的角色，助推了典型的畸形成长，也是罪不可赦的。一系列可怕的变故打乱了他们的生活，男人也只是可怜巴巴的受害者。够了，收起那些乌七八糟的想法吧，上帝不会怜悯任何人。不再多想了，或许事情根本没有想象中那么严重。

槐米告诫自己必须保持清醒，只有把之前心中的烦恼清除，并消灭得一干二净，才能解决情感危机。让那些不安分的、蠢蠢欲动的想法见鬼去吧，不能白白浪费时间、耗费精力，不论此生遭遇多少困窘，自有它存在的价值和意义。可怕而极端的自私被理智和温情紧紧包裹，内心的坚冰瞬间融化，槐米眼里跟着渗出了泪花。她开始盼着男人早点儿回家，总嫌时间过得太慢。

男人回家时已经是下半夜了，槐米一直在那儿等着。他用奇怪的眼神打量着槐米，长时间不说话。槐米挪了挪屁股，在沙发上腾出空间，努努嘴示意男人坐过来。他慢腾腾地走到沙发前，侧转了身子，一下子仰在了沙发上，呼吸变得有些沉重。长久的缄默让槐米如坐针毡，她起身跑到热水器前，接回一杯温开水，想了想，又进了浴室，拿回一身浴衣。

男人猛然站起身，扯过浴衣摔到地上，粗鲁地拽过槐米，搂在怀里。槐米闻到了久违的烟草味，在与之紧紧相拥时，她听到急促的喘息声，感到身子在微微颤抖。槐米的脑袋在男人胸前拱了拱，用肢体传递某种信息，但她发现，隔在两人之间的薄薄的衣裳，像是一层厚厚的铠甲，阻拦了扑扑的心跳和原始的冲动。男人的身子僵硬着，难堪和尴尬让槐米手足无措。

槐米索性挣开男人的怀抱，仰起脸，长时间地注视那张憔悴的脸，她想用尖锐的目光消灭尴尬。槐米迟疑片刻，伸手整了整男人的衣襟，她打算揭开回避已久的秘密，掰开根本无法愈合的伤口，给心头滴血的往事一个交代。槐米犹豫着如何开口，她明知将会引起巨大的悲痛，但还是在心里盘算着。或许痛到极点就会麻木了吧，又或许剜掉伤口处的坏肉就会重新生长吧。

男人的眼神有些不同于以往，少有的犀利仿佛看透了槐米的心思。槐米恍惚间觉得，在男人身边有个目光阴冷的人，正在跟他耳语，不知说些什么。这种错觉让槐米欲言又止。她想起每年春节去男人老家，那里的人会画些稀奇古怪的图案，还用朱砂和雄黄驱鬼。男人身旁有个影子，是鬼吗？槐米害怕极了。

就在这个时候，男人缓缓地说话了，他说想当区委常委。槐米说，你太累了，歇着吧。男人说我要进区委班子，我是先进典型，我是优秀的消防大队大队长，我要在更高的职位上实现自我价值。槐米试图打断男人，根本不能，他旁若无人地宣讲自己的施政目标：对不符合《消防法》的项目一律不审批；对违规建好的项目一律查封；对阻挠执法的人或是说情的说客一律法办……一口气说了十几个“一律”，男人变得气喘吁吁。

槐米有些哭笑不得，见缝插针地说，洗洗睡吧，明天还得上班。男人忽然烦躁起来，你也瞧不起我，赶明儿不让我当常委，我就不上班，那些报告会谁爱去谁去，我不伺候。槐米笑了，说，我是你的女人，自家人怎能瞧不起自家人呢？男人面红耳赤地吭哧了半天，才挤出一句话，我不能听之任之，我受够了！槐米点头称是，男人又急了，说你不要糊弄我，不要搪塞我，你跟他们一样，都瞧不起我，别以为我不知道你心里想什么，你肯定想说我在演戏，我当这个典型是有野心的。没错，我野心勃勃。我不但想当区委常委，我还要进市委、进省委，我要让所有不遵守《消防法》的人无处可逃！

槐米有些发懵，不知该如何应对这突如其来的反常情绪。她插空泡茶、递烟，收效甚微，无济于事。她去洗手间打湿毛巾，想给男人擦把脸，却发现他脸上一点儿血色都没有。槐米不可能睁一只眼，闭一只眼，原来的那些抱怨早就烟消云散。男人烦躁不安、喜怒无常的样子，让她心如刀割。我亲爱的丈夫啊，你已经陌生得让我心惊肉跳，醒醒吧，别再痴人说梦了，这样下去祸害的是自己。

男人的话戛然而止，他侧着脑袋，皱着眉头，停顿了好一会儿。他让槐米别出声，仔细听。他问槐米，你听到了吗？电视柜后面，还有茶几下面，都有声音，叽叽嘎嘎，吱吱乱叫。槐米安慰他说，听到了，吱吱乱叫，家里进耗子了。男人摇摇头，坐在沙发上，又凝神聆听一会儿才说，不对，不是耗子，是水带接口的声音。孩子，我知道是你，快出来吧，陪我说说话。

槐米惊恐地四处张望，客厅空无一人，她瞬间觉得毛骨悚然。她不敢再细看男人的面孔和双眸，仿佛那里正在密谋着骇人听闻的惊天秘密。她更不敢口无遮拦地随意插话，生怕引爆了定时炸弹。可是，她无法阻止传递到耳膜的声响。她听到男人的声音被无限的温情和无边的关切包围着，他像一个慈父一样在那里自言自语。

孩子，你又长高长壮了，我知道你不怪我，可我不能原谅自己。如果当初我不在消防审批手续上签字，那个商场就不会营业。如果那里不发生火灾，你指定不会出事儿。你别吱声，听我说。懂业务的人都知道，如果我当时指挥得当，你也不会有危险，可是我现在居然堂而皇之地成了典型。你说我不是杀人凶手？不，我是，我情愿死去，我愿意用自己的性命换取你年轻的生命。你别再说了，我罪孽深重，不可饶恕。你说你不想退伍？我会给支队上打报告，申请你留队转士官。你当然不能走，我不转业，你也留下来陪我。来，陪我抽支烟，你这小兔崽子，在家上学时就没学好，年纪轻轻就抽烟，烟瘾还不小。

男人这才发现烟盒里只剩一下一支烟，他把目光投向槐米。槐米的泪水早已溢出眼眶，滑向嘴角，打湿了衣襟。男人满脸狐疑地问，槐米你怎么了？好端端的咋哭起了鼻子？你看着我的眼睛，不要躲躲闪闪，你一定有什么事瞒着我。槐米只是看了男人一眼，就匆匆低下头，沉思起来。不能戳穿现实，否则后果不堪设想。过去偶尔胡言乱语，早已见怪不怪，但今天如此诡异还是第一次。天哪，他一定是心理上出了问题，明天应该让他请假，去看下心理医生。哦，不行，这事儿不能让别人知道，可不能搞得满城风雨。

槐米，时间不早了，该睡了，他们都说我心理不正常，我好端端的一个人，能吃能喝能睡，比谁都健康。改天我去医院看心理医生，堵住他们的嘴。听完这些话，槐米心中窃喜，因为她看到丈夫脸上露出了少有的笑容。只是微笑的脸庞泛着青光，有点儿像灯光下的蓝色喇叭花。

槐米有些兴奋，拥着男人走进卧室。她亲吻对方的脸颊、眉毛、嘴唇，用夸张的肢体语言引领男人走进山谷。那里有丛林，有芳草，更有盛开的喇叭花和喷涌而出的清泉。槐米用滚烫的身子去迎接另一个生命体，她渴望听到轰鸣的雷声，来一场猛烈的风暴吧。男人忽然停止了动作，急匆匆地翻转了身子，颓然而坐，像个受尽委屈的孩子。槐米痛苦地闭上眼睛，在内心发泄着不满。她不得不承认自己是自私的，自己的事情永远是最重要的，这是生活的惨痛教训。生活是最慷慨无私也是最残酷无情的老师，它对任何人都不会厚此薄彼，只可惜她还没学会大智若愚，洞穿了它的本质却不敢正视它。

四

残存的理智和自尊提醒男人，再这样下去，这辈子就废了。不能这样，可他眼睁睁地盯着下身，却无能为力。男人从床头柜上摸过手机，上网搜索。抑郁症的常见症状：心境低落、思维迟缓、意志活动减退，认知功能损害……一条一条看下去，所有症状都符合自己。就连那家伙都不争气了，男人突然觉得自己一无是处。

男人意识到一个问题。他一直不敢面对现实，总是编出一些冠冕堂皇的理由欺骗自己，懦夫，真正的懦夫！什么能吃能喝能睡，统统是骗人的鬼话，有多少个夜晚是靠安定片才能入眠？他无数次想吞食那些药品了结自己。就让生命终止在某一时刻吧，指不定经手审批的哪个项目又会发生火灾，万一有人因此丧命，那真是生不如死。

深深的罪恶感支配了男人的意识，他被可怜的自尊羞愧得无地自容。所有荣誉都不配，可自己又不得不在既定的框架里，规规矩矩地活着。谎言说得多了，就变成了真实的，很多时候，男人都被自己报告里的细节感动，仿佛有些事情确实发生在自己身上。真是悲哀至极。

男人对一件事耿耿于怀。自从成了典型，正常的工作就没法参加了，一次一次的报告会下来，自己好像成了廉价的扩音器，向各式各样的人播报着那些令人感动的故事，还不如阳台上的喇叭花，即便再朴实无华，也可以心无旁骛、自由自在地绽放。事实上自己更像一个小丑，用拙劣的演技博得众人的欢笑。如果真能叫人欢笑就好了，战友们都在耻笑自己。事迹材料掺了多少水分，几乎是人尽皆知的秘密。那些精确到小数点后的数据更是无比幽默，稍微有点儿业务常识的人都清楚，一个消防大队的大队长，就算有特异功能也不可能检查那么多单位，参加那么多次灭火救援。可是现在，成天疲于应付各种会议，连出次火警的机会都没有，浑身上下都不得劲，痒痒得难受。

支队领导隔三岔五会找男人谈心，说得倒也实在，事已至此只能继续下去，真也好假也罢，不能把树起来的典型毁在手里。大环境就这样，干出点成绩不容易，出点事儿就前功尽弃。哪个领导也不想睁着眼说瞎话，可消防这行当就是两头翘，基层执勤官兵无畏无惧地争得了荣誉，防火监督的干部却得接受方方面面的考验，稍不注意就会惹下乱子，丢掉声誉。总不能让人家笑话吧，真要被人知道了事情真相，党政机关的领导、街头巷尾的群众都会笑掉大牙，往后再想开展什么工作，那比登天还难。多亏了领导直言不讳，否则男人绝对撑不到今天。

男人在基层摸爬滚打这么多年，完全能够理解领导的苦衷，虽然心里别扭，时不时地痛苦挣扎，但还能硬撑着熬下去。度日如年的感觉让他悲观绝望，像是在半空中踩着钢丝，稍不留神就会粉身碎骨。男人知道，支队领导在小范围内给其他战友统一过思想，肯定是要求大家顾全大局。一张张好事的嘴巴，还是会把平淡无奇的事情传递成精彩无比的故事。他们总在背后窃窃私语，看自己的眼神都是匆匆一瞥，像是怕脏了眼睛。他们一定是在耻笑我，功也立了，典型也当了，所有人的功劳都贴在了我一个人身上。是啊，刚开始树典型的时候，光接待媒体采访就花费了不少钱。钱虽说是公家的，可这么个折腾法，叫人心疼。对这些事情，男人始终无法释怀。

男人极力不去多想，尽量转移注意力，但在主席台上，他又必须聚精会神。在耀眼的灯光下，他被聚焦、放大。早已熟悉了的讲稿，他甚至可以倒背如流，只要面对台下的观众，他就能够一字不落地讲完。机械地做完这份差事，他通常会躲在角落里一声不吭。没有人能走进他的内心世界，包括妻子槐米。

男人深叹一口气，回头看了一眼床上的槐米，鼓胀胀的胸脯微微起伏，紧闭的双眼带着明显痛苦的痕迹。她跟着受累了，这么多年担惊受怕，受尽了委屈。男人很想亲吻、拥抱、爱抚这个知性女人，她不但给自己带来聪明过人、帅气逼人的儿子，还能在自己最孤独无助的时候，帮他找到走下去的勇气。很多次，男人都想把自己的心事，还有稀奇古怪的东西告诉槐米，但他实在不忍心那么做。那样会吓到她，让她跟自己一样噩梦不断。

本来是想跟槐米唠叨唠叨的，但静下心来一想，倾诉的冲动会被苦闷所替代。槐米，安心地睡吧，我的宝贝，有的事情我会烂在肚子里，一辈子也不说。像今天似的，就太不可思议了，下午作报告时，竟然碰见一张熟悉的面孔。那个小伙子一直不太活跃，脸色乌青，跟那个战士唯一不同的是，他多了一副宽边眼镜。在众人鼓掌的时候，他总是埋着头一动不动，掌声停下，他才会仰起脸，直勾勾地盯着自己，双眸里射出了闪亮的光芒，像是黑暗里猛然劈出的闪电。男人在主席台上愣怔了一会儿，他分明看到了死去战士的面孔，或许是孪生兄弟吧，他们都扑闪着漂亮的睫毛，双目都那么炯炯有神。散会以后，小伙子早已杳无踪影，让男人以为是幻觉。真是见鬼！

男人不相信这世上有鬼，更不相信上天会通过某种方式给自己一些暗示，关键的问题在于，无论是幸福还是灾难，一旦来临就根本无法逃避。所以，男人选择了独自忍受，极为苛刻地要求自己，把许多事情闷在心里。在思路清晰的时候，男人会为自己号脉，他怀疑自己得了抑郁症，而且一天天在加重。私下里，男人盘算去找医生诊断，但又总是找出种种理由干扰既定的计划，他害怕假设成为现实。

欲望可以让人快乐，也能叫人痛苦，为了满足它，人们会去追逐、跟随，而且毫无畏惧。回想当兵以来的每一步、结婚之后的每一天，为了各式各样的欲望，男人莽撞地一路走来，似乎历尽艰险也会在所不辞。男人曾经想一走了之，可真要撂下心爱的军装、亲爱的妻子和可爱的儿子，他又不甘心。这都是欲望在作祟。不能让槐米为我难过和担心，不能光为自己啊。当了这么多年消防兵，总是救人于水火，却不能拯救自己。终有一天会卸下这沉重的面具，那自己的形象会在儿子心目中轰然倒塌，儿子和他的同学们都会笑话我这个虚伪的家伙，儿子也会因此永远抬不起头。男人陷入自己设置的迷阵当中，无法挣脱。他撕扯头顶日渐稀少的头发，试图抑制住欲裂般的头痛。

男人走到梳妆台跟前，他看到一张衰老无神的面孔。原来生活可以改变人的相貌，压抑苦痛的日子耗尽了他的青春。现在又连累了槐米，她也会为我变得惶惶不可终日，岁月很快会催老她的容颜，毁掉她的幸福。不，为了槐米，为了儿子，我必须舍弃一切。

男人找到了出路，心灵一旦被解救，整个人就变得清爽起来。他蹑手蹑脚地走出卧室，兴冲冲地在客厅里来回踱步。他听到阳台有人在说话，声音熟悉而亲切。他抓起烟盒，快步走到阳台。让他朝思暮想却又不断自责的身影不在那里。他缓缓蹲下身子，从烟盒里拿出最后一支烟，递给盛开的喇叭花。他笑嘻嘻地盯着花朵，张了张嘴又合上了。此时说什么都没有意义了，只有大胆地把心里的想法付诸实际，才是最有意义的。

男人掐下一朵喇叭花，冲它笑笑，然后回到客厅找到纸和笔，他很想把很多年前的那首诗写在纸上，但没有，他忽然觉得该给那首诗加上个题目，对，就叫雨中的伞吧。他想了想，低下头一笔一画地写了起来，写下的却不是诗的题目。他直起身来，搁下笔，捏着剩下的唯一一支烟，点上，凝视那张白纸，像在欣赏一幅书法作品，又像在苦苦思索。直到烟头烧到了手指，他才甩掉烟屁股，把另一只手里那朵慢慢失去水分、渐渐枯萎的喇叭花放在了纸上，花朵正好遮住四个字：离婚协议。

我说红烧，你说肉

仉正

雨下得有点儿急，顺着风，斜扫过光秃秃的枝丫，敲打着玻璃窗。仉正就是被这细小的声音惊醒的。

窗子关得严实，但仉正还是觉得有阴冷的风吹进来，裹挟着潮气，夹杂着一股土腥味儿。黑洞洞的夜幕笼罩着仉正的双眼，让他的情绪降到了冰点。他舔了舔干裂的嘴唇，索性坐起来，把手伸向床头，摸索了半天才发现，床头柜上没有台灯，也没有水杯，除了一身叠得整齐的军装，就只有大檐帽和武装带了。

仉正不再恍惚了，他终于意识到自己几个月前已经离开了家，现在住的是部队集体宿舍。臭烘烘的脚丫子味儿，加上酸唧唧的汗渍气，让他呼吸有点儿困难，甚至会有瞬间的眩晕。如果不是忽紧忽慢、时长时短的呼噜声灌进耳朵里，他会怀疑自己是在梦里。

雨声、呼噜声，还有一切琐碎的声音，都被无底的黑夜衬得异常清晰，这些超乎寻常的感观让仉正打了个寒战。什么鬼天气？都寒冬腊月了居然下起了雨。如果窗外飘着的是雪花，那一定是美好的。“雪花上千次落向一切大街”，仉正的脑子里冒出了奥地利诗人里尔克的这句诗，诗歌是浪漫唯美的，但在这特定的时刻，却显得不伦不类。这里的一切又把仉正拉回了现实。

该死的部队，该死的军装，仉正把身上盖着的军被扯到了一边，屈起两条腿，把脑袋搁在了膝盖上。虽然宿舍里温暖如春，但他就是想让自己着凉感冒。仉正不是怕吃苦、怕训练，他是想用这种自虐的方式惩罚自己。

按理说，依仉正的脾性，既然选择了当兵，哪怕有天大的委屈，他也会把苦水咽到肚子里。但自从他发现了现实与理想的差距之后，心里就开始别扭了。说一千，道一万，都怪自己信了别人的话，傻乎乎地以为到消防部队能当什么文艺兵。

老实说，仉正曾经偷偷哭过鼻子，但他怪不得别人，只能怨自己不长脑子，居然天真地认为父亲是为他好。真是应了那句话，鬼头仉嘴里要能蹦出半句实在话，鬼都得感动地下跪磕头。鬼都不信的人，仉正居然信了。可是鬼头仉当时就是那么说的，只要你去当兵，保证让你进部队的文工团。

鬼头仉不是别人，是仉正的父亲，一个在市民眼里响当当的人物。谁能不服气？才三十几岁就干上了市委副书记，就这速度，这辈子整个副省级跟玩儿似的。这不，在仉正当兵之前的头几天，人家刚被任命为市委书记。仇正虽然不关心这些事儿，但他还是听到了别人的议论，说仇贵书记能把“副”字抹去，隔着市长的职务蹦到市里的一把手，肯定来头不小，瞧人家掌柜的，根本不需要上党代会，省委组织部直接任命了，关键是人家才四十四周岁呢。这话一说，马上有人纠正，说关键的问题不在年龄，而是宣布掌柜的任职命令那天，省委书记都亲自出席了全市领导干部会议。说不定中央有人呢。屁！我还是那句话，他鬼头仇嘴里要能蹦出半句实在话，鬼都得感动地下跪磕头。这话刚一出口，就有人端着酒杯打起了哈哈，说你个家伙又喝多了，狗嘴里吐不出象牙，论能力、论人品、论智商、论情商，掌柜的早该提拔了，罚酒，罚酒。说这话的时候，端酒杯的人眼珠子滴溜溜转，慌里慌张地瞅了仇正一眼，就把目光聚焦到那个把仇贵称作鬼头仇的人身上。坐在仇正身旁的女人赶忙拉起他的手，还没说话脸上就堆满了笑，可不是嘛，人家仇书记的名字起得好，仇贵，想不当掌柜的都不行，来，大侄子，吃菜，吃菜。瞧这孩子瘦得跟干巴猴子一样，嗨，没妈的孩子啊，往后啊，你就把阿姨当亲妈。这些个议论仇正压根就没当回事儿，他连头都没抬，正鼓着腮帮子嚼一大块肥肉，他只听到一个声音——肥肉进了喉咙，顺着食道“咕噜咕噜”地撒着欢儿滑向了肠胃。每到这个时候，仇正全身的汗毛孔都会争先恐后地张开，好像要抢着发表言论，反正是舒服极了。

仇正真的不在意酒桌上的那些话，他从来不关心酒桌上有谁，他只在乎填饱自己的肚皮。就像那次酒席，是他同学的父亲，一个区长安排的，说是为他当兵送行。糊弄谁啊，还不是想跟鬼头仇套近乎？仇正几乎能想象得到那个同学的母亲，就是那个要给他当亲妈的女人在心里想什么。她肯定在笑话我吃个饭都没教养。鬼头仇就没少朝他发火，说他吃没个吃相，站没个站相，整个一街头混混，不争气的玩意儿，哪怕遗传自己百分之一，就吃穿不愁了。

刚开始，仉正心里还很不是滋味，觉得鬼头仉神经不正常，跟别人都是慈眉善目的，唯独跟自己的儿子脸不是脸、鼻子不是鼻子。管他呢，就当他心理有问题。当然，仉正有自己的招数，只要喊一声掌柜的，父亲就会收起一脸的严肃。瞧这官瘾得有多大啊。

仉正离开家那会儿是开心的，他想逃避那个压抑的环境。原因并没有那么复杂。

仉正只在照片上见过母亲，老人们说是他命硬，在生他的时候母亲难产死了。作为父亲，仉贵又当爹又当娘，忙里忙外把他拉扯大，他本该是感激的。但他对父亲所有的辛苦都视而不见，这些跟叛逆无关。谁让他行为不检点呢。喜欢谁就把谁娶回家，我仉正不是不懂事的孩子，为什么要瞎折腾。世上没有不透风的墙，你不怕别人说三道四，我还觉得丢人哪。唾沫星子都能淹死人，这道理谁都明白。可是，仉贵偏偏喜欢干些偷鸡摸狗的事儿。还有那个同学的母亲，一脸的暧昧，跟父亲那见不得人的事儿，难道就不怕被家里人知道？如果那不堪入目的画面也被我同学知道了，他会是什么反应，也会跟我一样选择逃避吗？如果他也发现了自己母亲跟我父亲的勾当，再跟我见面得有多尴尬啊。那些人说得没错，父亲仉贵这几年很顺，官越做越大，有些东西也越来越膨胀。也只能这么形容，因为他居然领回来一个比我大不了多少的女孩儿，夜里弄出来的动静真叫人脸红。可是，仉贵丝毫不顾及他的感受。

仉正只是想换个方式生活，但没想到会是一场骗局。仉正安慰自己，既然怨不得别人，那往后的日子只能靠自己了。

仉正迷迷糊糊地睡着了，再次醒来时，居然看到了雪花。

它们在窗外飞舞，像精灵一样，扑向窗子，又猛地打了个旋儿，扭转了身子，欢快地飞向远处。仉正眯缝着眼，注视着窗外，远处、近处，山间、田野，操场上、树梢上，目光所及之处都是白茫茫的一片。就连天空也是灰白的。仉正兴冲冲地跑出宿舍，嘴里呼出的热气，在他的眼睫毛上萦绕了一层薄薄的雾气。他激动地伸出手，在眼前抓了一把，一切都像是在梦中，一切又都在按部就班地进行。

仉正得感谢一个人，这个人叫张义，是他的指导员。原本两个人不会发生交集，既然到部队的梦想破灭了，那就混日子吧。但没想到的是，张义看了他的简历，跟他谈了心，鼓励他别灰心丧气，有梦想就努力。末了，还特批他可以自由出入俱乐部，想弹吉他就弹吉他，想唱就唱。这让仉正比吃了红烧肉还熨帖。忘了说了，仉正最爱吃的就是红烧肉，特别是半肥半瘦的那种，一咬一嘴油，香而不腻，感觉倍儿爽。

起初，仉正怀疑张义是知道了自己的身世，想通过自己拉关系，很快他就发现，自己有点儿小人了，人家张义是支队政委的女婿，据说都已经领了结婚证了，就差搞个婚宴，把大家心知肚明的事儿公开一下罢了。政委可是消防支队的一把手，人家也算是有来头的，完全没必要跟自己套近乎。这样一来，仉正对张义就多了分亲近，他经常想，有这么个哥也不赖，一个姓仉，一个姓张，也怪有缘分的。想归想，仉正张不开这个嘴。

人生在世不称意的事儿多着呢，连李白都为这个写过诗，我仉正算老几，有什么资格去怨天尤人？再说了，士为知己者死，仉正心里有杆秤，既然人家张义对咱那么信赖，别的不说，光自由出入俱乐部这一条，就算是特权了。消防队是纪律部队，讲究的是直线加方框，刚入伍的新兵，没那么自由。就凭这一点，不好好干工作根本对不起张义。也正是这个原因，仉正对张义交办的事儿格外用心，也对张义的一举一动多了分留意。

仉正发现，张义始终闷闷不乐。虽然张义不管对自己还是其他战友，一直都是笑脸相迎，但那笑容是呆板而且没有生机的，就像菜地里的菠菜，蔫头耷脑的，总感觉缺了点儿什么。仉正后来听别人说，张义的婚事要吹，否则，一个支队政委的女婿，不可能被发配到基层中队干指导员。这些传言到了仉正的耳朵里，经过过滤变得有些沉甸甸的，比如“发配”这个词儿，就分明带着很多情绪。直到这个时候，仉正才知道了一个潜规则——好多年轻干部不喜欢在基层中队当主官，苦点儿累点儿不要紧，跟火灾打交道才可怕，水火不长眼，指不定哪天出啥事儿。更多的人喜欢在大队或者支队当一个防火干部，那个岗位虽然也不轻松，但最起码有那么点儿权力，到地方单位转一圈，谁不得点头哈腰。这样的事情仉正一点就通，他虽然明白这些都是个别现象，但因为父亲的原因，仉正特别排斥。张义情绪不高，仉正不得不将这些传言扯到一块儿想，但他骨子里希望张义不是这类人，他更愿意让张义成为自己心目中的一个偶像，一个没有任何瑕疵的英雄。

张义

仉正下队前的头几天，张义刚到这个中队报到，当时，政治处主任和防火处处长都从机关赶了过来。论业务能力，张义在支队防火处数一数二，说他能挑大梁也毫不夸张，这样的人怎么就到基层中队了呢，很多人都在猜测。有的说，人家是支队政委的女婿，到中队无非走个过场镀镀金，没瞅见嘛，一个年轻干部到基层任职，两个常委到场，这种规格在支队的历史上从未有过。更何况人家政治处主任撂下话了，说支队党委是要把年轻干部送到基层岗位上锻炼锻炼，这样有利于个人将来更好地发展。也有人说，张义摊上事儿了。刚开始，后一种说法传播的范围很小，言辞也比较含蓄，但没几天的工夫，就在私底下传开了。甚至有人言之凿凿，说自打张义到中队，就没见他外出过，更没见女朋友来找过他。话里话外的意思很明显。

无论在哪个单位，总会有那么几个好事之人，他们传递某些信息的速度不亚于媒体记者，编故事的能力不比小说家差，点评的水平比报刊评论员还要强。他们私底下把张义的事儿定性了，说他是被发配到了基层。好事者还在寻找其中的蛛丝马迹，想为自己的判断提供依据。很快他们就发现了一个线索，说张义到中队后居然练起了毛笔字，年轻人哪儿有练这个的，都是那些没前途混日子的人才玩这个。所有传闻都传到了张义的耳朵里。这让他如坐针毡。

张义的确是在练习书法。在那间八平方米的小宿舍里，除了一张单人床外，就是一张大桌子了。桌子上铺着块毛毡，摆着笔墨纸砚，还有两个盛满了水的罐头瓶子，一个是用来涮毛笔的，另一个是用来蓄水的。张义在窗台上放了一个小小的透明花盆，里面有一株水仙，水仙是他到中队报到几天后植入的，那时候通讯员还把它当作了一头洋葱。虽然只是一株水仙，但张义却很讲究，他每天都要给水仙换水，水是从水龙头接来的，他会让这些水在罐头瓶里搁三天，然后只取瓶子上层的水来用。练习书法的空当，张义会盯着水仙看。此时的水仙已经很有些样子了，狭长的叶子在阳光的映衬下青翠耀眼，给小屋添了不少生机。张义临的是柳体，他喜欢柳体是因为柳公权的书法棱角分明、骨力劲健，这跟他的性格有关。这次职务调整，他心里也很不是滋味，但他觉得这样也好，可以静下心来好好思考一些问题。每天夜里查完铺、查完哨，张义就独自回到宿舍，泡一杯浓茶，拿本字帖，开始临摹。不知不觉就进入了另一个世界。他已经慢慢习惯了这种生活。以至于沉浸其中不能自拔，他很想找回一些失去的东西。

这天晚上，张义写字的时候总是走神，他一改往常的姿势，握着笔佝偻着身子趴在桌前，直到胳膊有些僵硬了，才发现墨汁已经滴到宣纸上，透过纸张浸染了毛毡。张义放下毛笔，习惯性地把目光投向窗前的水仙，这一次他没有理会绿意盎然的叶片，只是呆呆地盯着水里的根须。嫩白的根须早已向着盆底舒展开来，它们之间错综相连，跟他此时的心情一样，乱糟糟的。

张义跟很多部队当兵的人一样，婚姻是别人介绍的。从某种意义上讲，张义是被动接受了这门婚事。

介绍人一说对方的情况，张义就拒绝了。那个时候，岳父还是支队长，党内职务是支队党委副书记，算是二把手。倒不是张义对另一半要求多高，他实在是不想落下个攀高枝的名声。介绍人乐了，说你张义是什么人，谁不知道？再说了，你自己心里清楚，不是为了借助婚姻找靠山，干吗要在乎别人的看法。就算是你真有这个想法，也不用计较别人说什么，喜欢论人是非的就让他折腾去，有本事自己也去找个当官的女儿结婚。张义想这话说得倒也在理，也就稀里糊涂地去相亲了。不去不行啊，介绍人说，无论如何得给他留个面子。

还好，张义的另一半都郁比想象中要强很多。她在相貌上给张义留下的第一感觉不错，脾气性格上更是接近满分。时间长了，张义发现，都郁不撒娇、不化妆、不逛街，虽然算不上女汉子类型，但还是喜欢时不时地强势一回。慢慢熟悉了之后，张义问都郁，你这大大咧咧的样子，遗传的谁的基因啊。都郁笑得前俯后仰，说我不随爹也不随妈，我随我的老祖宗。张义这才知道，都郁的祖先是蒙古族后裔，而且还是成吉思汗的黄金氏族。但都郁的母亲在整个家庭中属于另类。老人家计较细节，喜欢跟别人攀比。

这不，一到谈婚论嫁阶段，都郁的母亲就把话挑明了。说是买房子、买家具由张义负责，装修的钱老都家出。当然了，买什么房子，置办什么家具，找什么人装修，装修成什么样子，全是都郁母亲说了算，张义只需要乖乖地掏钱埋单就行。麻烦的是，两口子登记之后，岳母越来越挑剔了，给张义的感觉是，好像娶了都郁占了很大便宜。都郁劝张义别在意，说当妈的疼女儿理所当然，冒出个婚姻恐惧症啥的纯属正常，只要咱小两口好好过日子，别人谁也说不出啥。

都郁的话让张义很感动，他恨不得马上把心爱的女人拥在怀里，用唇印从头到脚都盖上自己的印记。但他万万没想到，自己会在某一天伤了对方的心。

张义有一个优点，他能很快地调整自己的情绪，应对方方面面的压力。这可能也是岳父选择他做乘龙快婿的原因之一吧。既然婚姻亮了红灯，那就不要再纠缠儿女情长的事儿了。解决失意的最好办法不是练习书法，而是拼命工作，把自己忙得团团转。

仉正这批新兵下到中队之前，张义就忙活开了。他不但要熟悉中队的全面情况，还要重点关注兵们的思想动态，在这个节骨眼儿上，作为新调进的干部，得先把老兵们安抚好了，才有精力去带好新兵。恐怕所有兵种都这样，老兵退伍、新兵下队，还有像入党、考学、年终评比涉及士兵成长进步的时间段，都算得上管理的敏感期。张义虽然长期在机关工作，对一些基本常识还是深谙其道的。在新兵下队前的头几天，张义也顾不上练习书法了，他带着老兵一起为迎接新兵作准备。欢迎新战友的标语写了，各种文体器材准备好了，所有该置办的都置办了，就连中队食谱他也亲自审定。部队有句老话，一个司务长顶得上半个指导员，把伙食调剂好了，兵们才能安心工作。张义明白这个道理，也因此更加关注兵们在饭桌旁的状态。

仉正的吃相令人恐惧，有点儿像久未进食的恶狼，眼神里带着贪婪的光泽，又有点儿像栏里圈养的猪猡，咀嚼时伴着怪异的声响，特别是在吃红烧肉时，他鼓着腮帮子，眨巴一下眼睛就咽进了肚子。看着仉正瘦瘦弱弱的样子，张义有些心疼。这一定是个家境贫寒的农村兵。

饭后要查查这个兵的家庭情况，找个时机跟他谈谈心。张义刚做好打算，就看到仉正捂着肚子皱起了眉头，豆大的汗珠从双鬓滚到了嘴角。送到医院一检查，仉正因为大量进食油腻食物，加上水土不服，得了急性肠痉挛。

仉正完全可以有另外一种活法，因为他有一个当市委书记的父亲，这样的家庭条件一般人望尘莫及。仉正是独生子，在所有人眼里，他都应该是个娇生惯养、不谙世事的干部子弟。可是，在仉正治疗期间，张义才知道了他的身世，而且发现这是一个非常懂事的孩子。他完全没有现在一些年轻人身上的世故和圆滑，说话办事都非常坦诚，那些毫无修饰的言谈叫人心疼。张义能感觉到，仉正在有意识地回避与父亲有关的话题，但他还是不可避免地牵扯了一些。如果换作别人，早就以另外一种姿态到处炫耀了。仉正向张义抱怨，责怪父亲不负责任，根本不考虑他的想法，把自己骗进了部队。为了安慰仉正，张义说，你是好样的，诚实稳重，别人根本看不出你有这么好的家庭背景。仉正淡然一笑，说人不能光靠直觉，眼睛看到的并不一定是事实。这句充满哲理的话引起了张义的共鸣，而且在心里掀起了不小的波澜。都说眼见为实，可这个主观性极强的老古话，真把自己害惨了。张义逼着自己不去想那些七七八八的事儿。

中队主官职务不高，事情不少。执勤训练、政治教育，还有兵们的吃喝拉撒睡，得面面俱到，哪一点考虑不周全，都可能出点儿小乱子。张义不怎么爱表达，但他能根据每个兵的实际情况作分析，进行风险评估。这是他在支队防火处工作时养成的习惯。他会把职责范围内的所有目标单位，也就是需要他进行消防审核验收的社会单位都列一个表格，每个技术指标都统计下来，用专业数据去分析，不符合《消防法》的他一向铁面无私。现在，他把这个个人悟出来的经验移植到了队伍管理上。张义认为，只要是管理，不管对象是谁，道理都是相通的。比如仉正，他既然喜欢文艺，那就给他创造条件，尽可能地让他实现理想。那么多兵每个人都有自己的思维，都需要对症下药，张义之所以对仉正多了一分关注，跟对方的家庭背景无关。如果真要找个理由的话，张义觉得仉正跟他有点儿同病相怜。

张义听说，仉正的父亲虽然年轻，但在工作作风上是硬朗的，这个词放到家庭当中就是霸道了。都郁一家人给张义留下的感觉多数情况下是好的，这个好可以用温馨来形容，也可以用其他好多幸福的词汇来比喻，但有一点，他的岳母会时不时地出个难题，并且从来都是说一不二。

如果岳母不强逼着买婚房，那事情或许不会这么糟糕。

都郁

都郁跟张义相识在一个秋天的上午。那天，父亲的同事安排几家人搞了个家庭聚会，张义是唯一的同龄人。聚会安排在城市南边的山区里，那里不但有农家宴，还可以欣赏风景。事后，或者说在跟张义确定了恋爱关系之后，都郁才发现，在聚会地点的选择上，介绍人非常用心。

那里的环境和氛围太适合谈情说爱了。

刚开始几家人围成一堆，谈天说地，张义身在其中有些拘谨。也不知是谁出的主意，说分年龄段操练。操练是他们训练场上的术语，也是他们的口头语，好像生活中除了消防那点儿事儿就没有别的了。分头操练的提议得到了大家的认可，父亲和那些同事就散坐在池塘边钓鱼，女人们就嘻嘻哈哈地带着孩子到果园里采摘了。只剩下张义和都郁。都郁主动提出，让张义陪她四处走一走。

秋风吹过，带来一阵花草的清香和果实的芬芳，田野间的乡土气息令人陶醉。金黄色的落叶随风飘飘悠悠地落在了地上，给大地铺上了一条金灿灿的地毯。阳光透过树叶星星点点洒到了地上，张义小心翼翼地躲过阳光的斑点，行走的姿势像是在跳跃，轻盈的身影很有韵律，让都郁产生了幻想和错觉。就在这个时候，张义回过头盯着都郁看了好大一会儿，莫名其妙地问了句，你脸怎么红了。都郁羞赧地指指远山，说被红叶映红了。远处的枫叶全都像涨红了的脸，山上、山下，红彤彤的一片，点燃了秋天，也点燃了他们之间的爱情。

都郁心里清楚，父母对张义各方面条件都很满意。父亲对张义更是赞不绝口，他的态度非常明确，那意思是都郁这辈子如果不嫁给张义，就别回来认他这个爸爸了。奇怪的是，母亲总是冒出些稀奇古怪的想法，非得让张义买婚房。张义大学毕业到消防部队没几年，父母都在老家乡镇当中学老师，怎么可能拿出这么多的房款。为这事儿都郁没少跟母亲闹腾，但母亲也有她的道理，说什么老都家虽然算不上名门望族，但在市里也是有头有脸，名声在外，嫁女不能太寒酸落人话柄。都郁吵吵说，要想场面也可以啊，现在谁结婚不是男女双方共同买房子。母亲也很较真，说一码归一码，女方掏钱买房子不吉利。都郁认为母亲在强词夺理，母亲就咧开嘴带着哭腔哼唧，说什么女大不由娘，都怪你爸爸，当初非要给你起个名字叫都郁，两个大耳朵，不听自己爸妈的，偏要听别人的。母亲说这些的时候，总是免不了唠叨过去，向都郁数落父亲，埋怨他当年只知道拼命干工作，不顾家也罢了，自己也得跟着遭罪受气，这辈子真是瞎了眼，嫁给你爸爸也把整个人搭给了消防。母亲一副苦大仇深的样子，让都郁不忍心再理论下去，她只能安慰自己，母亲这是到了更年期，让着她也无妨。庆幸的是，张义对母亲的这些要求没有太多异议。虽然话里话外透着不满、带着牢骚，总还是能够相安无事。

都郁说服不了母亲，只能把希望寄托在父亲身上，虽然她知道这种希望很渺茫。别看父亲在部队上说一不二，但在家里绝对处于劣势，所有事情几乎都听母亲的。自从都郁跟张义谈起了对象，父亲在家的时间都明显多了起来。

父亲喜欢跟张义聊天，他们的话题很宽泛，天文地理、时事政治、社会民生，没有他们不聊的，聊来聊去最终都会聊到一个话题——消防安全。母亲一听到这里就皱眉头，说工作上的事儿你们去办公室谈，别在家里扯皮，这地球离了谁不转，就差你们消防？真是上管天、下管地、中间管空气。每到这个时候，父亲就会冲着张义使眼色，一前一后端着杯子去书房，继续探讨他们的话题。

张义跟父亲的争吵让都郁感到意外。连母亲都被吓得在客厅里不敢吱声。在都郁的印象中，父亲年轻时冲家人发过几次火，之后那么多年无论在外面多累多辛苦，也不会把情绪带回家里。跟张义交往了这么长时间，都郁心里也有数，张义从来都公私分明，更不会随便为点儿事情就怒形于色。都郁的母亲有些紧张，说这爷儿俩犯病了，让都郁到书房里劝一劝，调解一下。都郁没理会，她知道这个时候，做什么都会无济于事。她只能支棱起耳朵，捕捉一些信息。都郁隐约听到，张义在跟父亲争论一个单位的消防审批手续，而且父亲对这件事情反应强烈，嗓门比平常高了许多不说，还偶尔蹦出个脏字，骂骂咧咧的。那次争吵之后，都郁发现父亲再见到张义就有那么一点儿尴尬，也不像往常一样坐在一起谈古论今了。都郁倒是问过张义，张义轻轻叹了口气说没事儿，工作观念上有分歧。

又过了些日子，张义跟父亲再次发生了争吵，跟上次不同的是，张义的声调有些高，情绪有些失控。都郁影影绰绰地听到，张义似乎在跟父亲辩解什么，还说身正不怕影子斜，消防干的都是良心活儿，发誓不会做对不起良心的事儿。

之后，张义就找借口不肯跟都郁回家了，后来甚至不肯跟她见面了。都郁觉得蹊跷，就跑去问父亲，没想到的是，父亲只撂下一句话，散了吧。

哪儿能说散就散呢？婚姻又不是儿戏。已经登记了，这在法律上是合法夫妻了，要散就得去民政局办离婚证，总得给我个解释吧。可是，怎么着也联系不上张义了。张义调整了职务，去了中队，每次约他，都会说基层工作忙，刚到单位得熟悉情况。转过头来问父亲，也讨不来只言片语，两个人好像商量好了，在这个问题上讳莫如深。

都郁非常痛苦，她开始拒绝跟任何人来往，成了大门不出、二门不迈的宅女了。都郁不敢上街，别人随便瞥她一眼，她都会觉得是在盯着她看。可悲啊，我都郁被别人踹了，成了离过婚的女人啦。可不知怎么了，都郁始终对张义没有怨恨，即便是知道了事情的原委，她依然恨不起来。

都郁跟父亲已经冷战好长一段时间了，她想用这种沉默的方式抗拒父亲，她想知道为什么他要让自己跟张义离婚。她甚至在一些细节上暗示父亲，不在沉默中灭亡就在沉默中爆发。但对当了大半辈子消防兵的父亲来说，这些小伎俩一眼就能看破。都郁觉得父亲有些狠，她决定换一种方式，打亲情牌，想办法撬开父亲的嘴。

都郁的变化让父亲喜出望外，女儿终于想开了。实际上，他在心里为女儿感到委屈，闺女真是命苦啊，在婚姻的事情上栽了跟头，这往后就是“二手货”了，什么东西一倒手就不值钱了，更何况一个如花似玉的大活人呢。女儿一直跟在屁股后面问原因，后来还闹起了情绪，可有些事情根本就没法说，也说不出口。说女儿可怜还不如说自己可怜，支队上下都知道张义那小子喊自己岳父了，连地方政府的朋友都嚷嚷着什么时候喝喜酒，冷不丁地冒出这么个腌臜事儿，脸算是丢尽了。谁也不能怪，都怪自己瞎了眼。可是，这事儿还真没法公开，只能打掉牙往肚里咽。人家实名举报你张义，按理得让纪委查一查，可这事儿没法搁到桌面上，丢人哪！

为了回应女儿递出的和好信号，都郁的父亲把手机扔给了女儿，让她帮忙下载微信，说现在大家伙儿都用上微信了，再不操练就落伍了、掉队了。都郁笑了，父亲用的词儿还是操练。

都郁终于找到了答案。

都郁帮父亲下载并注册了微信之后，无意中看到父亲手机里的一条短信。短信里有一条举报信息，说是张义收了盛海开发公司的二十万元现金，都是从银行刚取的新钞，连着号。短信还说，张义跟一个女人有私情，回头给你发个彩信。都郁慌忙查找那条彩信，总算找到了，这条彩信跟短信显然不是同一天发送的。都郁来不及琢磨太多，她怕手机在自己手里耽搁太长时间引起父亲的误会。

彩信里有两张图片。一张是一个年轻女子跟张义在床上的自拍，张义红着脸像是睡着了的样子，那个女子把脸靠在张义旁边，冲着镜头绽开了萌萌的笑容。另一张更是不堪入目，张义赤身裸体趴在大床上，还好，没有把所有隐私暴露出来。枕头旁边有一个女人的文胸，还有一个红色的内裤。内裤是都郁为张义买的，再熟悉不过了，还有那张床，是她和母亲一起在家具城挑的，闭上眼都能说出什么样子。这条彩信让都郁一下子坠入了无底洞。张义啊张义，道貌岸然的家伙，居然把女人领进了刚装修好的婚房，那张床应该属于咱们的洞房之夜啊。都郁偷偷记下了那个电话号码，当天晚上就打了过去。一说张义，对方就“嘿嘿”一笑挂了电话。再打就拒接，再打就干脆关机了。

都郁蒙着头哭了一宿，第二天给单位打电话，请了几天事假。单位上的同事说该忙就忙，马上要结婚的人了，需要忙活的事情多。都郁强忍着泪水，挤出了一声苦笑。

不到一个星期的时间，都郁就胖了。别人睡觉的时候，她也躺在床上，瞪着两只大眼瞅着空洞洞的天花板，瞅的时间长了，她发现天花板上也生出了眼睛，白眼球黑眼珠，大大小小层层叠叠，都在盯着她看。天花板上的这些瞳孔时而虚幻时而真实，让都郁恐惧得无法入睡。都郁只好爬起来，冲杯咖啡，从床头捡起一本书，胡乱翻几页。都郁不是在看书，而是在消磨时间，夜半时分，她会跑到厨房给自己做吃的。都郁没有吃零食的习惯，她在厨房里随便找点儿吃食，再拿上一瓶红酒回自己房间。她得保证这些不被父母发现。父母看到都郁胖了，也没怎么细想，他们并不知道女儿发现了彩信里的内容。

都郁想，是福不是祸，是祸躲不过，张义你完全可以跟我面对面地把事情说清楚。但张义始终不肯露面。

假期结束的前一天，都郁到花市买了个透明花盆，还有一个经过催芽处理的水仙球，托人捎给了张义。都郁用这盆花向张义传递了一个信号，她想讽刺张义，嘲笑张义的不忠。

水仙送出去之后，都郁就开始不断回想秋日的那个上午。

张义和仉正

张义非常爱惜这盆水仙。他脑子里冒出了一句英语：language of flowers。对，花语，都郁是用这盆水仙来表达她对我的理解和支持。没错，水仙代表思念，表示团圆，这说明都郁想念我，希望早日跟我团圆。水仙还代表纯洁的爱情和妇女的德行，看来都郁相信我是无辜的，她应该是想告诉我，她会等我给她一个答复。

张义转念一想，都郁知道那些事情吗？父亲会跟她说吗？应该说了，否则这段时间怎么不联系我了。知道了更好，这说明我们之间的爱情经得起考验。

这些良好的心理暗示，让张义激动不已，他拿起毛笔，在宣纸上写下“衣带渐宽终不悔，为伊消得人憔悴”“两情若是久长时，又岂在朝朝暮暮”之类的诗句。但是，更多的时候，张义体味的还是苦闷和憋屈。

仉正就是在这个时间段闯入了张义的生活。在张义眼里，仉正活在别人的影子里，父亲是市委书记，父亲身上的各种风光掩盖了他的天分。这个小家伙跟自己一样可怜，他摊上了一个强势的父亲，自己摊上了一个强势的岳母。如果岳母不逼着买婚房，他就不会向盛海开发公司借钱，就不会发生后来的事情。张义决定帮仉正一把，挖掘他身上的闪光点。

张义鼓励仉正坚持自己的爱好，给他买了一些音乐方面的书籍，让他自学音乐创作，把爱好变成特长。张义对仉正的重视，让仉正喜欢上了部队。确切地说，仉正是从心底里膜拜张义。他觉得张义说话办事都干净利落，一举一动都干练潇洒，他恨不得天天像个跟屁虫一样待在张义身边。

仉正已经感受到了，无论张义多忙，都会找个空闲，听他抱着吉他弹唱。张义说，我给你的书要好好学，将来学会写歌，给消防写歌，让更多的人了解消防。仉正在吉他上弹了个和弦，表示应允。张义问他有什么困难，仉正说光看教材还有些困难。张义承诺给他请个老师。

仉正身份特殊，张义对他过分关注，免不了引起别人的误会。但张义不怕别人说三道四，跟都郁谈对象不怕，受到别人的诬告不怕，现在对仉正好一点儿，他更不怕。他怕的是仉正过于迷恋文艺，什么事情都是物极必反。还好，仉正头脑清醒心里有数，工作和爱好之间，他处理得当，游刃有余。仉正的表现让张义非常满意，最关键的是，张义请来的辅导老师告诉他，仉正进步神速，在音乐方面很有天赋，可以称得上是天才。

张义在一次“六熟悉”训练中把老师的话转告给仉正，让他抓紧学、好好学，争取早点儿自己写歌。仉正说，行，但你得请我吃红烧肉。张义看着仉正的一脸坏笑，喜滋滋地答应了。

张义是一个十足的军事迷，没穿军装前，《孙子兵法》他几乎倒背如流。到了消防之后，张义先是有点儿失望，觉得消防离现代战争太遥远，先前研究的那些军事理论跟消防搭不上边，等他了解消防之后才发现，和平年代的消防更不容易。虽然之前一直在机关工作，但张义始终没有忘记钻研一些执勤灭火常识。就拿“六熟悉”训练来说吧，他一看内容就想到了“知彼知己，百战不殆”，这句话出自兵法里的《谋攻篇》，对应《谋攻篇》的前一篇《作战篇》，道理浅显易懂。因为“六熟悉”就是要熟悉责任区的交通道路、水源情况；重点单位的分类、数量及分布情况；主要灾害事故处置的对策及基本程序；重点单位建筑物使用及重点部位情况；重点单位内部的消防设施情况；重点单位的消防组织及其灭火救援任务分工情况。换句话说，基层中队的中心工作就是灭火和抢险救援，只有有的放矢地掌握辖区的特点和重点单位的情况，才能打有把握之仗。因此，张义非常重视“六熟悉”训练，他亲自带队在辖区内开展这个训练科目。

临近傍晚，在兴城大厦门口，张义和他的兵们被保安拦了下来。保安说经理有交代，消防的来了不伺候，其中的一个班长听着不顺耳，就吵吵了几句。这下子可捅了马蜂窝。整个楼的保安都聚集在门口，过往行人都看起了热闹。为了不发生冲突，张义赶紧安排班长带其他兵归队，只留下仉正和他一起跟大厦管理人员交涉。

兴城大厦是市里的地标性建筑，张义还在机关工作时，对这里的情况就了如指掌了。张义对保安经理说，你们这个大厦地上66层、地下3层，共69层。地上高323米，占地3.3万平方米，地上建筑面积超过17.5万平方米，地下5.3万多平方米，总建筑面积超过23万平方米。保安经理是东北人，用大嗓门打断了张义的话，别他妈的给我扯犊子，跑俺这旮旯背课文哪，你给老子整明白了，消防，这旮旯不欢迎，爱咋咋地。张义憋着心里的火儿，说，你这儿的建筑规模相当于十三条胜利街，又是商业，又是办公，还有娱乐和餐饮，是标准的人员密集场所……保安经理早就不耐烦了，他硬生生地打断张义的话：滚犊子，有本事找老总。

张义被戗得面红耳赤，叹了口气，从兜里摸出了手机。仉正没注意电话当中说了什么，他满脑子都在想，胜利街，那可是远近有名的购物步行街。小时候，仉正的家就在那儿，听父亲说那条街道唐朝的时候就有了，中华人民共和国成立后成了地区专署的办公地点，老街道改了个名字才保留了下来。那条街道的沥青路面还是父亲带人修的，他恢复了街道路面，仿照大炼钢铁时候揭走的青石板制作了一批乌黑色的石板，勉强还原了街道原貌。仉正记得，胜利街建好后，父亲带着他在石板路上奔跑，“噔噔噔”很带劲儿。那条街怎么着也得有四百米吧，乖乖，这个大厦的规模居然顶得上十三条胜利街。

就在仉正胡思乱想的时候，一个戴着墨镜的胖男人出现在他们面前，看着那些保安唯唯诺诺、毕恭毕敬的样子，仉正猜想这个人来头不小。果不其然，胖男人对张义伸出去的手视而不见，他指着保安经理骂：你们这群王八蛋，把你们的狗眼抠出来看一看，人家小张是谁啊？咱们消防支队的大拿，人家审批过多少项目？你们一个个猪鼻子插大葱——装象，给个棒槌就当针认，要知道自己能吃几两干饭，别门缝里瞧人把人看扁了，人家小张的岳父可是咱们消防支队的政委，一把手呢。

张义顾不上理会那些指桑骂槐的话，他上前一步问，刘总，大厦什么时间开业的，消防手续都合格了吧？

这个问题得问你岳父，要么你就去问市委仉书记，我们民营企业嘛，是在为地方经济建设作贡献，消防也得服从地方党委政府的领导，是不是？胖男人拍拍风衣下摆，鼻孔里曲里拐弯儿地发出了一个“哼”字。

市委书记？屁！

仉正的这句话让转身正要离去的胖男人回过了头，他冲仉正笑笑，说这小家伙有点儿意思。然后从背后传过来半句话：

给你岳父问声好。

这场闹剧败坏了张义的情绪，但是他还没忘之前跟仉正的约定。

张义带着仉正去了一家餐馆，点了几道菜，其中就有仉正爱吃的红烧肉。看着张义不开心的样子，仉正说，指导员，我想写首歌，歌的开头我打算来段 RAP。张义心不在焉地回答，说好，就没了下文。等仉正想张嘴唱那段 RAP 时，张义已经让服务员上了瓶二锅头。

仉正第一次觉得红烧肉吃得没滋没味，因为张义喝醉了。张义先是唠叨，咱们有“五条禁令”，我不该喝酒。然后就舞舞咋咋地骂娘。仉正第一次听到张义嘴里蹦出脏字，他过滤了那些脏字，勉强把那些前言不搭后语的话串联起来：骂我猪鼻子插大葱——装象，不符合消防审批手续，我坚持原则，有苦难言，早晚得出事儿，得举报。

仉正说，对，得举报，回去就操练。不知什么时候，仉正也学会了“操练”俩字。

这天晚上，张义趴在宿舍的桌子前写字，不是写书法，而是写举报信。他写了撕，撕了写，一会儿的工夫桌子上和地下就变得乱糟糟了。那些飘散的纸张碎片变成了一张张嘴巴，它们在张义的耳边一个劲儿地争吵——

张义，你别不自量力，人家都说了，消防要服从地方党委政府的领导，你瞎操什么心？

张义，你得想好了，这事儿没有你岳父点头，肯定批不下来，本来就跟都郁没法解释，再举报你岳父，那婚事肯定得吹。

张义，你身为消防举报消防，不管结果如何，肯定牵扯出一大批人，把大家伙儿得罪了，你还想在部队干下去吗？唾沫星子都能淹死人哪。

张义，你说的良心哪儿去了？喂狗了吗？

……

张义的心里乱成了一团麻，他拍拍疼得有些发胀的脑袋，把目光凝聚在窗前的水仙上。张义把花盆小心翼翼地捧到面前，水仙球茎上早就生出了翠绿的叶子，叶子中间发出了六支花莛，顶端已经生出了花骨朵。要开花了，春天就要到了，我不能让它乱下去。张义从花盆里拽出了水仙，用剪刀把错杂在一起的根须拦腰剪断。张义用欣赏都郁一样的眼光深情地看着水仙，他似乎闻到了一股花香。

张义趴在桌子上睡着了，一夜无梦。一直到仉正来敲门。张义醒来的时候，一眼就看见了那株水仙，花盆坐在暖气片上，先前生机勃勃的水仙已经开始枯萎了。张义气急败坏，冲自己发起了无名火。多大点儿事情，非要喝那么多酒，现在好了，水仙被暖气烤死了，回头拿什么礼物送给都郁？仉正说，指导员，这可是不吉利的征兆啊，该不会是要出什么事儿吧，呸呸呸，乌鸦嘴！

就在这个时候，电铃响了，仉正顾不上拿出昨天晚上刚写的歌词，只能跟在张义身后，冲到了停车场。消防车拉着警铃呼啸而出，仉正看到，张义紧绷着脸注视着前方。

我

从看到电视新闻的那天起，我就觉得会出事儿。但没想到事情会来得这么快。这样也好，最起码我可以不用夜夜做噩梦了。

这几天的夜里我都会做同一个梦。梦里，有一群看不清面目的人围在我身边，他们簇拥着我往楼道走，我想推开他们，可是，手还没触及他们的身体，他们的身上就“噼噼啪啪”地冒出了火星，紧接着，这些人就变成了火球，空气中弥漫着呛人的焦煳味。他们都抬起了头，用黑洞洞的眼睛盯着我，只是流泪，不说话。我想逃出人群，他们又争先恐后挡住了我的去路，面目狰狞地向我扑来。我听到了消防车的警报声，我看到张义踩着云彩出现在我的面前，我向他伸出手，却被一把刀砍断了。仉贵举着血淋淋的刀横在我的面前，他放肆地笑着，那张胖胖的脸又变成了仉正的脸。我歇斯底里地喊，张义，救我！却被人推向了无底深渊。我听到了熟悉的笑声，是刘总的笑声。我看到了那些着了火的人，他们跟我一起坠入深渊。

梦醒之后，我大汗淋漓，浑身酸痛。我知道，这是报应。

我是经人介绍进的盛海开发公司，刘总是我们的头，负责兴城大厦项目的开发。原本我的目标是考个公务员或者当个老师，领一份旱涝保收的工资，对于女人来讲，这样的选择是很理想的。

我没有多大的理想抱负，我只求安安稳稳地过日子。没考上公务员不要紧，那就争取当个老师吧。到一家学校应聘的时候我才发现，老师这个行业还得有教师资格证。老家的亲戚笑话我，说我光顾着读书，两耳不闻窗外事，想当老师居然连基本的条件都不知道。这确实令我尴尬。有人就替我解围，说这算啥，这说明孩子老实，估计上大学时连恋爱都没谈过吧。替我解围的是刘总，我的远房堂叔，在我老家那里算，应该是没出五服，他在我们家族里很有名望。谁都不知道他用了什么法子，居然在外面混得人模人样，还当上了市里的人大委员。很多人都把他当成了神，恨不得把他的照片请回家，摆在案桌上当成财神供着。我祖宗八代都是农民，父母除了会刨土坷垃就不会干别的，他们省吃俭用供我上大学，本来是指望着我能有份好工作，彻底改变家里的情况，但他们没想到，我大学毕业之后居然找不到工作。我父亲成宿成宿地捧着烟袋锅抽烟，好不容易睡下了，也能被自己咳醒。他怎么也搞不明白，大学生咋就这么不值钱呢。别说他搞不明白，社会变化这么快，普通群众哪儿能看得懂？普通群众这个词儿是我从仉贵那里听来的，在他嘴里，这个词儿出现的频率极高。什么为普通群众谋福利啊，要密切联系普通群众啊，当官要对得起普通群众啊，等等，好像他整个人都是为这个词儿生的。我经常想，我，我父母，还有老家的那些街坊邻居们，我们都是普通群众，那谁是特殊群众呢？我堂叔刘总说，他就是特殊群众。

家里还有两个弟弟在上学，父母能供我一个女孩子上完大学已经很不容易了。我不能一直待在家里，必须工作。我大伯是村里的书记，是整个家族的明白人，他以村里小学建成使用三周年的名义，把刘总请回了老家。那所小学是刘总出资建设的，他说致富不能忘了众乡亲，他理所当然地享受金钱带给他的荣誉。刘总本来推辞了村里的宴请，说要赶回市里，有一个很重要的项目在谈，后来，我才知道，他正在跟消防支队交涉兴城大厦的消防验收问题。他是看到了我才留下吃了顿饭。在饭桌上，他替我解围，并向我大伯承诺，只要跟着他干，不出几年就会富起来。他还说，如果不想在企业里干也行，赶明年再考公务员，他替我找人，准保能安排上，现在没关系还想考公务员，更别说是学音乐的，除非太阳打西边出来。我大伯替我应下了，末了还往他车上装了两桶花生油。他很愉快地接受了。他一只手搭在我的肩膀上，另一只手指着花生油，笑眯眯地盯着我说，这个好，纯绿色。我当时下意识地躲了一下，村里人哄然大笑。他们说，这小妮子跟自己叔叔还扭扭捏捏的。刘总也跟着眉开眼笑了，他用拍我肩膀的手一把搂过了我的肩头，说都是一家人还生分个屁。说完这话，他的手已经滑到了我的胳膊上，他捏了捏我的胳膊，手劲儿有点儿重，但我没好意思吱声。

所有人都会把这个亲昵的动作当成是长辈对我的关心，包括我在内。到公司上班之后，我堂叔刘总安排秘书给我买了几身衣服，天，贵得吓死人，比我大学四年的学费和生活费加起来还要高。他带着我跟各种人应酬，走到哪儿都忘不了介绍，说我是他的侄女，刚从大学毕业，是一枝含苞待放的山桃花。跟张义第一次见面的时候，他就是这么说的。

我记得很清楚，张义冲我笑了笑，自顾自地吟诵："村南无限桃花发，唯我多情独自来。日暮风吹红满地，无人解惜为谁开。"我堂叔刘总带头鼓掌，说部队上真是藏龙卧虎啊，小张兄弟真是才子，李白的诗张嘴就来。我不知发了什么神经，接着就给他纠正，这是白居易的《下邽庄南桃花》。刘总拍拍自己的脑门就笑，对对对，还是大学生说得对，是白居易的，不是李白的，来来来，给这对才子佳人敬杯酒。那天晚上我喝醉了。

有些事情我这辈子都不想去回忆，可是现在我不得不去揭开那个伤疤。

堂叔是个道貌岸然的畜生，可是我发现得有点儿晚。他不但把我那个了，还给我拍了照。我实在是没脸在这个世上活下去了，我用刀片割了手腕。殷红的血顺着手指流到了指尖，又从指尖滑落下去，摔在了地板上，我有些恍惚。后来我被抢救了过来，堂叔让我要死滚到别处去死，别脏了他的地方，败坏了他的名声。究竟是谁败坏了谁的名声？我想起了地板上的那些血渍，像一朵朵盛开的桃花，我还想起了张义吟诵的那首诗。我也忘了我是怎么活过来的，反正我是想开了。都说人无千日好，花无百日红，桃花不为我开也不会为我谢，我的生命很渺小，身子也不值钱，但我活着就得活出个样子，像桃花一样开出一片灿烂。

我沦为那个畜生的一个工具。我学音乐，会唱歌跳舞，他用我来对付形形色色的官员。我知道我做的事情都见不得光，但我很纠结，放纵自己可以换来一丝快感，那种快感里带着仇恨，我想让所有好色之徒都身败名裂。

可是，我必须承认，对张义我下不了手。堂叔说，做完这件事就放过我，我才答应了他。

在酒桌上我才知道，张义买房子借了那个畜生的钱。那个畜生说，钱不钱的无所谓，只要早点儿把兴城大厦的消防手续办妥就一笔勾销。张义不干，说，不能违反原则，不能违背良心。那个畜生就说，原则是什么？良心又是什么？你小张兄弟不肯高抬贵手，我也不强求，回头我去找你岳父。张义说，不可能，我岳父比我还讲原则。那个畜生冷冰冰地笑了半天，一字一顿地说，你们一家人都是共产党员，我就不信你们小胳膊能拧过大腿。说到这里，那个畜生的笑声戛然而止，他收住挤出来的笑容，脸面上带着戾气。

张义很快就喝醉了，就算没有心事，他的酒量也不如我。那个畜生用眼神命令我，让我把张义送回家。在张义的婚房里，我把他扶到了崭新的大床上。他口齿不清地咕噜了很多。我很想把自己的身子给他，在我的身体里孕育一个传承他血脉的生命。我已经脱下了自己的衣服，但他拉着我的手喊我都郁。我一下子清醒了，但该做的事情还是要做，我拍下了几张照片。

那个畜生把照片要了去，发给了张义的岳父，然后真的放过了我。事实上，也算不上是放过了我，他把我当成礼物送给了市委书记。

我要抓住这次机遇，我必须逃离那个畜生的魔掌。我使尽了招数，把仇贵迷恋得不轻。他把儿子打发到了部队，说要娶我为妻。我说，这样对你影响不好。他说，还是宝贝心疼我，为我着想，不过也没什么不好的，领导干部也有七情六欲，我娶了你也等于联系了普通群众。说完这话，他就翻身趴在了我身上，龇牙咧嘴地联系普通群众了。

一场大火烧了兴城大厦，我在新闻里看到了，死了不少人，张义也受伤了。这把火惊动了省委巡视组，他们把我请到了这里，让我交代情况。我该怎么办？我不能竹筒倒豆子，最起码不能牵扯仇贵，他是我生命中的贵人，也是我唯一可以抓住的稻草。我已经拖了好几天了，我实在想不出为他开罪的法子。没事儿，只要我咬紧牙，啥都不说，他肯定能躲过这一劫，再说了，一场火灾怎么可能毁掉一个市委书记。今天的电视新闻还播了，他去医院看望了张义。

一想到张义，我的头就疼了起来。不行，不管怎么样，我得跟他们谈个条件。我要见一见张义，不亲口说个“对不起”，我良心上过不去。

在医院的病房里，我见到了头上缠满了绷带的张义，他用眼神冲我示意。可怜的人啊，到现在都不知道，我拍的那些照片已经到了别人手里。仇正怀抱着吉他坐在床前，他看了我一眼，从他的眼神里，我看不到任何感情色彩。他恨我吗？

吉他的旋律响了起来，仇正闭上了眼睛，唱起了 RAP——

我说红烧，你说肉，红烧，肉，红烧，肉。
我叫仇正，我爱吃肉，我爱吃的是红烧肉。
我叫仇正，我来当兵，我来当的是消防兵。
我叫仇正，你叫张义，我们两个亲如兄弟。
你说水仙，她说花，水仙，花，水仙，花。

你叫张义，爱养水仙，你最喜欢的是水仙。
你叫张义，爱着都郁，你最爱的人是都郁。
你叫张义，她叫都郁，你们两人天赐良缘。
我说消防，你说棒，消防，棒，消防，棒。
我们消防，执勤训练，为了给大家保平安。
我们消防，灭火救援，为了给群众祛风险。
我们消防，出生入死，为了让人生活甜蜜。
我说红烧，你说肉，红烧，肉，红烧，肉……

仉正的泪水滑落脸颊，掉在了吉他的琴弦上，我听到仉正唱破了一个音儿，里面夹杂了一个低沉的和声——红烧，肉——我看到张义也张了张嘴。

我逃出了病房，慌里慌张地险些跟一个女人撞个满怀。女人抱着一个透明的花盆，里面养着一株水仙，我猜她是都郁。没错，都郁缓缓地对我说：我认识你，也恨过你，但我不会让你的阴谋得逞，别说张义被火烧得破了相，他就是变成植物人，我也会陪他一辈子。

噩梦该醒了，我想我知道应该向巡视组的人交代什么问题了。但，他们让我先等等。因为他们收到了一封实名举报信。后来，我才听说，那封信是举报市委书记的，是他亲儿子写的。

看来，我已经不重要了。

不，有件事很重要，我得帮仉正修改一下那首 RAP——我说红烧，你说肉，红烧，肉，红烧，肉……

黄灯亮了

很长一段时间里，王晓涛瞅着卫军都不顺眼，用他的话讲，卫军就是一条疯狗！

别怪王晓涛嘴损，卫军的作风确实让人接受不了，更何况像王晓涛这样刚分到中队的新兵。这事儿说起来，话可就有点长了。

一

那年的春上，菜园子里的那棵老槐树刚发芽，树下的韭菜才冒出一点绿色，王晓涛就结束了新兵集训，分到了城区中队。新鲜劲儿还没过，他嘴里的那条疯狗——中队长卫军就给了他一个下马威。

卫军把所有士兵集合到了体能训练场，冲着队伍训话：“大道理我不讲，就告诉你们一个理儿，咱消防天天都得出火警，天天都要上火场，火场就是战场，有句话叫‘平时多流汗，战时少流血’，为了以后不流血，咱们就得多出汗。从今天开始，咱们先练体能打基础，每天都是‘六个一’，同志们有没有信心?”

“有!”兵们挺直了胸脯抻长了脖子回答，虽然人不多，但这吼声还是有点儿惊天动地、排山倒海。站在队伍里的周兵和徐兵也是热血沸腾，他们忍不住攥紧了自己的拳头。不用说，周兵和徐兵就是跟王晓涛一起分到城区中队的另外两名新兵。

真正拉开了架势训练的时候，这三个新兵才知道“六个一”是什么——100 个俯卧撑、100 个仰卧起坐、100 个单杠引体向上、100 个双杠杠端臂屈伸、100 个蛙跳、1 个 5000 米长跑——这“六个一”除了 5000 米长跑还能将就着撑下来，其他的对新兵来说比登天还难!

这天晚上熄灯后，三个新兵躺在自己的床上久久难以入睡。周兵不敢闭眼睛，一合眼，脑子里闪现的就是母亲的身影。徐兵有些沮丧，他后悔浑浑噩噩白上了几年高中，更后悔答应了父母来当这个兵。王晓涛的反应最为强烈，他把头蒙在被子里稀里哗啦地哭了一场，这才下队第一天，这种日子猴年马月才能熬到头哇。

第二天一早，三个新兵跟着中队出早操，在队伍里他们觉得浑身上下酸疼难忍，跟散了架一样。年龄最小的王晓涛几次想假装崴了脚打报告离开队伍，但他还是忍着泪水坚持了下来。当然，后来王晓涛确实装过病，一次是崴脚一次是肚子疼，不过，都被卫军一眼识破了。能不装病吗?谁能想到，在组织做俯卧撑的时候，卫军会让他们扒光了衣服只穿个军用大裤衩，在面前的地上摆一张纸，是的，出的汗不把纸打湿了就不能洗漱睡觉。这不是卫军独创的绝招，很多当过兵的人恐怕都体验过，但中队上还真有一个人没经历过这样的事儿，那就是指导员刘平。

刘平是地方高校毕业后直接进部队当干部的，他对这种训练方法很排斥，他想这哪儿是训练啊，简直是没有一点儿人性。刘平私底下很委婉地对卫军说："新兵刚下队，训练得讲究方法。"

"没问题。"卫军答得很干脆。

"要循序渐进、因人而异。"

"你不用啰嗦，这打铁得趁热，跟种庄稼一样，过了这一季再下种子就晚了。"

"他们新兵会吃不消的，尤其是那个王晓涛。"

"一个兵都不能落队，这个我说了算。"卫军的这句话让刘平哑口无言。常言道，说者无心，听者有意。卫军随口撂下的这句话就像一块石头砸在了刘平的心里，而且一砸就是一个坑。

新闻系毕业的刘平很善于抓点，他在卫军的话里抓住了两个点：经验与话语权。刘平在心里暗自盘算，你卫军训练是有经验，可你个土包子也别瞧不起我，我看的书比你带的兵都多；你卫军也想说了算，千万别倚老卖老，我这个党支部书记也不是吃素的！这也不怪他心眼小，当过兵的人都知道，像刘平这样没当过战士的大学生干部，刚进部队的那几年或者说年轻的时候，难免会跟自己的搭档闹点儿不愉快，更何况他的搭档卫军又是个不爱讲道理的粗人。

刘平一站到训练场上，三个新兵就美得辨不清东西南北了。尤其是王晓涛，他简直把这个指导员当成了救命的活菩萨，如此一来，训练动作难免变形。卫军在旁边看了半天也忍了半天，终于忍不住冲上前，斜着脸、皱着眉头对刘平说：“指导员，你再这么训下去，整个中队都得散摊子。”

“危言耸听，我训练的强度虽然不大，但效果不一定不好。”

“别说那些没用的，现在必须给他们加码。”

“得讲究个科学组训吧。”

“别整些文字游戏，你的意思是我们这些从基层摸爬滚打出来的人都不讲科学?”

刘平虽然憋了一肚子气，但他还是被卫军的话镇住了。卫军可是整个支队公认的业务尖子，别的不说，光在省里就拿过好几个比武竞赛的第一。在训练方面刘平确实底气不足，没办法，刘平不得不让步。让步的结果是军政主官各负其责，消防部队基层执勤中队业务训练跟政治教育的比例是8:2，这个比例让刘平感觉自己在中队上的地位还不如个班长，连找新兵谈心的机会都没有，所有的业余时间都被卫军占去练体能了。

很显然，王晓涛这批新兵一到中队，刘平和卫军的矛盾就公开化了，虽然这些矛盾都只是工作上的分歧，但明眼人一瞅就明白，两个中队主官尿不到一个壶里。

徐兵和周兵是老乡，而且是高中同学，按理说，他俩应该是亲密无间的，但自打两个人一对眼，彼此之间就很不服气。

问题出在徐兵身上，或者说出在两位中队主官身上。

第一个周末的队务会上，中队长卫军就大张旗鼓地把周兵给表扬了一通，没当过兵的人会觉得这顿表扬有些莫名其妙。

卫军说：“本周，三个新兵给中队增添了新鲜血液，他们表现都还不错，最突出的是周兵，工作积极主动，每天饭后都抢着去替别人上岗，让别人吃饭……”后面那些话徐兵没听进去，因为他心里很不舒服，替别人上会儿岗就能受表扬，实在是有点儿滑稽。想归想，徐兵也不甘落后，几天下来，他发现自己每天都是前胸贴着后脊梁，本来体能消耗就大，为了争着抢着去替岗，每次都只是吃了个半饱。想想就令人后怕，两个拳头大小的馒头，顶多一分半钟就能消灭个一干二净，最怕的是打嗝，打的绝不是那种饱嗝，而是被噎着了，被噎得挤鼻子弄眼的那种嗝。菜基本上是不敢吃的，只是象征性地动一下筷子，不抢出这几秒钟，就会落在周兵的后面。

一天两天还能凑合，时间一长徐兵就吃不消了，他在心里埋怨周兵，骂他二百五，为了自己受个表扬，让别人也跟着活受罪。其实，真正让徐兵觉得周兵脑子有病的，是周兵喜欢藏东西。藏什么呢？藏笤帚、扫帚、拖把、抹布，每天一大早，周兵就把事先藏好的家伙什儿拿出来，害得别人干活也没工具。周兵想不受表扬都困难。

如果光这样也不要紧，关键是卫军表扬周兵的时候总喜欢拿徐兵作对比："你瞅瞅，啊，同样是新兵，从同一个地方入伍，同样是高中生，从同一个学校毕业，差距咋就这么大？徐兵，你说是不是？啊——"

卫军每次把两个人对比完，都会在最后加一个"啊"字，而且会带上一个长长的尾音，这让徐兵的心凉了大半截。

现在，卫军正在训练场上训话："徐兵，你瞪大眼睛瞧瞧，你看看人家周兵，动作多麻利，哪儿像你？跟霜打了的茄子一样，蔫了吧唧的……"中队长的话让徐兵走神了，这一分神不要紧，脚下的步子就乱了，队列也跟着噼里啪啦成了散沙，只留下卫军一声高过一声的口令声。

周兵在徐兵的眼里根本算不上什么人物，用徐兵的话说，周兵就是个四肢发达、头脑简单的爬行动物。这话是有来头的，周兵当年上学的时候只是个体育特长生，道理很简单，学习成绩好的没人去练什么体育。可就这么个家伙居然成了中队长眼里的红人。

绝大多数新兵都希望被领导重视，为了几句表扬会“争风吃醋”，像徐兵和周兵这样知根知底的老同学更是如此。但徐兵不得不承认，练过体育的周兵身体协调性就是好，训练场上出尽了风头，别说是新兵，就是老兵在有些方面也得甘拜下风。

如果光是这些原因，徐兵充其量会把周兵当作一个竞争对手、一个假想敌，但这之后还没半个月，徐兵就把周兵当成了仇人，而且是那种想起来就会咬牙切齿的仇人。

这档子事儿还是跟卫军有关。

徐兵想起老家的一句俗话，叫小鸡不尿尿各有各的道儿，你周兵能靠训练工作讨得中队长的欢心，我徐兵也照样能想出法子让别人高看一眼。你别说，没多久，徐兵就逮着了一次表现的机会。

中队开展作风纪律整顿，指导员刘平搞完动员教育，就让大家写心得体会。徐兵一听，心里美得乐开了花，虽说自己学习成绩不咋样，但写点儿小文章什么的完全不在话下，退一万步讲，即便写得不好，也比周兵要强百倍。徐兵提起笔洋洋洒洒写了三页半纸，龙飞凤舞地在文章末尾署上自己的名字。

徐兵很快就受到了表扬。刘平专门开了个会，把他的心得体会当作范文读了一遍，还特别点评说写得好，引经据典，能用火烧邱少云当作例证来论述纪律的重要性。会议临结束的时候，刘平对全体士兵说：“我大学读的是新闻专业，就喜欢有思想的兵，我相信只要一有机会，徐兵肯定会跟我一样，也成为我们消防的警官……”徐兵产生了一种幻觉，觉得自己仿佛真的当上了干部。

那些日子，徐兵睡觉都会被自己笑醒，走起路来步子都比先前有了气势，可是好景不长，徐兵又挨训了。

在一次军人大会上，卫军批评了徐兵："最近，我看个别新兵有点儿意思，受次表扬就想长翅膀飞。记住喽，当兵也好，做人也好，要学会谦虚谨慎，多向人家周兵学学，要经得起表扬，啊——"虽然没直接点名，却极其刺耳，问题是又扯到了周兵身上，这几乎击溃了徐兵最后的一点儿自信。他不得不琢磨，自己给领导留下了这般印象，往后的路该咋走？

徐兵开始厌烦部队，他决定做件事，给这个让自己抬不起头的中队长点儿颜色看看。

那些日子，徐兵见了谁都是扬起一张笑脸，走起路来都蹑手蹑脚，连跟别人打个招呼也是细声细语，生怕吓着别人似的。卫军对徐兵的表现十分满意，他甚至把这个当成了成功的案例，用来教育手下的班长："你们看，这兵啊就他娘的得敲打，没有带不好的兵，只有不会带兵的领导。"这话说了没几天，卫军的脸就被徐兵结结实实地掴了一巴掌。

徐兵当然不是真打了卫军一巴掌，但徐兵办的这事儿，在卫军眼里看来，比扇了自己十巴掌还没面子。

徐兵不声不响的架势让周兵有些纳闷，作为老同学，周兵清楚，徐兵从来就不是一个甘于寂寞的人，虽然他打骨子里有那么份清高，不屑跟别人交往，但能闷着头憋上半个小时不说话，那就很反常了。可是现在，徐兵已经好些日子没跟别人搭腔了，他究竟想干什么？周兵带着疑惑，偷偷观察徐兵的一举一动。

周六的上午，徐兵一个人钻进了被装库，翻开了自己的行李包。整个中队都没在意徐兵这个原本就很平常的举动，只有周兵躲在一边盯梢，也多亏周兵用了份心，否则，徐兵自导自演的这场闹剧还真有可能成为一起被上级通报批评的事故。

二

晚饭后，中队组织自由活动，徐兵跟班长打了招呼上厕所，然后就若无其事地走向中队的菜地。

“徐兵你干啥去?”

“关你鸟事儿?!”说这话的时候，徐兵已经走过菜园子里的韭菜畦子，踩着猪圈的围栏，越过满墙的爬山虎，翻到了中队营区的墙头上。

徐兵这是要当逃兵啊！周兵顾不上跟徐兵斗嘴，扭头就往回跑。

周兵顾不上任何礼节，“咣当”一声，用肩膀撞开了中队部的门，指导员刘平扶了扶鼻梁上的眼镜，还没来得及看清从门外闯进的黑影是谁，周兵又跑出了中队部。

周兵在乒乓球室找到了卫军，他上气不接下气地报告：“跑、跑了，猪、猪……”

“火烧腚了？猪跑了，再赶回圈去!”卫军刚丢了一个擦边球，很不耐烦地吩咐。

“不、不是猪，是徐、徐兵!”周兵咽下一口唾沫，终于说出了囫囵话。

卫军“啪”的一声把球拍甩到了案板上，“咚咚咚”地跑到了院子里。

还没等熄灯号响，徐兵就被卫军从火车站候车室“抓”了回来。卫军瞪着猩红的双眼恨不得一脚把徐兵踹到墙根，但徐兵对卫军的反应根本不在乎，他在乎的是周兵脸上露出的一丝笑容，他清清楚楚地看到周兵居然拽了拽卫军的衣袖。这个时候，徐兵对周兵简直是恨之入骨了，太不地道了，踩着别人的肩膀往上爬……

徐兵确实错怪了周兵，周兵的笑容是真实的，能这么快找回徐兵，让自己的老同学不犯错误，让他感觉特别欣慰。至于拽中队长的袖子，那是他自己都没想到的事情，当时哪儿来的胆量呢？不过，也多亏他拉了袖子，不然的话，卫军真是要火冒三丈，一蹦三尺高了。

卫军暂时压住了心里的怒火，但很快就一股脑儿地撒到了另一个新兵的身上，也该着徐兵有福，他私自离队未遂的事儿，被王晓涛这个倒霉孩子冲淡了。

王晓涛还真是个孩子，在三个新兵里年纪最小，先不说别的，单凭他肉嘟嘟的样子，就让人怜惜，如果用现在的话说，这家伙是个长得很萌的小正太。事实上，班长对他一直是关爱有加，即便如此，在家娇生惯养的王晓涛也不买账。可正是班长私下里的照顾，让王晓涛闯祸了。

班长叫杨燕青，一个很朴实的农村兵，一个想晋二期士官的农村兵。虽然他看不惯王晓涛这样吃不了苦的新兵，但他还是为王晓涛网开了一面。杨燕青有自己的私心，他为了年底能够顺利留在部队，不想惹任何乱子，有了这样的指导思想，杨燕青对王晓涛就睁一只眼，闭一只眼了。你想啊，对这样年纪小的新兵，如果真抓得紧了，管得严了，一旦有个三长两短，他不但没法交差，自己的愿望还有可能泡汤。

可王晓涛觉得，班长所做的一切都是理所当然的。这不，杨燕青刚发现王晓涛用手机的时候，他就嬉皮笑脸地跟班长扯皮：“杨班长，咱这《内务条令》真得改改了，这都什么年代了，还不让用手机？”

“条令就是命令，不让用手机是怕泄密。”

“班长你 out 了，咱指导员经常说，要与时俱进，你说这条令咋就不进呢?”

“强词夺理，我警告你，把手机收好了，再发现你用，我就跟队长报告。”杨燕青虎着脸下了通牒，嘴皮子利落的王晓涛没了发挥的空间，很不服气地把手机揣进了兜里。

所以，当卫军把王晓涛一把从队列里揪出来，让他上交手机的时候，王晓涛第一反应是班长告密了。王晓涛撇撇嘴，这不经意间的小表情，把卫军先前憋在心里的火气全都勾了出来，他劈头盖脸地骂了一顿，否则，王晓涛也不至于把他当作疯狗。当然，王晓涛喊中队长疯狗只是图个嘴上痛快，他真正瞧不起的是班长。至于吗?屁大点儿的事儿就报告队长，真是一条哈巴狗!王晓涛哪里知道，他眼里的哈巴狗班长正在中队部接受疯狗队长的严肃教育。

“你看你带的兵，拿手机上网接到了咱们公安网上，还实名上什么论坛，一机两用，知不知道?被总队通报了，知不知道……”卫军实在是气急了，气得他语无伦次，一个徐兵就已经让他颜面扫地了，没出问题算是侥幸，现在又冒出个王晓涛，被总队点名通报批评。

杨燕青板板正正地接受完批评，又受领了卫军的命令：“杨燕青，打今儿个开始，你必须把三个新兵管起来，再出任何纰漏，我撤你的职!”

杨燕青唯唯诺诺地离开了中队部，一直在一旁沉默的刘平递给卫军一支烟：“卫队长，你是不是方法上有点儿问题?”

卫军头也没抬：“问题?什么问题?”

“你对这些兵的方法有点儿简单，而且粗暴。”

“扯淡!我这么多年，就这么带的兵。简单?粗暴?你他娘的给我整个复杂的，不粗暴的!”话不投机半句多，再争吵下去也毫无意义。

徐兵是个明白人，他知道自己的处境已经山穷水尽，既然私自离队没有成功，那就得想别的法子离开这个鬼地方。也巧，徐兵有过“前科”，杨燕青怕他再有什么想不开，就隔三岔五地找他谈心。徐兵虽然反感，但是他绝不会把队上所有人都得罪遍了。没承想，一来二去，他还真从班长的嘴里捕捉到一个信息——支队马上就要组织驾驶员培训了。

这个消息让徐兵热血澎湃，这好比天上忽然掉下的一个大馅饼，能砸在自己头上就好了。他认为，只要参加了培训，不但能暂时离开中队这个鬼地方，还能学习驾驶技术，怎么着也算是个光彩事。徐兵决定抓住这个机遇，他很庆幸自己不厌其烦地听了杨燕青这么多唠叨，他开始绞尽脑汁说服班长。

在这件事情上徐兵很不地道，他把自己的家境说得极其凄惨。作为农民的儿子，杨燕青无比同情，还没等徐兵提出具体要求，老实巴交的杨燕青就表态，让徐兵放一百个心，保证会向中队推荐他去学车。

如果杨燕青能说了算，就不会跑去找自己的老乡刘平帮忙了；如果刘平不推荐徐兵，两位主官就不会在会上吵架了……如果，但生活当中根本没有那么多如果。

没过多久，支队就下了通知，要求选拔表现优秀的士兵去参加驾驶员培训，说白了就是挑表现好的兵去学车。分给城区中队的名额只有一个，究竟让谁去，支委会上刘平和卫军谁也不肯让步。

刘平吭哧着不说话——他刚从一本书上看到，作为主要领导要最后发表意见，而且发表了意见就得一锤定音——他把镜片背后的目光聚到了卫军的脸上：“卫副书记，说说你的意见。”他把“副书记”三个字说得很生硬，是想强调自己支部书记的身份。

卫军停顿了一会儿，说："让第二年的兵去。"

刘平搞不清卫军有没有在意"副书记"三个字，也搞不清自己的意见说出来会不会遭到反对，他清了清嗓子说："我的意见是从三个新兵里物色人选。"

刘平的意见果然遭到了卫军的反对："新兵下队才几天，这要去折腾上小半年，再好的兵也给废了！"

"话可不能这么说……"

"不是这个理儿吗？你说——"卫军的声音像炸雷一样在中队部里炸响了。

"有理不在声高……"刘平拿起面前的《通知》递给卫军，"通知上说了，原则上推荐新兵或第三年兵……"

卫军一把抓过《通知》，仔仔细细地看了一遍才说："第二年兵凭啥就不能学车？"

"我估计支队上是为了保留人才，培训了的驾驶员接着退伍，会让执勤车驾驶员青黄不接。"

"扯淡，纯粹瞎扯淡！"卫军虽然心里一百个不乐意，也不得不服从上级的指示。

刘平瞅准时机说出了自己的意见："我想推荐徐兵。"

"门儿都没有！我反对！"

"为什么？"刘平对情况估计不够，显然没想到卫军会再次提出反对意见。

"徐兵训练太差，再出去晃荡几个月，他娘的，想都不敢想。要去也得周兵去，我把话撂在这儿，全队的人都去了也不能让徐兵去！"

"这是什么理儿？啊，同志们，你们说这是什么理儿？"刘平用目光环视面前的另外几位支部委员，没有一个人作声，"那你说谁去啊？卫军同志，卫军副书记——"不论卫军再怎么莽撞，卫军也能听明白，刘平是拿“副书记”将他的军。

卫军让步了，刘平也让步了。最终的结果是让一个第三年度的兵捡了个便宜，稀里糊涂地打着背包学车去了。

学车的事让徐兵的情绪一落千丈，干什么都没劲头，他给父母打电话，强烈地发泄自己的不满。

几番电话打下来，徐兵的父母在老家就坐不住了。

三

卫军发现两位老人在马路边向营区里张望的时候，老人已经在晨雾里站了好长时间了。卫军快步下楼，跑到营区门口，握住徐兵父亲的手。徐兵父亲的手是冰冷而颤抖的，乍暖还寒的清晨让老人缩紧了脖子。卫军的眼里漫起了一层薄雾，老两口太像自己的父母了。

徐兵的父母在中队部喝了一大杯子热茶才暖过身子。暖过身子的徐兵父亲说：“领导，我今年六十多，这辈子没能耐，靠小本生意供大三个孩子，老大在工厂上班已经嫁人了，老二是中学老师也娶了个教书的，现在就剩下这老三，我们两口子都不放心。”

“叔、姨，孩子在这当兵你们尽管放心！”

“哎——”老人一声长叹把自己的担心说了出来，“熊孩子最近也不知道在捣鼓啥，死活不想在部队干下去，我俩都老了也不图别的，就希望孩子在部队能得到锻炼，能有个出息……”

卫军说：“二老放心，回头我一定想办法，让他安心干工作。”

老人站起来，把双手伸向卫军：“谢谢，谢谢领导！”

“这都是分内的事儿，还有什么要求你尽管提。”卫军握紧了老人的手。

“我想让孩子考军校，跟你一样在部队当领导。”

“行，我有十分力绝对会使出十二分的劲儿……”两个人的手握得更紧了。

卫军不是一个说大话、吹牛皮的人，他知道自己有几斤几两，知道自己的能力到底有多大，他更知道作为干部不能随意给战士或者战士家长承诺什么，但卫军的大脑就是短路了，从见到徐兵父母的那一刻开始就短路了，他想到自己当兵以后的经历，他觉得自己除了业务素质还过得去，其他所有的一切都拿不到桌面上。别的不说，单论这文化程度，自己就没法跟刘平比，人家是大学本科毕业，对部队长远发展来说是正儿八经的人才，而自己只是个大老粗，除了抓训练靠一个“狠”字，抓管理靠一个“严”字，别的统统是靠日常积累的一点儿经验。这让卫军有点儿自卑，虽然不严重，却足以让他改变对一些事情的看法。比如说现在，卫军面对徐兵的父母，他想得更多的是，如何让徐兵成才，不要像自己一样，做一个愣头愣脑的半吊子。

徐兵的父母只在队上待了一个多小时，他们说家里的小本生意离不开人，要赶回乡的列车，他们还说看到孩子有个好领导就安心了。老两口走的时候迷雾已经散尽，卫军看着徐兵的父亲挺直了脊梁走出营区大门，鼻子有些发酸，他捏了捏鼻梁自言自语：“又起雾了。”

卫军到训练场的时候，杨燕青刚给兵们示范完水带操，没等杨燕青下口令，卫军就扯开了嗓子嚷：“都他娘地瞪起眼来，别软绵绵的跟缺钙一样，训练要加快进度，障碍板、挂钩梯、两节拉梯登楼、消防射水，要训的科目还多着呢！”卫军洪亮的嗓音一下子刺透了空气，扎进兵们的耳蜗，循着声音望去，卫军不怒自威地站在不远处，兵们下意识地挺起了胸脯。徐兵的胸脯挺得最直，他第一次觉得卫军的声音很有磁性，很振奋人心。不，最让人振奋的是卫军的眼，那双眼里流出的目光虽然只是一晃而过，却十分耐人寻味。

徐兵潜意识里冒出一个念头：卫军就是一棵参天大树，能给自己遮风避雨的大树。有这种念头合情合理，因为卫军跟父母见面的时候，他也在场，父亲跟卫军的谈话他一字不落地全听到了，父亲说起自己不争气的表现时，他恨不得找个地缝钻进去，现在好了，总算是有指望了，卫军答应过父亲要帮自己。

徐兵认定卫军会改变对自己的态度，他下决心要彻底打一场翻身仗，可他没想到的是，卫军依然不正眼看他，这让他彻底失望了。

经过下队后的业务技能训练，新兵终于可以跟老兵一起执勤了。跟别的基层中队干部不同，卫军把这件事情看得很神圣，他认为给新兵授衔，代表着从一个社会青年到合格战士的转变，而能否执勤灭火则是一个消防兵部队生涯真正的开始。卫军集合队伍开会，讲得不多，却把三个新兵的热情全都调动起来了，尤其是徐兵，他分明感受到卫军的目光扫过学习室，多次在自己身上逗留，那目光炯炯有神，让他热血沸腾。

即便不搞这次动员，作为一个刚下队不久的消防新兵，最大的愿望也是出火警，毕竟这是人生的第一次，当兵的人有很多值得一辈子去回忆和品味的第一次——第一次穿军装、第一次坐军列、第一次叠军被、第一次站军姿、第一次授军衔、第一次收到家信……但对于和平年代不扛枪却时时备战的消防兵来说，所有的第一次都不如出火警让人更刻骨铭心。徐兵当然不例外，自从卫军搞了动员，他睡觉都会竖起耳朵，哪怕宿舍里有人打个喷嚏，也会被惊醒。

第二天早饭，墙上挂着的警铃连续响了两声，徐兵和战友们撂下碗筷就冲向车库。徐兵抑制不住“怦怦”乱跳的心，抓起消防防护服就往身上套，他知道《执勤条令》的规定，从接到火警到所有战斗员佩带好全部装备，再到登车、消防车出车库，这个过程必须一分钟之内完成。要把消防头盔、防护服、安全带、安全绳、腰斧等十一件防护装备全部整到身上，属于自己的时间最多二十秒。徐兵看着周围的老兵纷纷跑向消防车，心里急得火烧火燎，他抓起消防安全带就跟着往前跑，眼看着就要到消防车了，他听到耳边响起了炸雷般的怒斥声：“徐兵，头盔呢？滚回去!”徐兵一摸自己的脑门，忙不迭地又折过身去，等他把头盔扣到头上，再往回跑时，安全带上的腰斧“咣当”一声掉到了地上，徐兵弯下腰一把抓起腰斧，结果用力过猛，一头栽倒在地。徐兵咬紧牙一个高蹦起来，但消防车已经开出了车库，拉响了警笛。他隐隐约约地听到卫军的话飘出了车窗：“真他娘的笨蛋……”

徐兵把安全带和腰斧摔到地上，摘下头盔缓缓地蹲了下来，他有些懊恼地拾起腰斧仔细端详，心里却在想，我笨吗？我是笨蛋吗？

接下来发生的事情，让徐兵更加瞧不起这个部队了。

王晓涛毕竟年龄小，因为手机事件，他认为是班长跟自己过不去，身上那些叛逆的细胞全被勾了出来。

王晓涛的变化，让杨燕青渐渐失去了耐心，因为他发现王晓涛不但工作训练开始吊儿郎当，连说话都不着调了。某次，在训练场上，杨燕青终于按捺不住，踹了王晓涛一脚。王晓涛一屁股坐在地上撒起了泼，队伍里的老兵们嘻嘻哈哈地看着笑话，一股怒气“噌”地从王晓涛的心底蹿到了脑门上。王晓涛彻底恼了，他站起来就去找卫军告状。

在卫军的理念里，班长管理严格不要紧，甚至于踹两脚也不要紧，只要对战士成长有利，都不是什么原则性的大问题，但杨燕青当这个班长却接二连三地出问题，先是徐兵私自离队，接着是王晓涛用手机上网被总队通报批评，现在又闹出了动静，他就无法容忍了。

卫军当场撤了杨燕青的班长职务。刘平心想，就算是杨燕青踹了新兵几脚，也是跟你卫军学的，上梁不正、下梁歪，你不好好反思自己有啥错，反倒拿手底下的班长出气，真是叫人头疼。

刘平开始动脑筋了，他觉得不能指望别人，他想从政工干部的角度，在队上彻底消灭打骂体罚现象。你别说，刘平不愧是学新闻的，他还真想到了一招儿。他不想跟卫军硬碰硬，想用舆论来监督卫军，给卫军戴上个“紧箍咒”。但刘平没想到的是，他费尽心思设计的这套几近完美的方案，后来闹得让自己有点儿骑虎难下，当然，他更没想到，这事儿会让徐兵对部队失去信心。

四

徐兵被叫到中队部的时候，刘平正在翻看一份《解放军报》，他正是从这份报纸上的一篇小通讯里得到了灵感。他把报纸递给徐兵，指了指那篇通讯示意让徐兵坐下看。徐兵接过报纸飞快地浏览了一遍——

解放军某部把尊干爱兵融入日常工作

新兵下连后，一场别开生面的“干部为新兵送温暖”活动在解放军某部逐步展开，尊干爱兵的新人新事不断涌现。据该部领导介绍，这是他们建立尊干爱兵教育长效机制带来的结果。

……

刘平对满脸狐疑的徐兵说："小徐啊，前段时间咱队上发生了一件不愉快的事儿，我作为指导员得检讨。这件事情对我触动很大，我从这个通讯中又得到一个启示，咱缺什么就得补什么，既然在尊干爱兵方面出了岔子，那咱就得在这方面做文章，我看过你下队以后写的体会，文笔很棒，让我这个新闻系毕业的大学生都佩服呢。"刘平的话让徐兵有些诚惶诚恐。

"所以呢，我想发挥一下你的特长，把咱们的好人好事反映出去。你想想，虽然杨燕青违反了纪律，但我们干部对新兵还是很关心的。比方说，我们知道你们南方兵爱吃辣，天天让炊事班给你们做辣酱；还有啊，你们爱吃大米，我专门跑到区政府给你们要来了新大米，这样的事儿很多，你动脑筋想一想……"

响鼓不用重槌敲，徐兵明白了刘平的意图。他有些伤脑筋，搞不懂部队里的人为什么这么虚伪。没错，在徐兵眼里，中队长卫军虚伪，原本还有点儿好印象的指导员刘平也变得虚伪了，两个中队干部都这么虚伪，这部队就根本没什么正事可言了。

徐兵开始厌烦周围的环境，他看谁都不顺眼，但他不得不完成刘平交办的任务，他知道识时务者为俊杰。

徐兵起草了"给支队领导的一封信"，信里列举了中队干部关心爱护新兵的几件事。他把这封信写成了散文，而且做到了形散而神不散。他在信里突出了几个要点：中队干部在工作训练中严格要求新兵，在日常生活中呵护爱护新兵，在成长进步上真心关注新兵。徐兵很善于动脑筋，他觉得只有这封信分量还不够，他找到周兵和王晓涛，想让他们在信上签名。

王晓涛想都没想就签了字，周兵却把徐兵臭骂了一顿："胡编乱造，一派胡言!"

“这是在事实基础上的合理想象和夸张……”

周兵打断徐兵的话接着骂：“狗屁想象和夸张，你这么写有啥好处？给领导拍马屁？小心拍到了马蹄子上！”

徐兵不想跟周兵纠缠下去，他跑到岗哨上照着执勤登记本模仿了周兵的签名。

刘平对这封信很满意，第二天就报给了支队政治处，而且很快就有了回音。这回音让刘平喜出望外，却叫徐兵更加厌烦部队。

支队政治处在《政治工作简报》上全文转发了这封信，按程序上报给总队政治部，总队政治部紧接着转发了这期简报，刘平想一个中队能在总队政治部挂上号，自己实在是太幸运了。可刘平没想到接下来会更加“幸运”，没过几天总队党委下了《通知》。《通知》上有总队长和政委联名给城区中队干部写的一封信，通知要求学习总队首长的信，还要求全省部队向城区中队学习。

总队掀起了“知兵、爱兵，为兵排忧解难”专题活动，把城区中队树为全省尊干爱兵典型。整理事迹材料的时候，刘平不得不让中队官兵尤其是三个新兵失去了话语权。没办法，刘平只能向他们解释：顾全大局。刘平立了个人三等功，但他觉得自己这事儿办得确实丢人，造假造得自己都脸红，可开弓没有回头箭，一切都得向前看。

这封信并没有影响卫军对徐兵的印象，倒是让周兵更加瞧不起徐兵了。也就是这些阴差阳错的原因，周兵和徐兵才变得形同陌路了。

很快就到了年底，徐兵就是这个时候被刘平调到中队部干通信员的。徐兵把被褥从班里搬到中队部值班室的时候，喜悦早已从心底溢出，进而转到了眉间眼角、唇间嘴角。他太开心了，因为以后顶多是在中队部里打扫一下卫生、接个电话、跑跑腿什么的，再也不用天天耗在训练场上受罪了。所有老兵看他的眼神都变了，说话的声调也客气了，徐兵心里跟明镜一样，谁也不愿得罪中队干部身边的人啊。徐兵的生活慢慢充实起来，虽然他打骨子里瞧不起两个中队干部，但他还是很中意这份工作的。徐兵在中队部这一亩三分地忙里忙外，跟指导员刘平的关系也走得越来越近了，原因其实很简单，再怎么说他能干上这个通信员，也是刘平使的劲儿。

卫军此时忙得不可开交，任何单位到了年底都是一个字：忙！老兵退伍、年终总结、来年的训练计划，等等，卫军都得认真准备，他还合计着在老兵退伍后怎么调整执勤力量、怎么组织冬季体能训练和“六熟悉”训练。

跟两位中队干部一样忙活的是杨燕青，虽然他已经被卫军免了班长的职务，但他想有老乡指导员刘平的照顾，晋升二级士官应当是十拿九稳的。但他万万没想到，士官晋级的人选里根本就没他。杨燕青有些想不开，但他知道所有的一切都是因为王晓涛闹的那档子事儿。

临近退伍的那几天，杨燕青失眠了，他躺在床上，瞪着眼睛瞅着天花板，努力克制自己不去想任何事情。直到离开部队的前一天晚上，他才勉强迷糊了一会儿。

杨燕青做了个梦。他梦见自己戴着大红花上了主席台，支队长给自己戴上了二等功的奖章，而且支队长当场宣布杨燕青同志破格提干。杨燕青听到整个礼堂里掌声雷动，他咧开嘴笑了起来。忽然，杨燕青听到礼堂里连续响起了三声警铃，他像离弦的箭一样冲了出去。杨燕青梦醒了，带着梦里的笑容冲出了宿舍。他来不及回味梦里的美境，在心里默念，三声连续警铃是全队出动，看来这起火灾不小。杨燕青又像梦里一样咧嘴笑了，他一边穿战斗服一边想，自己真是幸运，临退伍前还能出一次火警。

卫军让他和其他临退伍的老兵都回去，杨燕青没听，他第一次违抗了军令，他想给自己的当兵生涯留个念想。他认为自己或许不是一个好班长，但却是一个实实在在的好兵。

杨燕青受伤了，为了曾经告过他的王晓涛身受重伤。

老兵退伍后一个多月，杨燕青终于出院了。看到班长原本黑黑的脸庞被捂得青白，粗粗壮壮的人瘦了一大圈，王晓涛不禁失声痛哭。杨燕青用洪亮的嗓门命令道："你个小王八蛋，不许哭！有点儿出息！"直到王晓涛止住了泪水，杨燕青才露出了笑容。

"杨班长，我可真怕……"

"怕啥？阎王老儿嫌我长得丑，他让我向后转，跑步前进，说你抓紧回去，还有好多兄弟等着你咧！我一想也是啊，我还等着回来罚你个小王八蛋做俯卧撑呢。"说到这儿，杨燕青咧开大嘴笑了，他那对被香烟熏黑的大门牙特别扎眼，显得很不真实。王晓涛的眼泪再次夺眶而出。

五

春节之前，杨燕青办理了退伍手续，瘸着腿离开了部队。据说队上打算把他破格留下来，但他拒绝了，还跟两个干部吵了一架。不管是否属实，王晓涛倒是比以往成熟了一些。只是徐兵却变得越来越让人放心不下。

他在中队部总是给卫军制造些小麻烦，比如，他装作不小心把卫军的杯子摔碎，再比如，他故意把电脑关机让卫军不得不重新写一遍"中队训练计划"。最严重的一次，他"忘"了一个电话通知，害得卫军急急火火地赶到支队去开会。

周兵为此埋怨徐兵，徐兵嫌他是太平洋上的警察——管得宽。两人偷偷干了一架，没分出输赢，在接下来的一段时间里，倒也相安无事。

过了些时日，不善言辞的周兵借酒消愁，而且一不小心被徐兵发现了。确切地说这并不是徐兵的意外发现，而是他盯了很长时间才抓住了“死对头”露出的马脚。徐兵对这个发现很激动，他几乎是飞回了中队部，找到了卫军。

脾气火爆的卫军听到消息后，立马铁青了脸，他二话没说就起身去找周兵。

周兵正在中队菜园的那棵老槐树下喝啤酒，卫军到的时候，周兵刚把一个空酒瓶子“嘭”的一声摔到了营区的围墙上。卫军一把拽起周兵：“你他娘的想打砸抢啊?”周兵闷着头不说话。卫军再问，周兵还是不说话。卫军很想踹周兵两脚，但他看到朦胧的月光下周兵的神情异常凝重，就一屁股坐在老槐树下，跟周兵头对着头喝闷酒，周兵不吭声，卫军也不吭声。

“队、队长，你说六、六比一合、合算不合算?”也不知喝了多少酒，周兵的嘴里终于蹦出一句话。

“非常六加一啊?”卫军想缓解一下气氛。

“对，我、我就是想，非、非常想、想六、六加一!”已经喝醉了的周兵变得语无伦次，“队长，我想、想杀、杀人……”周兵猛地站起来，又踉踉跄跄跌坐在地上。

“周兵，你喝醉了!”卫军一把抓住周兵的胳膊。

“我没、没喝醉，我心里、心里苦……我、我就想、想杀人!”月光下，周兵的眼里闪烁着晶莹。

入夜，卫军把喝成一摊烂泥的周兵扶回了自己宿舍，卫军在周兵含混不清的讲述中，知道了他心里的秘密。

从记事的那天起，周兵的父母就吵架，他的父亲经常喝酒，喝醉了就打人。有一次，周兵母亲受不了了，就喝农药自杀，救过来以后变得精神恍惚。后来，实在没法将就，周兵的父母便离婚了。离婚那天，周兵母亲和娘家的亲戚被父亲带的一帮人打伤了，周兵母亲也落下了精神病，时好时坏。直到现在，周兵父亲还时不时地去闹事。前两天，父亲又去耍酒疯，母亲又犯病了，给周兵来电话，让他好好活着，给她争口气。周兵心里满怀仇恨，他想一条命换他们六条命，值了！

周兵发起了高烧，在嘴里念叨着“六比一”。卫军一改大大咧咧的本性，细心地伺候着周兵。周兵终于康复了，卫军也早就做好了准备，他想起一个老理儿——捅破脓包虽痛但它好得快。

卫军毫无遮掩地说出了自己的看法：“小周，你这两天一直在想‘六比一’的问题，我今天明确地告诉你，这个想法幼稚可笑也可悲，你现在必须把这个想法彻底忘掉。”刚刚康复的周兵脸色苍白地听着。“我只说两个理儿，都很简单。第一，恐怕你也想过，如果真的杀掉那六个人，你偿命了，但会让七个家庭失去幸福。第二，咱是农村人，农村人讲究活个脸面，如果你杀了人，你妈这边的亲戚在七里八乡就再也抬不起头了，人家会笑话你家出了个杀人犯，那你这个家族就完了，娶媳妇谁跟？嫁闺女谁要？”卫军很文明地说完他的这些道理，他从前到后都说得很动情，没骂一句娘。周兵一字一句听得很认真，他回去以后想了两天三夜，终于把所有的事情都想通了。周兵经历的思想斗争绝不是三言两语就能写明白的，但有一点只需要一句话就可以写明白——周兵决定安心工作，他要报答救了自己一命的卫军。

如果说周兵的这件事纯属意料之外，那徐兵的所有麻烦事却是卫军自找的。

卫军知道徐兵讨厌自己，但自己毕竟答应过徐兵的父母，要替他们管好徐兵，让他考军校。更何况卫军特别希望徐兵能像指导员刘平一样，成为一个有文化、有素养的消防干部。所以，卫军就成天跟在徐兵的屁股后边咋呼：“娘了个头的，今天复习了吗？不看书瞎转悠什么？”徐兵含糊地应承着，卫军一度被他的假象迷惑了，他认准了徐兵是块好钢，只是欠打磨。

没过多久，卫军就慌了神了，因为徐兵的档案里缺一份中专毕业登记表。卫军二话不说就带着徐兵跑到他曾经就读的学校求人去了。说实话，卫军不是一个喜欢求人的人，但这次为了徐兵他豁上去了。

卫军在学校里说尽了好话，上上下下、左左右右找了一圈人，但都被打太极推到了别的部门。卫军不甘心，他直接去敲了校长办公室的门。卫军也没想到事情会办得那么顺利，校长一个电话就办好了所有手续。

真是一波三折啊，徐兵体检又出了问题。

卫军又跟上次一样直接找到了市人民医院，但这次可没那么顺利了。依然是互相之间踢皮球，踢来踢去最后把皮球踢到了分管副院长那里。

副院长是个戴着眼镜的小老头，他从卫军一进门就一直笑眯眯地不说话，等卫军把话全部说完了，他才说：“我看了，这个患者是马蹄肾……”

“院长，啥叫马蹄肾？”

副院长皱了皱眉头，他显然不满意别人随便打断他的话。

“两侧肾脏的上极或下极相融合成马蹄肾，发病率为1/500～1/1000，男女比例为4∶1。马蹄肾发生在胚胎早期……”

“院长，你别整这些专业术语。”

“你不要心急嘛，不要打断我的思路。”卫军这次学乖了，他管住了自己的嘴一声没吭。副院长清了清嗓子接着说：“说白了，就是这个患者小时候没发育好。”

“院长，这次我懂你的意思了。可这关系到孩子一生的命运啊。”

副院长的话语里透出了冰冷：“命运？医院是什么地方？每天都有好多人不治身亡，那命都没了还谈什么命运？”

碰了钉子的卫军回到了中队，他在脑子里急速搜寻自己的朋友里谁会跟医院搭上边，可是他把头都憋大了也没想出一个。这个时候，卫军忽然觉得古人的那句话很不准确，谁说书到用时方恨少？这人到用时才是方恨少呢。

卫军除了部队上的战友，在地方交的朋友还真是少得可怜。这么多年，早就把部队当作了自己的家，成天忙着训练执勤，哪里有机会跟地方的人去交朋友？卫军忽然拍了一下自己的脑门，他冲着中队部值班室大喊：“王晓涛，王晓涛，你个小王八蛋，我桌子上的那几张名片你给我放哪儿去了？”

卫军想起的这个人是省城某报社的记者，说起这个记者他们也是一面之交。卫军带队去四川灾区抗震救灾的时候碰到这位记者，当时记者很惨，危险啊，苦啊，累啊都不算啥，关键是根本就吃不上饭，所以当记者看到跟自己同一个省里赶来救援的消防部队时，就跟没奶的孩子找到了娘一样，那个亲热劲儿就不用说了。当时记者留下一张名片，说：“咱们也算是生死之交，回去以后有啥事尽管吩咐。”没想到，这名片皱皱巴巴地装在迷彩服兜里还真带回来了。卫军想，不管有没有用都得试一下，毕竟当记者的认识的人多、交际面广。

记者接了电话以后还算够意思，事情很快办妥了。当然这所有的波折徐兵根本不知道，如果知道了，他或许会被感动，或许会认真复习，或许会考上军校。

六

徐兵三天打鱼，两天晒网，终于熬到了军校招生统考，结果想都不用想。卫军少不了找徐兵骂娘，徐兵却在心里很鄙夷地骂："装什么圣人君子？这个部队既虚伪又没正事，你就是八抬大轿请我，我也不会在这个部队里当什么狗屁干部！"

卫军为徐兵考学费那么大心思，让刘平都感到不可思议。其实，刘平根本不知道，卫军其实一直羡慕他，有时候甚至嫉妒他，羡慕他理论知识水平高，对他的许多带兵理念也是认可的。卫军自己清楚，有时候虚张声势、咋咋呼呼都是自己的自卑心理在作祟。缺什么想什么，卫军就是因为自己文化水平低，所以特别希望他的兵有机会能得到深造。

王晓涛口无遮拦，说队长该不会跟徐兵之间有什么见不得人的勾当吧，吃人的嘴短，拿人的手短。这让刘平不由产生了很多的联想。

说来也巧，满嘴跑火车的王晓涛没过多久惹了乱子。忘了交代，为了让徐兵安心复习，此时的王晓涛接替了他的工作，干了中队部的通信员，这会儿也是天天跟卫军和刘平打交道。

周末的早晨一起床，中队就响起了出警的警铃。王晓涛冲着卫军喊了句："我跟着出趟警，憋死啦。"话音未落，他就屁颠屁颠地跑到了救援车上。

卫军一听警铃就知道出的是救援不是火警，他看着王晓涛的背影没反对，他哪里知道王晓涛是烦他才跑去跟着战斗班一起出警的。

王晓涛出警回队还没来得及擦把汗就在卫军的耳朵边唠叨

上了：“靠，那车撞得没了形，那人，乖乖，惨！”

卫军轻描淡写地说：“不就是车祸现场的救援吗？大惊小怪，你要出几趟火警，看到那些被烧得没个人形的伤者，你还不得吓得尿裤子？我跟你说，有一次出警啊，我……”

王晓涛听得一惊一乍，嘴里一个劲儿地说：“酱紫啊，酱紫啊！”

卫军说：“小王八蛋，好好说话，啥叫酱紫啊？”

“老土了吧，酱紫都不懂，酱紫就是这样子的意思……”王晓涛毕竟还是小，他忘了平日里对卫军的种种成见，又给卫军普及起了网络流行语。

就在王晓涛兴高采烈地给卫军卖弄网络那点儿事儿的时候，市公安局刑警支队的民警来了。来人出示了证件以后，就跟卫军说：“卫队长，我们是来执行任务的，请你配合……”

“我们？配合调查？”卫军不明所以，一时愣在了那里。王晓涛倒是很兴奋，兴冲冲地泡了几杯茶送到几位民警面前，喜滋滋地等着下文。他太好奇了，这刑警跑到消防来干吗呢？

带队的民警神情严肃地说：“是这样的，我们刚从一起命案现场过来，我们在现场发现了证据，怀疑与你们中队有关，现在过来调查取证，相关人员我们将带回警队……”

“命案？”卫军也有些蒙了，“这他娘的怎么可能？我们消防队怎么还跟命案牵扯上了？”卫军瞪大了眼，王晓涛也瞪大了眼，他迫不及待地想知道刑警要干什么。

“卫队长，你别急，是这样的，这起命案就在高速路上，当然现在还没有足够的证据证明那就是第一现场，但我们在距离现场三百米处发现了排泄物……”

“排泄物？”

“对，就是人的粪便……”

“那跟我们中队有什么关系?”

“排泄物旁边有一张纸，那张纸是你们中队的出警记录……”听到这里，王晓涛“啊”的一声叫了起来。

王晓涛的一声惊叫提醒了卫军，他很镇定地向民警解释：“是这样的，我们绝对配合调查，但是，我们虽然是公安领导下的一支队伍，但我们毕竟是部队，而且是现役部队，按照我们部队的规定，发生了案件必须由部队的政治部门……”

民警们前脚刚走，王晓涛就哭了起来。

“你这小王八蛋，好端端的哭什么鼻子?”

“那泡屎是我拉的。我、我，我每天早晨起床都必须解大手，今天早晨一起床就跟着出警了，憋得难受，我就在他们救援的时候跑到路边……”王晓涛又掉起了眼泪，“我没找到纸，就在救援车上撕了出警记录擦屁股，呜——呜——”

“哈，哈，哈——”卫军大笑一番捏了捏王晓涛的耳朵垂说：“你可真调皮，害得人家刑警都找上门了，别害怕，事情搞清楚了，剩下的交给我来办，我可不能让他们把你这小王八蛋给带走啊。”

王晓涛破涕为笑，也伸出手捏了捏自己的耳朵垂，心里想：这家伙，他怎么知道我的习惯是捏耳朵垂啊?别说，这个人还挺亲切，小王八蛋这个名字也挺亲切。

还是回过头来说徐兵吧。军校落榜的徐兵天天混日子，终于有一天，徐兵找到了打发时间的方式。徐兵从学习室的电脑里装了一款游戏，昏天黑地地玩起了游戏。周兵看在眼里急在心上，劝过几次没有任何效果，就对徐兵说：“你要再改不了这毛病，我就跟队长说了啊。”

周兵真去找卫军了，他觉得不能不去，因为他能看到卫军对徐兵很关注，他认为应该为卫军做点事儿。

但徐兵根本不买账，他认为周兵是在打小报告故意看他的笑话。徐兵找到周兵兴师问罪，周兵故意在训练场上跟徐兵叫起了板："伙计，你不是觉得我事儿多吗？今儿个咱俩赌一把，你要能赢我，以后你干啥我都决不会放半个屁！"

"跟我说这些有意思吗？你够格吗？"

"是骡子是马牵出来遛遛！"

"你不就是军事素质比我好吗？你以为我怕你？"

"有种！"

"不过咱们可得立个规矩。我要赢了你，以后你离我远点儿，少他娘的管我的闲事儿！"

"没问题，我也有一个要求，你如果输了，就得陪我玩，什么时间把我赢了，我就什么时间滚蛋！否则——"

"否则怎么了？"

"否则你就得一直陪我玩到底，就算退伍你也不能走……"

"赌！"

"晓涛，你给我俩做证啊！"周兵对观战的王晓涛说。

"欧了！"王晓涛又刺激了徐兵一句，"老徐，你不会反悔吧。"

"反悔个毛啊！"

徐兵根本不知道周兵和王晓涛的一唱一和全是卫军一手安排的。事后徐兵觉得这次打赌有点儿蹊跷，是进了卫军设下的套，但他哑巴吃黄连——有苦说不出，愿赌就得服输。

徐兵输了，也跟周兵彻底翻脸了，但他必须为自己的一时冲动埋单。

这年的年底，周兵因为表现优秀转了士官，王晓涛因为年龄小父母不同意退伍也留在了部队，而徐兵却是因为输了跟周兵的赌局把自己拴在了部队。

当兵的就这样，有血性，可以为了自己的一句承诺不惜牺牲一切。

徐兵开始跟自己较劲了，可他已经浑浑噩噩地混了两年多，想一下子撵上周兵比登天还难。但徐兵这个人一旦犟起来十头牛也拉不回来，哪怕是碰到了南墙撞破了头也不会转个方向。他白天把自己扔在训练场上摸爬滚打——长跑、蛇形跑、负重跑、蛙跳、单双杠、百米翻越板障、二节拉梯登楼、挂钩梯登楼、消防水带连接、消防射水等基础科目，还有结绳、切割器、缓降器和撑顶使用这一类特勤消防员训练的训练科目，只要是能自己一个人训练的，他统统练了一遍——他咬着牙坚持，身上的旧伤还没好，新伤就跟着冒了出来。

徐兵真是拼了命了。连卫军这个支队上下公认的业务训练尖子都看不下去了，可他必须狠下心，他想让徐兵振作起来。

真是功夫不负有心人，徐兵进步神速，虽然还是比不过周兵，但他的变化已经让卫军喜出望外了。卫军能不高兴吗？徐兵只要能留下转士官，他就可以让徐兵继续考军校。没错，卫军的那条心还没死。

卫军作了一个大胆的决定，他要把徐兵送到地方学校参加复习，他想从现在就开始复习，半年下来不愁考不上军校。卫军没忘了找刘平商量，刘平说："这事儿你做主，请假的时候找你签字就行。"

卫军又把徐兵叫到了中队部，还没说上两句话，徐兵就硬戗戗地顶上了："用不着你管闲事。"

"我管闲事？你就不为你父母想想？人这一辈子啥时候都得讲责任，小时候你的责任是学习好，长大了你的责任是工作好，结婚了你得照顾好一家人，但你不管到多大年纪，只要父母在这个世上一天，你就得对父母负责任，你说你现在这个样子还算个男人吗？"卫军猛地抬高了声调。

“卫队长，你以为你的招儿还管用？还想用激将法刺激我？我不会再上当了。”

卫军被徐兵气得肺都要炸了，他忍住怒气，说：“行，既然你不听我的，那就让你父母来一趟。”徐兵这次没蹦跶，他勉强答应了卫军。

卫军心里的石头总算是落地了，可是接下来的事情，让他想起了央视春晚小品里的一句话——理想很丰满，现实很骨感。

徐兵复习了几天就想打退堂鼓，他感觉很没面子，因为他站在一堆高中生里面很扎眼，用鹤立鸡群、一枝独秀这些褒义词来形容显然不合适，好听一点儿也只能说成他跟这些同学格格不入。

让徐兵硬着头皮去学校的最主要的原因只有卫军心里明白，徐兵怕让父母知道他在部队的表现。说起来也怪，当过兵的人或许都知道，再调皮、再捣蛋的战士也怕叫父母，怕父母知道自己在部队表现不好，当然笔者没去考证这是为什么，也没必要去费心思考证，反正徐兵是这样的。

卫军在替徐兵忙前跑后张罗复习的时候，刘平一直在看热闹。他很好奇卫军为什么会对徐兵这么好——两个人是亲戚？不可能，二人的老家相隔好几百里。徐兵是哪个领导的关系？也不可能，如果这样自己也该知道。看来，卫军真的是像王晓涛平日里说的那样，吃了人家的嘴软拿了人家的手短，虽然抓不着什么把柄，也只有这种可能还能说得过去。不行，如果真是这样，我不能装糊涂，必须提醒卫军。

就在刘平伤脑筋的时候，王晓涛发现了一个秘密，他不知道这个秘密该不该跟卫军说，想了半天才决定去找周兵商量。

王晓涛找到周兵的时候，周兵正在中队菜园里那棵老槐树下割韭菜。

“老周，我有个事儿找你商量……”周兵没抬头，像女人绣花一样认真地侍弄着眼前的韭菜。

“跟你说话呢，急事。”

“心急吃不了热豆腐，心急也吃不了热饺子。”

“不跟你闹。”

“对，你别闹，等我割完韭菜，咱们一起去择韭菜，然后包饺子。”

“什么饺子不饺子，你真是个吃货。”

“人是铁饭是钢，一顿不吃饿得慌，再说了，我最喜欢的就是这韭菜馅的饺子。”

“你别张口饺子闭口饺子，一个破韭菜馅的饺子有什么好吃的？”

“你个小死孩子，找我有事还这么个态度。”

“周兵，别闹了，你听我说！”王晓涛的眼和嘴里都喷出了火星子。

周兵这才撂下手里的镰刀和韭菜认真打量着已经满脸怒气的王晓涛，还没等王晓涛说完自己发现的秘密，他就撒开腿往中队部跑。他已经顾不上什么韭菜馅的饺子了，他要立即见到卫军。

无巧不成书，周兵跑到中队部的时候，徐兵也在卫军那里。

卫军问：“周兵，什么事儿？”

周兵看看身边的徐兵，面露难色地说：“我一会儿再找你。”

“有话说，有屁放！”

“让徐兵回避一下。”

“回避个屁！有什么见不得人的秘密？”

周兵想了片刻才吞吞吐吐地说：“徐兵在跟一个女学生谈恋爱。”徐兵显然没有心理准备，等他反应过来的时候，两只眼儿乎要瞪出火星子。

七

还没等徐兵找周兵算账，就有一个女人找到了中队。

女人杀气腾腾地找到了刘平：“你们这部队怎么管的？让一个当兵的跑到外边去勾引中学生？”

“麻烦你详细说一下情况。”

“没什么好说的，你必须给我个交代，不然我就去支队，让你吃不了兜着走。”女人转身就走，临出门前又恶狠狠地警告刘平，“你们支队长和政委我都熟。”

刘平决定把情况立即通报给卫军。

刘平通知中队党支部全体委员开会时，卫军没多想，他正为徐兵的事儿闹心，等他坐下来的时候才猛然想起，这个时候开的什么会？也没事先沟通议题啊，卫军转念一想，别那么较真，可能是要传达支队的紧急通知吧。

刘平开门见山地说：“情况紧急，我也没跟卫军同志商量，”刘平又把目光停在了卫军的脸上，“相信卫军同志会理解的。”

“放心，我理解。”

“刚才一个中学生的家长来找我，说咱们队徐兵同志在学校复习期间勾引了她的女儿……”

“是这个事儿啊，我已经开始调查了。”卫军打断了刘平的话。

“我看没必要调查了，按照《纪律条令》应该给徐兵处分，然后不许他再去学校复习……”

“我不同意。”

“你是不同意处分呢，还是……”

“两条都不同意。”

刘平淡然一笑，说：“卫军同志，你得讲原则。”

卫军一声冷笑反问：“动不动就处分，部队是靠处分带出来的？”

刘平仍旧挂着满脸笑容咄咄逼人地说：“卫军同志，我们当干部的要带头维护纪律，你作为一队之长不能袒护徐兵。”

卫军愤怒了，他攥紧了拳头反问：“老子就是袒护他，你又能咋样？”

刘平笑眯眯地紧追不舍：“你这么做图啥？是吃了他的，还是拿了他的？”

“老子就算是穷的去讨饭，也不会收战士的一分一厘。”卫军一拍桌子站了起来。

刘平被激怒了，他也拍了桌子跟着站了起来：“卫军，别以为你多当了几年兵就成天老子老子的，你有什么了不起？我也经过培训。”

“别不服气，有本事你也带队训练、带队出警。”

“不就是训练、出警吗？你瞅着吧。”

如果不是警铃响了，这次支委会还真不知道怎么收场，如果不是会上吵了一架，刘平不会抢着带队出警，如果不是刘平带队，那……

“刘平，你个熊玩意儿，快下车！”

“卫队长，你待在队上好好考虑一下怎么处理徐兵……”

警报呼啸的消防车载着刘平的半截子话飞驰而去，只剩下卫军在车库里跺着脚骂：“逞什么能？这可是他娘的油罐火！”

刘平铁青着脸坐在车上，他在心里骂卫军：不就是出个警灭个火吗？我非让你老老实实闭上狗嘴。

徐兵也是铁青着脸坐在车上，因为那个让他痛恨的周兵就坐在他的对面，周兵想张嘴搭讪，徐兵却把脸扭到了一边，他也在心里骂上了：少他娘的给我演戏，出门让车撞死你个熊玩意儿。

徐兵还没来得及想更恶毒的诅咒，消防车就已经到了现场。

一辆油罐车横侧在高速路上，油罐已经燃起了熊熊大火，路面上侧漏的油料也是火光一片。刘平第一个带头跳下车，迎面而来的灼热像针尖一样扎疼了他的脸。他冲着随后下车的兵们下命令："上水枪！冷却罐体！"

周兵和徐兵不约而同地冲刘平喊："指导员，罐体已经着火了，得用泡沫……"

刘平回过头来咆哮："我是火场指挥员！"

刘平抱起水枪就冲了上去——"指导员，小心……"徐兵还没来得及喊出口，就看到火苗顺着水龙逆流而上，只听"啊——哦——"两声喊叫，刘平一屁股坐在了地上，流淌在地上的油火"呼"的一声扑到了他的身上，刘平打着滚在地上惨叫起来。

刘平的惨叫撕心裂肺，让随后赶到现场的卫军后悔不已，他最担心的事儿发生了。他疯了一样抢过水枪，一边打泡沫一边嚷："一号车、二号车打泡沫控制火势，通信员联系交警设置警戒控制现场，刘平你他娘的别打滚，给老子撑住……"

王晓涛不知哪来的胆量，冲着路边停着的车吼："下车！老子送伤员！"不知驾驶员是被吓着了还是被感动了，他很快离开了驾驶室。

周兵和徐兵不约而同地抬起了刘平。

王晓涛在高速路上逆向飞驰，他脸上挂着泪，嘴里喊着："指导员，咱马上就到医院！"

周兵也带着哭腔说："指导员，今天很顺，高速路上没车，都给咱让路呢。"

徐兵强忍着泪花紧紧攥住刘平的手说："指导员，你一定撑住啊。"

这就是战友啊，在不幸面前他们忘了之前的所有恩恩怨怨，他们都在心里盼着车开得快点儿，快点儿，再快点儿！

车很快就到了闹市区，王晓涛自言自语："还有两个路口就到医院了。"

"王晓涛，黄灯亮了。"周兵提醒王晓涛。

"黄灯怕什么？"

"黄灯亮了，停一停！"周兵再次提醒。

"停什么？一秒都不能耽误！"王晓涛的话音刚落，就听"砰砰砰"几声，前面的几辆车撞到了一块儿，王晓涛一脚踩住了刹车，猛得打了把方向，"吱"的一声，车子横在了路中间。

"路口堵上了。"周兵刚准备下车，徐兵就打开车门蹦了出去。

徐兵回头冲着车里喊："别管了，我去……"

"小心！"周兵奋力跳出车，把徐兵扑了出去，飞驰而来的车从他身上轧过——一切都在一眨眼的工夫发生了！

回过神来的徐兵爬到周兵身边，他听到周兵费尽了全身的力气在说："快、快救、救、指导、员——"

"周兵——"徐兵小心地托起了周兵的头。

"红、红灯、停，绿灯、行，黄、黄灯、黄灯亮了、停、停一停，我妈、从、从小就教、教过、我……"周兵的声音越来越弱。

徐兵强打着精神和王晓涛一起把刘平和周兵送到医院急救中心，急救中心作了简单的处理就把他们送进了重症监护中心。

蹲在重症监护中心外的徐兵揪扯着自己的头发失声痛哭，护士要为他包扎磕破的胳膊和腿，他猛地站起来推搡着护士：

“滚、滚、滚！”护士有些委屈，徐兵又蹲在了地上抽泣起来：“我真他娘的该死！我怎么能咒你呢？周兵你可千万别有什么三长两短——”

卫军风尘仆仆地从火灾现场赶到重症监护中心时，支队领导已经来了好几个。卫军顾不上敬礼，他表情凝重地向在场最高首长——支队长说：“都是我的责任，我请求处分。”

支队长拍拍卫军的肩膀若无其事地说：“先别说这些，看他们的伤情，但愿别出事。”不是支队长冷漠无情，他是个爱兵如子的人，虽然他当兵这么多年经历过很多次与战友的生死离别，但他坚信这样的悲剧今天不会发生。虽然他的心里也是火烧火燎的，但他想用自己的镇定告诉所有的人，今天不会发生悲剧。

现实并不会因哪一个人的意志而转移，如果能的话，那支队长、卫军、徐兵、王晓涛，还有在场的每一个人，甚至是在病床上昏迷着的刘平，他们都不会答应让悲剧发生，可是，该来的谁都挡不住，不管是悲剧还是喜剧。

傍晚时分，周兵被护士推出了重症监护中心，主治医师冲着走廊上的所有人摇了摇头，卫军一步跨到主治医师面前，他用期盼的眼神盯着主治医师，但他听到的是——没救了，我们已经尽力了，很遗憾，如果还能苏醒就说几句话吧。

徐兵此时变得异常平静，他心里只有一句话：周兵，你不会死，你一定不会死！

周兵苏醒了，按很多人的说法算是回光返照了。

在场的所有人都记得，醒来以后的周兵说了不少话，声音不大却掷地有声。周兵面带着微笑说：“我想我妈了。我想吃她包的韭菜馅的饺子。她是间歇性精神病，她清醒的时候会想我。我放心不下她。我真希望她永远不会清醒。可是，我还是想吃她包的韭菜馅饺子……”周兵的目光里闪烁着晶莹，充满了憧憬。周兵的眼睛还是缓缓地合上了，再也看不到这个世界的他，脸上挂着微笑。

王晓涛“哇”的一声哭了起来：“老周，都怪我，上次没跟你一起包韭菜馅的饺子……”

徐兵没哭，他“扑通”一声跪在了地上，神色凝重地说：“周兵，我徐兵对不起你，你一路走好，我包韭菜馅的饺子，给你送行……”

周兵的母亲被接到中队的时候，徐兵又“扑通”一声跪在了老人面前：“我对不住你……”

老人很清醒，她扶起徐兵说：“孩子，这是他的命，走，孩子，咱去给兵兵包饺子，韭菜馅的饺子，他最爱吃，咱让他吃饱了好上路……”兵们都哭了，连卫军都哭了，只有徐兵一个人没哭。

徐兵挽着老人的手走到菜园里的老槐树下，老人颤巍巍地蹲下来，她仔细地打量完墨绿的韭菜叶，站起身来转过头对着徐兵微微一笑：“你说，这孩子如果能跟韭菜一样该多好，割了一茬又有一茬，割了一茬再长一茬，可是长再多茬，我也不舍得让我的兵兵走啊……”

徐兵猛地扑到老人面前，紧紧搂住老人说：“妈，我就是你的兵兵！我就是你的兵兵——”老人终于哭了，她在徐兵坚实的臂膀里嘤嘤啜泣。老人的泪水打湿了徐兵的衣襟，徐兵的泪水滑落在老人脸上的皱纹里。

老人在包饺子的时候精神失常了，不过她没哭也没闹，只是盯着满满一盆的韭菜馅喃喃地说：“红灯停，绿灯行，黄灯亮了停一停，黄灯亮了停一停，我的儿啊——”

周兵牺牲的消息终于传到了刘平的耳朵里，他一听到这个消息就变得痴痴呆呆，躺在病床上不吃不喝，脑子里恍恍惚惚。

他想了很多——我为什么要跟卫军过不去？我为什么要整治周兵？我为什么要揪住徐兵的事儿不放？我是不是一个合格的指导员？

刘平的脑子慢慢清醒了，他想明白了。自己仅凭王晓涛随口说的一句话就怀疑卫军，开支委会让卫军发怒……这一切都是因为自己的心太小，比针尖还小。

想到了针尖，刘平就拔下了手上的输液针头，用颤抖的手一下一下地扎着自己手腕上的动脉……

醒过来的刘平第一眼就看到了卫军模糊的脸，也听到了卫军的骂声："你他娘的有什么想不开的？操，你给老子听好了，想想杨燕青，好好养伤，兄弟们等着你回队呢。"

刘平的泪水滴落到枕头上，他用尽全身的力气说："卫军，我对不起你，对不起周兵，更对不起这身军装。我不配做人，更不配当这个兵，你让我死了吧。"

"放狗屁！想得美！对不起周兵是吧？那你听老子的命令，抓紧好起来，你他娘的好好活着，周兵在天上看着你呢！"

刘平号啕大哭，哭得惊天动地而且有些悲怆。

一个月后，刘平不顾医护人员的劝阻，缠着绷带去了支队长办公室。他努力地把脚跟并拢立正着向支队长报告："支队长，不能处分卫军，周兵他是因公牺牲……"

支队长打断了刘平的话严肃地说："虽然是因公牺牲，但这是一起事故，不能混淆概念。"

"如果处分就处分我，是我指挥不当……"刘平条理清晰地讲完了他所做的一切，额头上渗出的汗滑过了苍白的脸，他站在那里诚恳地说出了考虑了一个月的决定："支队长，我请求支队党委给我除名处分，我不配穿这身军装。"

支队长说："你先回去吧。"

“你不答应我，我就不回去。”

支队长站起来走到刘平面前，他替刘平擦干了脸上的汗水，轻轻地拍了拍刘平的肩膀说：“回去吧，安心养病，等出了院再说。”

支队长亲自把刘平送回了医院，又专程赶到城区中队。他对卫军说：“我想好了，回头我开个党委会统一一下思想，你安心工作，支队党委不会处分你，你要吸取教训，带好部队管好兵，领着中队打个漂亮的翻身仗。”

卫军“叭”地敬了一个军礼：“请首长放心！”

“我相信你。”支队长转身就走。

卫军从支队长的目光里看到了很多说不出的意味，但是他来不及多想，因为他忽然想起另一件事。他紧跑两步跟到支队长的车前，拉住了支队长正要开车门的手。

支队长回过头狐疑地看着卫军。卫军响亮地报告：“支队长，鉴于周兵母亲的情况特殊，我请求支队特批，让老人住在队上。”

支队长不假思索地回答：“行！”

卫军再次敬了军礼目送支队长的车子驶出营区，车子忽然停了下来，支队长从车窗里探出了头：“卫军！”

“到！”

“还有一个任务，你没事儿多去几趟医院，照顾好刘平，把他那些乱七八糟的想法给消灭了。”

“是！”

八

中队恢复了正常，少了一个人，也多了一个新的成员——

周兵的母亲。

卫军、王晓涛说起周兵的母亲时都喊老人“妈”，中队其他官兵说起周兵的母亲时都喊老人“咱妈”，只有徐兵一个人喊老人“我妈”。

找不到徐兵的时候，兵们都会说：“陪咱妈去菜园了。”

兵们喊徐兵的时候，徐兵总会答：“陪我妈看韭菜呢。”

以前最喜欢打篮球的徐兵现在最喜欢做的事儿是陪老人去看韭菜，因为老人最喜欢做的事儿是在徐兵的搀扶下去看韭菜。

最喜欢打篮球的徐兵再也没进过篮球场。因为他忘不了每次在输了球之后，周兵会拍着篮球模仿唐老鸭的滑稽动作，博战友们一笑，让大家开心。可现在，徐兵只能在篮球场旁回忆自己的战友，每次在想起周兵的动作和表情时，那一瞬间，徐兵想笑，却哭了。

时间像菜园里老槐树下的韭菜一样疯长，转眼到了年底，徐兵要求提前退伍。退伍以后的徐兵没回老家，他在营区外租了间门头房。门头房正冲着营区里的那棵老槐树，打开后窗户就能看到菜园里的那几畦韭菜。

徐兵穿着周兵留下的迷彩服在门头房前放了一挂鞭炮，“兵兵饺子铺”开张了，支队长带着支队党委成员给店老板周兵的母亲送贺礼，插不进脚的兵们挤在门口，引来了行人密集的目光。

“兵兵饺子铺”的生意很红火，虽然店里只卖韭菜馅的饺子，但好多市民都慕名而来，每个人都称赞老板娘有一个懂事的好儿子。听到夸奖的时候，周兵的母亲总是把满脸的皱纹绽成一朵大菊花。

年三十这天，刘平出院了，卫军拉着他进了“兵兵饺子铺”。

“乒乒乓乓”的鞭炮声传进饺子铺的时候，徐兵端上了热气腾腾的饺子。卫军、刘平、徐兵端起酒杯给周兵的母亲敬酒时，老人拿起筷子从盘子里夹了一个饺子放进了旁边的空碗里，嘴里说着："儿啊，这是兵兵包的韭菜馅饺子，你最爱吃……"

徐兵鼻子一酸说："妈——我哥他……"

老人又夹起一个饺子放进徐兵的碗里："儿啊，你兵兵哥高兴着呢，兵兵，你也吃，慢点儿，别烫着……"

酒过三巡，刘平放下酒杯"扑通"一声跪在老人面前，呜呜地哭着说："妈，我刘平对不起你，对不起周兵，对不起这身军装。"

卫军一把抓起刘平："快起来，大过年的要高兴，周兵在天上看着你呢!"

刘平端起酒杯猛喝一口，他"吭吭"地咳嗽了几声，醉眼蒙眬地说："我对不起这身军装，我要转业。"

老人对着满桌的韭菜馅饺子精神失常了，她盯着刘平喃喃地说："红灯停，绿灯行，黄灯亮了停一停，黄灯亮了停一停，我的儿啊——"

刘平怔在了那里，对着空酒杯也喃喃地说："黄灯亮了，我该停还是行?"

槐树叶绿的季节，刘平带着刚下队的新兵去中队荣誉室看周兵的遗像，去菜园里的老槐树下看韭菜，去"兵兵饺子铺"看周兵的母亲，这是刘平给新兵上的第一课。

槐树落叶的季节，即将退伍的老兵相约去"兵兵饺子铺"看周兵的母亲，去菜园里的老槐树下看韭菜，去中队荣誉室看周兵的遗像，这是老兵们给自己上的最后一课。

又是槐树叶绿的季节，新的中队干部带着刚下队的新兵去中队荣誉室看周兵的遗像，去菜园里的老槐树下看韭菜，去"兵兵饺子铺"看周兵的母亲，这是中队干部给新兵上的第一课。

又是槐树落叶的季节，即将退伍的老兵相约去“兵兵饺子铺”看周兵的母亲，去菜园里的老槐树下看韭菜，去中队荣誉室看周兵的遗像，这是老兵们给自己上的最后一课。

……

几年后的年三十下午，王晓涛第一个走进“兵兵饺子铺”，已经退伍的他带着妻子和孩子来陪周兵的母亲过年了。少校卫军、刘平也带着妻子和孩子赶来帮徐兵包饺子，已经退休的支队长来了，越来越多的退伍老兵带着妻子和孩子从祖国的四面八方赶来了，小小的店铺早已站满了人，店铺外的半条街上都站满了人。

城区中队的中队长和指导员把周兵的母亲和这些老兵们请进中队食堂，所有的人都挽起袖子和面调馅，馅当然是韭菜馅。

“乒乒乓乓”的鞭炮声传进人们耳朵的时候，徐兵穿着周兵那身已经洗得发白的迷彩服，端上了热气腾腾的饺子。

所有人端起酒杯给周兵的母亲敬酒时，老人拿起筷子从盘子里夹了一个饺子放进了旁边的空碗里，嘴里说着：“儿啊，这是兵兵专门包的韭菜馅饺子，你最爱吃……”

徐兵鼻子一酸说：“妈——我哥他……”

老人又夹起一个饺子放进徐兵的碗里：“儿啊，你兵兵哥高兴着呢，兵兵，你也吃，慢点儿，别烫着……”

老支队长站了起来，端着酒杯对周兵的母亲说：“妈，我也是你儿子，儿子敬你一杯！”

所有人都跟着“哗”的一声站了起来，中队食堂里响起了震耳欲聋的敬酒声：“妈，我也是你儿子，儿子敬你一杯！”

酒过三巡的时候，两个孩子“哇哇”地哭了起来，徐兵的儿子和王晓涛的女儿一左一右扑到了周兵母亲的腿上，哭闹着：

“这是我奶奶!”“这是我奶奶!”

卫军和刘平一人抱起一个孩子，卫军轻轻地捏了一下王晓涛女儿的耳朵垂，说：“大过年的不许哭，你周兵爸爸在天上看着你呢!”

老人对着满桌的韭菜馅饺子精神失常了，她盯着满屋子的人说：“红灯停，绿灯行，黄灯亮了停一停，黄灯亮了停一停，我的儿啊——”

徐兵的儿子在刘平的怀里清脆地跟着学:“红灯停，绿灯行，黄灯亮了停一停——”

王晓涛的女儿也在卫军的怀里清脆地跟着学：“红灯停，绿灯行，黄灯亮了停一停——”

屋子里的孩子们都唱了起来：“红灯停，绿灯行，黄灯亮了停一停——红灯停，绿灯行，黄灯亮了停一停——”稚嫩的童谣声飘到屋外，飘向远方，惊起了老槐树上的几只鸟。

老支队长对身边的王晓涛说：“黄灯亮了——”

王晓涛转过头对徐兵说：“黄灯亮了——”

徐兵说：“黄灯亮了——”

卫军、刘平，所有的老兵、新兵，还有兵们的妻子们都说：“黄灯亮了——”

嗬，黄灯真亮了！亮在了每个人的心里……

冬去春来，又是槐树叶绿的季节，刚下队的新兵在中队荣誉室看到了周兵的遗像，在菜园里的老槐树下看到了茁壮成长的韭菜，在“兵兵饺子铺”看到了周兵的母亲，也看到了老人正在择韭菜的手——干枯的手上青筋暴露。一个新兵指了指窗户外的老槐树又指了指老人的手，对徐兵说：“奶奶的手跟那棵槐树的树皮一样老……”

中队干部呵斥：“那是咱妈，不能喊奶奶。”

老人对着篮子里的韭菜精神失常了，她盯着满屋子的人说：“红灯停，绿灯行，黄灯亮了停一停，黄灯亮了停一停，我的儿啊——”

徐兵蹲下来，摩挲着老人树皮一样的手，声音哽咽地说：“妈，儿知道了，黄灯亮了——”

这天晌午，老人坐在床上对徐兵说：“儿啊，给我和你兵兵哥煮一盘饺子，韭菜馅的，兵兵最爱吃！”

徐兵端来了热气腾腾的饺子，老人已经依偎在墙上睡着了，脸上挂着熟悉的笑容，那笑容跟周兵的一模一样。

三天后，所有在城区中队当过兵的人都赶到了“兵兵饺子铺”，徐兵穿着一身孝服走在送殡队伍的最前面。王晓涛抱着自己的女儿，牵着徐兵的儿子，紧随其后。那些曾经在小店里吃过饺子的人也不约而同地加入到送殡的队伍里，人越聚越多，路上行驶的汽车都停了下来，响起的汽笛声经久不息……

硬　菜

一

王卫国发现，最近女儿不太正常。

怎么说呢，原本疯疯癫癫、跟假小子一样的小丫头，突然间变得温柔含蓄了，甚至有那么点儿淑女的感觉了。

这事儿在别人眼里没啥稀罕，但搁在王卫国身上就得另当别论了。这太阳打西边出来的事儿，让他心里边美得不行。这不，王卫国正哼着二人转，在办公室里走来走去，恨不得把女儿的变化告诉所有人。但这根本不可能，作为消防大队的大队长，他决不会跟别人唠叨这些，在他眼里，家务事再大也都是些鸡毛蒜皮的事儿，摆不到桌面上。那就把女儿叫回家，跟她拉拉呱吧，不过，这个念头只是冒了个头，就被王卫国摁住了。他仿佛已经听到女儿尖着嗓子嚷嚷，蛇精病。蛇精病是啥病？真是搞不明白现在的年轻人。想倾诉的冲动让王卫国想起了一个歇后语，宠了媳妇得罪娘，真是左右为难啊。一想起媳妇，王卫国就彻底蔫了。“媳妇”这两个字让他揪心。

话虽这么说，王卫国却很会调节自己的情绪，用他的话讲，这带兵打仗的，没个定力怎么能冲锋陷阵。王卫国不是吹牛扯淡的人，他的理念是，在基层灭火救援的消防兵，如果没有这么个劲儿，进了火场准得抓瞎。王卫国刚调整好情绪，目光就被窗外的风景拉直了，他看到一群兵正围在攀登楼前大呼小叫，他知道这群兵又干起架来了。他喜滋滋地看起了热闹。没当过消防兵的人肯定会觉得不可思议，你一个消防大队的大队长，眼瞅着自己手下的兵干架，不管不问倒也罢了，还在那里乐呵呵地坐山观虎斗。哪有这么当主官的？可王卫国就喜欢兵们这样可劲儿造，不打打擂台拼个输赢，那一个个还不全成了怂蛋？很显然，在王卫国这里，干架不是脸红脖子粗、拳打脚踢的那种，他只是喜欢看兵们比赛。王卫国最见不得的就是兵们蔫头耷脑，没个精气神儿，就像今年春上刚下队的新兵郭小国，瞅一眼就心烦。

王卫国习惯性地冲队伍里扫了一眼，眼珠子一下子瞪得溜圆，好家伙，连郭小国这王八羔子也动起来了，他娘的。王卫国赶紧揉揉自己的双眼，仔细一看，还真是郭小国，千真万确，不是幻觉。那小家伙背着空呼器刚刚冲进了攀登楼里。真是中邪了，这才多大会儿工夫，郭小国就跟自己的丫头一样，完全变了个人哪，他娘的。王卫国刚在心里嘀咕了一句口头禅“他娘的”，就又锁住了自己的眉头，因为他心里冷不丁地又想起了另一个人。

第一眼看到郭小国，王卫国就直挺挺地愣在了那里。他站在队伍前本来是要给兵们训话的，可他吭哧了半天，才勉强把欢迎新兵下队的话讲完。王卫国有些尴尬，也觉得掉价，当那么多年兵，在队伍前面打磕巴对他来说还是第一次。这还真怪不得王卫国，新兵郭小国长得跟一个人太像了。解散了队伍，王卫国就把郭小国叫到了办公室，看着面条一样软塌塌的郭小国，王卫国险些忘了自己要干什么。

王卫国是找郭小国了解情况的，不过，那个时候，他还不知道郭小国的名字叫郭小国。

“列兵同志，你叫什么？”

“郭小国。”这三个字说得不紧不慢，但已经让王卫国心里翻江倒海了。

“哦，你姓郭。”王卫国的声音变得有些颤抖，“郭小国同志，你家是哪旮旯的？”

“河南商丘。”

一听到这个，王卫国的声音马上变调了：“你爸爸叫……”

“俺没爸爸。还有，俺提醒恁，喊同志不中，恁上网查查去。”郭小国的回答硬生生地把王卫国噎了回去。

王卫国一下子泄了气，心里骂了句“他娘的”，就把郭小国打发走了。还没等郭小国走出办公室，他就变得恍惚起来。瞧，那小子撇着八字脚的这两步走，说话时候满不在乎的神情，跟郭日月简直就是一个模子刻出来的。还有，他的那个语气和腔调，都跟郭日月一个鸟样。对了，最关键的是，郭日月回答问题也是多一个字都不肯说，绝对不会拖泥带水。这小王八羔子明明就是郭日月的种儿嘛，难不成是他知道我跟他爸爸之间的关系，才这么嘚瑟？真不像话，他娘的。王卫国这一次在心里怪罪的是郭日月，把自己儿子送到部队来，居然不打声招呼。

可是，王卫国这个抱怨很快被心酸代替了，得有十几年没跟郭日月联系了。或者说，郭日月已经在他视线里消失十几个年头了。

王卫国找出了花名册，他发现郭小国的花名册上，“父亲”一栏是空着的。他又迫不及待地安排中队长去支队警务科查档案，结果让他哭笑不得。因为档案里“父亲”一栏填的是“查无此人”。这算是哪门子档案哪，王卫国很想搞清这是为什么，但他想尽了办法也撬不开郭小国的嘴，到后来，王卫国的耐心被渐渐地磨没了，他也不再为郭小国的父亲是谁这个问题纠结了。很多时候，王卫国会瞅着郭小国想，王卫国啊王卫国，你他娘的脑子进水了，郭日月怎么可能弄出这么个不争气的玩意儿，你瞅瞅，这熊孩子站没个站相、坐没个坐相，浑身上下就没有一根兵骨头。没错，因为这个，郭小国经常会被班长喊出队列，劈头盖脸地训上一顿。人家郭日月是什么人？那可是个从头到脚都透着兵味的家伙，毫不夸张地说，即便是夜里睡着了，郭日月也能把整个身子绷成军姿的架势。这样的人物谁能不服？可在自己当战士那会儿，王卫国还真不服，而且是打心里不服。

王卫国和郭日月是同年兵，一个老家在黑龙江加格达奇，一个老家是河南商丘的，两个人前世无冤、后世无仇，但要命的是，只要二人一碰面就会较劲。

说起来有点儿可笑，他们，具体地说是王卫国，是因为班长的几句表扬才争风吃醋的。刚开始，王卫国受到的表扬多，因为他能干。农村人嘛，打小从庄稼地里摸爬滚打，再脏再累也不会眨巴眼。可是到了训练场上就是另一回事儿了，什么科目对郭日月来说都是小菜一碟，那动作用漂亮来形容还差点儿火候，用现在的话来说，那真是帅呆了、酷毙了。你想吧，凭人家郭日月那训练成绩，想不受表扬都不可能，这让王卫国心里很不是个滋味，因为他当兵的目标很明确，就是想好好干，争取留在部队转个志愿兵什么的。王卫国心里是这么想的，嘴上说的却是当兵尽义务，那个年代谁都这么说，也没人笑话。可郭日月偏偏嘴巴不饶人，有事没事就挖苦他，说什么既想当婊子又想立贞节牌坊。这话要多难听有多难听，让谁都会生气发火甚至尥蹶子，更何况当兵的都有血性，他们会因为一句话不对付，撸起袖子就干一架。坦白地讲，也就是王卫国吧，他打心里抱着息事宁人的态度，才不会造成什么不堪设想的后果。但王卫国虽然嘴上不计较，心里边可不是个滋味，你郭日月不就是仗着自己训练好一点儿嘛，有必要到处显摆吗？有什么了不起呀，等我练上一段时日，赶上你，让你老老实实地闭上自己那张狗嘴。

就这么着，王卫国和郭日月是针尖对麦芒，你来我往地干了起来。当然，他们之间不会是真刀真枪地干，就跟王卫国手下的这群兵一样，他们会暗地里较劲，非得分个你高我低来才行。

王卫国跟郭日月的第一次较量是惨败而归的。

春的气息已经完全在天地间铺展开来，操场上的小草不是初春的嫩绿，也不是盛夏的浓绿，而是那个季节独有的却又短暂的翠绿。王卫国记得，那是春末夏初也就是五月份的一天早晨。

王卫国吃过早饭回到班里，瞅了一眼墙上的训练配档表就倒抽一口冷气，因为上午要训练负重登楼，这是一个让他头疼的科目。当过消防兵的人应该知道，这虽然是一个基础的训练项目，但真正在一上午的时间，盯着这个项目重复操练，没有几个人能撑得下来。你想啊，每个人都得穿上厚厚的灭火防护服，身背空气呼吸器，手提两盘水带，不断地爬楼下楼，不累得吐血才怪。王卫国不是钢铁侠，更不是裤衩穿在外边的superman，他不可能不打怵。王卫国打怵的第一反应是跑厕所，他冲着小便池晃荡了半天也没撒出一滴尿，他心里明白自己是没有一点儿尿意的，这完全是因为心理紧张引起的生理行为。想到这里，王卫国慌张地抬起头，生怕别人发现了自己的小秘密。不巧的是，王卫国看见了一张笑脸——郭日月的笑脸，而且是带着不屑神情的一张笑脸。王卫国的脸顷刻间羞红了，一下子红到了脖子根。王卫国有些狼狈地扎起了腰带，还没等他逃离厕所，背后就传来了郭日月的笑声，那声调里带着一丝戏谑，更带了几分鄙夷。

那天上午，王卫国背着将近五十斤的装备楼上楼下地跑，把腿跑细了，也把腿跑粗了，他拖着灌满了铅一样的腿，蹒跚着走向班长，跟班长报告成绩，因为这一上午他的成绩远远超过了郭日月。王卫国满以为能得到表扬，没曾想却被班长奚落了一顿："显摆什么？灭火救援靠的不是蛮劲儿，横冲直撞算不上英雄好汉！"班长这话刚说完，郭日月就在一旁"哧哧"地笑了。

一上午的汗水全泡汤了，王卫国不敢对班长有什么不满，他只能朝郭日月瞪眼。

"瞪什么眼哪？不服气你俩就比一比！"班长将了王卫国一军。

"比就比，班长你定！"

"谁输了，谁去买冰棍。"班长又把目光投向了郭日月。

"行！"郭日月跟往常一样回答干脆，用一个字接受了挑战。

说实话，王卫国还是第一次接受这样稀奇古怪的比赛，但这次比赛却让他一辈子刻骨铭心。

班长一下口令，王卫国和郭日月就蹿了出去，他们扛着挂钩梯冲到攀登楼下，“哐”的一声几乎同时把梯子挂在了窗口上，起身、攀爬、起跳、着地、挂梯、再上梯、攀爬……两个人不分先后地跳进了六楼的窗口。拿筷子，弯身，夹乒乓球，这些动作一气呵成，可是，王卫国手里的筷子却怎么也不听指挥，他使出了吃奶的劲儿也夹不起那圆圆的小球。王卫国调整了呼吸，蹲在地上朝着乒乓球发狠，好不容易夹起一个，还没等离开地面，小球就掉在地上，蹦蹦跶跶地跑远了。豆大的汗珠滑过了王卫国的脸庞，摔到了地上，他知道这次输定了。

王卫国确实输了，他觉得输的不是几根冰棍，而是自己的脸面。

王卫国输给郭日月之后，很长时间都没搞明白，班长这个比赛练的是什么，就像郭小国下队以后很长时间都搞不明白自己要干什么一样。

郭小国这人长得很耐看，修长高大却不粗犷的身材，棱角分明却不粗糙的脸庞，是打眼一看就讨人喜欢的那种小伙子。但是只要仔细打量你就会发现，他白皙的脸上写着冷峻，明亮的眸里透着狂傲，红润的唇间挂着不屑，最糟糕的是他那身子骨，松松垮垮的跟缺钙一样，怎么看也不像一个当兵的。如果光是这些也就罢了，郭小国干啥事都比别人慢半拍。班长喊他，他要停顿一会儿才答“到”。队列里听到向左转或者向右转的口令，他要寻思片刻才转身。这样一来，他在队伍里就显得特别不和谐，也就讨来了班长的训斥。次数多了，班长也不耐烦了，他知道现在的兵打不得骂不得，打了骂了要挨处分，便把心里的火气撒到了所有兵的身上，让兵们集体体会动作。你别说，这招儿还真够绝的，自然会有人替他修理郭小国。

有人的地方就有社会，部队当然也不例外。班长心里的算盘拨拉得没错，郭小国害得大家吃了苦头，肯定会有人想法子。大家伙最先是对他进行孤立。你可能不知道，在部队里如果想教训谁，让他孤零零的一个人体会形单影只的滋味，那可能是最管用的招儿，但这个对郭小国来说是正中下怀，他需要的就是与世无争，他需要的正是孤芳自赏。他看着兵们对他指指点点，没有一个人跟他沾边，心里反倒乐得不行，他甚至想买上一瓶二锅头，不，要买就买“张弓”，用老家的酒把自己灌醉，向全世界的人宣告：这种感觉，倍儿爽！

二

也不是真的没人搭理郭小国，蛋蛋就是个例外，但这个例外的人结果却不会例外。想都不用想，蛋蛋在郭小国那里惹了一身骚，还好，蛋蛋有足够的心理准备，他不会因为碰了钉子就气馁。他对一切都充满好奇，尤其是对这种成天不吭不响，对啥事都不屑一顾的人。

得让蛋蛋出场了，按他的脾气和性格，现在已经按捺不住了。蛋蛋当然不会真的叫蛋蛋，他的名字叫路志坦，班长第一次点名的时候，喊成了路志旦，没几天的工夫，蛋蛋这个名字就传遍了。刚开始，他说啥也不干，说俺老路家取名字是有讲究的，叔伯家有三个哥哥，叫志宽、志广、志平，合在一起，加上俺那名，就是俺老路家的路子宽广平坦，多好的寓意啊！但班长对他说，叫你蛋蛋是瞧得起你，记住喽，你这个蛋啊可不是新兵蛋子的蛋，也不是笨蛋的蛋，更不是浑蛋的蛋，是聪明蛋的蛋。路志坦心里想，班长，恁才是蛋咧。但这话只能咽到肚子里，他还是做个鬼脸欣然接受了，好汉不吃眼前亏，不就是给自己起了个外号嘛，再怎么说也是聪明蛋的蛋，中，恁很快就知道俺是超级无敌大神童。想到这儿的时候，路志坦的鬼脸就舒展开来变成灿烂的笑脸了。

嗯，还是把路志坦叫作蛋蛋吧，这样写起来顺手，听起来顺耳。

蛋蛋很想知道自己的老乡郭小国在想什么，当然，他的这种做法完全是潜意识的，就像他根本没有意识到，自己正在努力走进郭小国的内心世界。

郭小国觉得蛋蛋这个人很讨厌，闲着没事儿黏在自己身边干嘛，纯粹是吃饱了撑的。可是蛋蛋不这么认为，他觉得自己在做一件很有趣的事儿。他开始绞尽脑汁创造跟郭小国在一起的机会。没多久，蛋蛋就发现自己根本不是神童，而是十足的弱智青年，不对，网上流行的说法是“二逼青年”。

蛋蛋说：“兄弟，把恁的脏衣服拿来。”

郭小国白了一眼没说话。

蛋蛋笑呵呵地又说：“正好，俺给班长洗衣服，帮恁一块把脏衣服解决了。”

郭小国撇了撇嘴还是没搭理。

“真是的，挂着个脸耍酷啊。”蛋蛋嘴上虽然这么说，但还是把郭小国的臭鞋子从床底下拿了出来，一甩手扔进了脸盆里。

蛋蛋收衣服的时候吓了个半死，还真是邪乎，自己的衣服，还有郭小国的鞋子都在，偏偏把班长的衣服弄丢了。

看着蛋蛋满头大汗着急的样子，早就有人滴溜溜地跑去告状了：“班长，大事不好了，蛋蛋把你的衣服弄丢了。”

“滚，屁大点儿事儿咋呼什么？”班长嘴上说的是不在乎，心里的火气却已经是排江倒海了。这个时候，打小报告的人乐得嘴都合不拢了，究竟是谁啊，吃了豹子胆，居然敢捉弄班长，这下可有好戏看了。打小报告的人最后挺失望，没有看到他预想的结果，班长的衣服很快就找到了，是郭小国从垃圾桶里拿回来的。他把衣服扔给了蛋蛋，朝班长噘了噘嘴。

班长看了一眼蛋蛋手里拿的衣服，猛地抬高了嗓门：“谁干的?”

“我!”郭小国挺了挺胸脯，蛋蛋觉得挺胸这个动作放在他身上很罕见。

不但蛋蛋有这样的感觉，所有人都是这么认为的，这分明是挑战班长的权威呀！可是谁都没想到，班长就像遭遇了高压水枪，自动熄了火。

班长没发火，蛋蛋却不可能不急眼。真是的，狗咬吕洞宾不识好人心，好心好意帮他刷了臭鞋子，反倒把班长的衣服扔了，还算不孬，敢作敢当，算个爷们儿，要不俺路志坦可就真有好果子吃喽。这么一想，蛋蛋又咧嘴笑了：“多大点儿事儿啊，真是的。”蛋蛋用自己的口头语“真是的”结束了心中的不满。

让队上所有人都惊讶的是，就在大家孤立郭小国不成，正在琢磨法子收拾他的时候，郭小国又折腾出了不少动静。比如，他在卫生大检查之前把班里的洗刷用具全都搞乱了，害得班里丢了卫生流动红旗。又比如，他在每周一次的班对抗时装作崴脚，害得班里丢了训练流动红旗。再比如，他把通信员送来的信故意放进公用抽屉里，害得班长差点儿丢了女朋友。班长为这个事儿发火的时候，郭小国居然说，什么年代了，不打电话发短信，玩什么浪漫写什么信。郭小国忽然间蹦出这么多说辞，把班长搞得哭笑不得，他二话没说就跑到了中队部，给中队长撂下了话：“当这么多年的班长，从来没碰到这路货色，把整个班搞得乌烟瘴气、鸡飞狗跳。中队长，你要么把这个兵弄走，要么把我这个班长撤了!”

“行啊，有长进啊，素质提高不少，居然学会了文明词，还乌烟瘴气、鸡飞狗跳呢，回去琢磨琢磨，怎么着把他给我捋顺溜了。”

班长磨蹭了半天，还是一万个不情愿。中队长恼了，指着班长的鼻子骂：“怂蛋！这个世上就没有带不好的兵，只有不会带兵的人。你把那个郭小国叫到中队部，让他给我干通信员，看我咋把他捋顺溜了。”是啊，没有带不好的兵，只有不会带兵的人，这个在部队上基层带兵干部经常挂在嘴边的话，很快就被郭小国打破了。

其实中队上下谁都能看出来，中队长郑龙宇对郭小国倾注了满腔心血。怎么形容呢？这么说吧，郑龙宇对郭小国做的那些事儿，即便是亲兄弟也不过如此，可郭小国愣是装痴卖傻，对中队长爱答不理，弄得郑龙宇是剃头的挑子一头热。

郑龙宇脑袋都大了，因为只是一个晚上的时间，郭小国就接连着出了两次差错。他拔下了电脑电源，把郑龙宇熬了大半夜写好的中队半年工作总结给废了，又把支队通知开会的时间误报了半小时，让郑龙宇在第二天的会上被支队领导点名批了一通。郑龙宇心里便想，你这个郭小国啊，真是无法无天了，不把你捋顺溜了我就不姓郑！

郑龙宇找郭小国谈心的时候没打算发脾气，但郭小国一副死猪不怕开水烫的架势让郑龙宇火冒三丈：“你脑子是不是进水啦？”

“对！”

“你脑子有病啊？”

“对！”

郭小国蹦出的这两个字让郑龙宇几乎要发疯，他恨不得冲上前扇两巴掌、踹两脚。

郭小国依然跟没事儿人一样，打了个哈欠，问："队长，恁是不是忍不住啦？要不恁找几个老兵揍俺一顿，给恁解解气？俺看中，这样不孬。"

别说，惜字如金的郭小国这番话让郑龙宇冷静了下来，他无可奈何地摆摆手，垂头丧气地说："回吧，回吧。"

郭小国扭头走了，带着让人不易觉察的笑容。郑龙宇看着郭小国撇着外八字脚一摇三晃的背影，整个人都要气炸了。

郭小国的英雄事迹很快就传遍了整个中队，大家伙儿每说一遍就要再加点儿油盐、添点儿醋，郭小国很快就被演绎成了超级怪物。蛋蛋听到兵们在背后的议论，就去找郭小国。郭小国说："伙计，你真是咸吃萝卜淡操心，关你鸟事？"蛋蛋再多说几句，郭小国就爱答不理地冒出一个字——"嘁"！

蛋蛋恨恨地想，顶你个肺哦，俺还真是咸吃萝卜淡操心，奶奶个熊！蛋蛋把不知从哪里学来的方言从心里嘟囔了一遍，末了，又对自己说："事不关己，高高挂起，路志坦，你千万别犯贱，真是的！"

自称超级无敌大神童的蛋蛋有点儿高估自己了，没几天他又管起了闲事儿。

除了爱说"真是的"，蛋蛋这个人还有个特点，谁也搞不清到底是优点还是缺点的特点，他笑点低，而且低得离谱，低得出格，甚至于低得有点儿吓人。在中队俱乐部里看上一会儿老掉了牙的相声小品，他能把自己笑出眼泪。拿着手机看上一条别人发来的段子，他也能捂着肚子笑得喘不上气。如果没有人干预一下，说不定他还真能把自己笑得背过气去。所以，班长就曾经吩咐过手下的兵："把蛋蛋看好了，别哪天想不开，就像他自己说的，撸啊撸，找段笑话看完 game over 了。"就这么句玩笑话，又把蛋蛋笑了个半死，把班长弄得一惊一乍："娘咧，玩什么片汤汆丸子。”你猜人家蛋蛋怎么说的，他说：“班长太卡哇伊了，也学会网络上的词儿啦。”班长一下子被整到了臭氧层，刚跟蛋蛋学会了英雄联盟这款网络游戏上的词儿“撸啊撸”，又猛地听到个“卡哇伊”，班长想不迷糊都不行。看着班长云里雾里的样子，蛋蛋又“嘎嘎嘎”地笑了半天，还真差点儿笑岔了气。

蛋蛋就是这么个人，这不，他捏着手机看到一条短信，接着就笑翻了天。他一个人笑还不过瘾，非得拉着别人一起。“蛋蛋，你看你那个熊样儿，谁让你用手机的，咱条令上怎么规定的?”也该着蛋蛋倒霉，班长发现并且收走了他的手机。看着班长气呼呼地转身走了，蛋蛋冲着背影习惯性地做了个鬼脸。

蛋蛋的笑没让班长真生气，毕竟在班长眼里，他算不上重点人。

这里得解释一下重点人。在部队里，重点人是特指那些思想上有问题、行为上很怪异的人。毫无疑问，这不是个什么好的称谓，被贴上这样标签的人，通常会受到中队上下的特别关注。郭小国因为不合群，而且尽跟领导对着干，闹出了不少洋相，就自然而然地成了大伙儿眼里的怪物。刚开始，大家还把他当成帮扶对象，尽可能地帮他适应部队，可是没多长时间，兵们都失去了耐心。谁都不敢跟他发生交集。你说往东他非要往西，你让稍息他非得立正，就算是帮他顺手打扫了卫生，他也会唧唧歪歪地骂几句，再把卫生破坏一通。总而言之，在兵们眼里，郭小国是人人讨厌、人人叫骂的那种类型。说是这么说，却没人敢在他面前表示不满，谁若有一点儿“把柄”落在他手里，那可就捅了马蜂窝啦。对这样的人，大家都敬而远之，惹不起还躲不起吗？郭小国很快就成了孤家寡人。也只有蛋蛋跟大家伙儿不同，虽然他也觉得郭小国这个人怪，但他却不烦，因为他对这个老乡充满了好奇。还好，蛋蛋这个人聪明，除了耍耍嘴皮子，不会无缘无故去自找麻烦，也就不至于惹出什么事端。

蛋蛋对郭小国的暧昧态度，很快被兵们演绎成各种版本。蛋蛋这个人真不地道，别看他平常嘻嘻哈哈的，没事儿就跟郭小国凑到一块，说不定在背后捣鼓什么呢。蛋蛋光在领导眼皮子底下表现，上次给班长洗衣服就是他给扔了的，不想洗就明说，还把自己的老乡拉出来垫背，那郭小国也纯粹是傻子。蛋蛋喜欢拍马屁，没事儿就跟中队长打小报告，要不，郑队长怎么可能知道郭小国的事儿。

对这些风言风语，蛋蛋郁闷极了。这都是干吗啊，有什么事儿就撂到明处，背后说三道四算什么本事，真是的！蛋蛋找到郭小国，不管不顾地发了一顿牢骚，末了还是自己惯用的三个字“真是的”。说来也怪，郭小国耐心地听完了，而且蹦出了一个字：“该!”

这个字的结果是，中队公认的好脾气蛋蛋跟郭小国干了一架，这次是动了真格的，因为两个人都挂了彩。

在部队里，打架斗殴可不是好事，一旦被领导知道，对双方的处理向来是各打五十大板，毕竟一个巴掌拍不响。所以，中队长郑龙宇让两个人写了检查，在军人大会上严肃批评了他们。但真实的情况是，郑龙宇对郭小国的批评更严厉。不管在谁眼里，蛋蛋都值得同情，先别说郭小国孤家寡人早就成了众矢之的，就算是他的身份，也不该瞎折腾。谁都知道，作为中队部的通信员，作为领导身边的人，你郭小国理应比别人更踏实，怎么能带头违反纪律呢！让郑龙宇崩溃的是，郭小国对他的批评是左耳朵进，右耳朵冒，根本没当回事儿。还好，蛋蛋没有因为互相打了一架或者受到批评就跟郭小国闹不团结。相反，蛋蛋经常挤巴着小眼睛偷偷观察郭小国。他脑子里咋想的呢？在班里的时候跟班长对着干，到中队部了又跟队长顶风上。多少人想跟领导套近乎都没机会，他居然一点儿不珍惜，还一个劲儿地胡闹腾。看来郭小国真的啥都不在乎，那他当兵到底图个啥？不但蛋蛋解不开这个谜，连郑龙宇这个带了这么多年兵的人都抓瞎了。

三

郑龙宇一直认为，作为基层带兵干部应该具备很多素质，其中一条就是，必须比别人有更强的抗打击能力。可现在他实在是忍无可忍了。郭小国太难缠了，这家伙的所作所为早就超过了底线，简直是在跟自己叫板。

郑龙宇向大队长汇报郭小国的情况时，王卫国的面部表情非常淡然。他只是随着郑龙宇说话的语气和节奏点头或者摇头，以至于郑龙宇根本无法判断自己的顶头上司在想什么。这让郑龙宇觉得有些蹊跷。在往常，王卫国一听到队伍管理上有什么问题，早就舞舞咋咋教训开了，对他那些批评的话，郑龙宇刚开始肯定不服气，到最后郑龙宇会发现姜还是老的辣，因为王卫国已经在骂骂咧咧中传授了方法。通常情况下，如果王卫国不开口，郑龙宇会一直待下去，他似乎已经习惯了先挨一顿训，讨来了方法再走。可这一次，王卫国安安静静地听完了汇报，破天荒地没骂娘，末了只说了一句话："教育要跟上，管理要到位。"这没有实质意义的温吞话显得冠冕堂皇，也让郑龙宇不得不陷入沉思，认真寻找对策。不过，王卫国还真不是只说了那一句话。郑龙宇离开大队部的时候，隐隐约约听到他在嘀咕："他多大了呢？'90 后'，哦，都快'95 后'了吧……"这句话听起来不太真切，也使得传递出的信息有些含糊。

王卫国的表情没有什么波澜起伏，但内心里早已翻江倒海，尤其是在听到郭小国的表现时，他的手心里居然沁出了汗，这跟十几年前的时候一个样。

郭日月是个争强好胜的人，他不允许别人超过自己，哪怕是他并不能完全理解，甚至是极其厌烦的事儿，也非得让自己做得比别人好。这在新兵堆里特别扎眼。

王卫国记得很清楚，就是在他输掉那次比赛之后，中队组织到菜地干活，让兵们拿砖头拍打菜畦子，沟和垄要像刀削一样笔直。刚开始，郭日月很开心，毕竟没怎么干过庄稼活，但他很快就发现这营生非常枯燥，跟叠被子、整内务一样乏味。郭日月就开始摔摔打打了，他先是用砖头砸地垄，一边砸还一边指桑骂槐，后来，他直接扔掉了砖头，坐在地边上抽起了烟。王卫国担心他招惹了班长，让班长发脾气，就私下里劝他："长点儿心，小心班长削你！"

郭日月根本不在乎，他把抽完的烟头扔到地上，狠狠地踏上一脚，踬了半天，喷了一个烟圈才说："恁说啥，班长算啥，折腾这些纯粹浪费时间。"

王卫国拉了拉郭日月的袖子："少整两句，憋不死你！"

"狗咬耗子，关恁屁事儿！老子就是看不惯，弄啥形式主义，俺来是当兵的，不是跟个娘儿们一样叠被子的，更不是在这侍弄菜地的！"王卫国的好心相劝反倒激起了郭日月的火气，他把对部队里所有条条框框的东西都骂了一遍。

看着郭日月气急败坏的样子，王卫国也恼了："你叽歪个屁啊，有本事就去找队长、找班长，在这旮旯逞什么能？"

"恁以为俺不敢？"郭日月梗着脖子嚷。

"操，有种你整啊，还郭日月呢，瞅你这名字，连月亮都日了，你有啥不敢整的?”王卫国的激将让郭日月当场发作了，接下来的事儿大伙都是听说的。据说，他一个人把队长和指导员都骂了，气得队长摔了杯子。还据说，他把班长惹恼了，跟班长干了一架。还有很多据说的版本，但所有的都是据说，只有一样不是据说，那就是中队搞了很长一段时间的作风纪律整顿，主题是革命人生观教育。

王卫国曾经自责过，虽然郭日月觉得自己做了件很场面的事儿，但不管怎么说，都跟他火上浇油有关，也多亏郭日月不在乎，否则，否则怎么着王卫国没去想，因为他发现自己的手心里沁出了汗，而且打那以后，只要看到郭日月跟班长或中队干部瞎闹腾，他的手心都会冒汗。

现在，王卫国的手心又冒汗了，因为跟战友郭日月神似的郭小国。

郭小国跟郭日月的本质区别是，他是一个彻头彻尾的怂兵，除了会跟班长、队长顶撞，别的啥都整不明白。内务不行、工作不行，训练更不行。想想这些，王卫国就有些头疼，这吊儿郎当的样子，真进了火场不出事儿是侥幸，出大事儿是必然。

有些事儿还真是经不起念叨，王卫国的担心很快应验了。

警铃连续响了三声的时候，王卫国一骨碌爬了起来，光着脚丫子套上了灭火指挥服。当过消防兵的人知道，普通消防中队警铃响一声是火警，连续两声是救援，连续三声是全体出动。王卫国不敢马虎，因为在听到警铃之前，接警员已经通过喇叭通报了，王府大酒店发生火灾，这把火烧的可是全市规模最大、档次最高的酒店。

这的确是一场罕见的火灾，市里的领导、公安局的领导，还有消防支队的领导全都到齐了，特勤大队和市区的几个消防中队也都到位了。支队长干净利索地分配了任务，王卫国的队伍负责深入火场救人。在手下的兵们就要进入火场的时候，王卫国冲着带队的中队长郑龙宇喊：“检查装备，注意安全!”

看着火光中兵们的背影，王卫国下意识地搜寻郭小国的身影，那撇着八字脚一步三晃的招牌动作，让他的手心又冒汗了。

“出事儿了!”郭小国因为没有保证空呼器面罩的气密性，吸入有毒气体晕倒了!

请原谅这个生涩的表述，郑龙宇组织战评的时候就是用的这句话。郑龙宇想起来就有些后怕也有些自责，他和兵们在火场里进进出出抢救被困群众，没顾得上留意郭小国，如果不是大队长王卫国细心，那后果真是不堪设想。

郭小国犯的是低级错误，说白了就是他自己没戴好面罩，可他不但不吸取教训，反倒在战评会上当场让郑龙宇下不来台。他说自己没啥错，脸小面罩大，是中队配发的装备不合适。这简直是强词夺理!郑龙宇被气得嘴都歪了，但他没有冲动更没有发作，而是反思自己的失职。他知道作为消防部队的基层指挥员，每一个小小的、哪怕是微乎其微的失误，都可能带来不可预想的后果。

当着所有兵的面，郑龙宇很诚恳地检讨了自己，他要吸取这个教训，不想再有任何闪失。郑龙宇的想法很朴素，决不能因为自己的粗心大意出啥问题。现在都是独生子女，人家父母把孩子送来当兵，如果真有个三长两短，他一辈子也不会原谅自己。再说了，自己的安全都保障不了，还拿什么去救别人?正所谓小心驶得万年船，郑龙宇多的这份小心让整个中队接下来都平安无事。

很多人都有过这样的感受，那就是在不经意间会发现，此时面前的场景，或者是一个人，或者是一辆车，或者是一段音乐，再或者是从你头顶掠过的一只鸟，会让你猛然记起已经消失的彼时，那是在记忆深处的一个片段，当你认真去回忆的时候，你才会顿悟，那个片段虽然有些模糊，却能在内心里生出一种淡淡的惆怅。

再次出事儿的那天清晨，王卫国正在操场边上打量着面前的草坪。草尖上顶着的露珠，闪烁着朝阳的光芒，倾听着小草成长的声音。王卫国的脑海里却瞬间闪过了一个片段，曾经的那个初春的早晨，他和郭日月一起比赛爬楼……警铃就在这个时候响了，把王卫国的回忆惊得支离破碎，这让他的心口持续紧缩，手心也跟着汗津津的了。

王卫国是标准的无神论者，他从来不会相信这世上有什么诡异的事情，但那天的警铃却让他有一种不祥的预感。他在操场边上瞅着草坪，心思却被出警的兵们牵走了。不知什么时候，王卫国发现有风拂过面颊，轻微地拨动了心底里的一根琴弦。那是一种无声的乐曲，在空旷处变得低沉，在逼仄中变得激昂，就像那河床里的流水，一会儿平缓，一会儿湍急。风停了，草尖上的露水消失得无影无踪。王卫国忽然感觉自己的思维已经停滞了，魂魄似乎随风出窍了。

一到达火灾现场，郑龙宇就观察了火情迅速下达了命令。“迅速”两个字落在纸面上干巴巴的，没有任何动感和气魄，但在现场，这两个字是字字千钧、重于泰山。因为对一个成熟的火场指挥员来说，时间必须精确到秒。火场如战场，如果不以秒为计量单位，取胜的机会很可能稍纵即逝。事后郑龙宇反思过，在他下达命令的片刻有过一丝犹豫，但他还是决定让郭小国跟班长一起上。他不能让一个兵掉队，他不能让手下的兵变成废物，即使像郭小国这样扶不起的阿斗。是的，为了郭小国的成长，郑龙宇在那一瞬间纠结了。他相信自己的判断和选择，他已经具备了基层指挥员应有的那份自信和果敢。

按常理讲，这起火灾不应该有任何危险，着火部位在居民楼的二楼，他们要做的是从外部强攻。郭小国那天身手异常敏捷，打开六米拉梯，“噌噌噌”地蹿到了二楼阳台，速度甚至比班长还要快，这让郑龙宇的脸上露出了欣慰的笑容。一上阳台，郭小国就拿起手斧劈向窗户玻璃。郑龙宇惊恐地张开嘴，还没来得及喊出声儿，就听到“轰隆”一声巨响，热浪扑面而来。糟了，郭小国砸碎了玻璃，导致室内阴燃的火势瞬间轰燃。

这事儿一出，王卫国的脑海里第一时间想起的是自己惨败的那场比赛，攀上高楼之后用筷子夹乒乓球，这个让人摸不着头脑的比赛，原来是老班长在向他传授一个朴素的道理。老班长说过，灭火救援靠的不是蛮劲儿，横冲直撞算不上英雄好汉。这么多年了，经历了无数次的训练和救援，他从来没往这方面想。现在，他终于明白了老班长组织那场比赛的真正目的，剧烈运动之后必须立即平复自己的心绪，才能不慌不忙地应对眼前的事情。那些蹦蹦跳跳的乒乓球发出的声响犹在耳边，王卫国有些压抑，他搞不明白为什么有的事情需要用那么长的时间去体味，甚至还得拿鲜血来埋单。

实在不想用伤亡这种老套的方法来设计小说里的情节，这会让不懂消防的人把这当成笑话，取笑我编故事和讲故事的能力，也会给懂得消防的朋友落下把柄，他们会骂我不通人情、没有人味，把消防兵写得惨兮兮的。我知道这两种可能不会因我的意志而转移，正如所有人都知道的，火灾的发生是动态的，战斗的伤亡是必然的，这些都不会以我的意志为转移。但有了这些烦琐的铺垫，我就可以理直气壮地告诉你，这次灭火战斗中我们的战斗员光荣负伤了。这可能已经被你猜到了。但你万万想不到的是，郭小国毫发无损，是他曾经顶撞过的班长受伤了。在玻璃破碎的同时，班长把郭小国扑倒，为了救他，那个曾经被郭小国捉弄过的班长中度烧伤。郭小国并不是万恶不赦的人，当他在医院里看到头上缠着绷带的班长时，最想说的三个字就是“对不起”，但他没能说出口，因为他听到了班长用颤抖的声音跟他开玩笑：“臭小子，老子这次破了相，你得负责给我介绍对象。嗞——奶奶个嘴儿的，还真疼！”听了这话，郭小国把嘴张了张又合上了，他不知道该跟班长说什么，更不敢让自己的眼睛与班长对视。

蛋蛋觉得中队上有些人落井下石，因为很多人都说，郭小国那个丧门星真是脑残，班长可被他害惨喽。这些话气得蛋蛋咬牙切齿却又无可奈何，他一个劲儿地念叨：“都是些什么人哪，真是的！”

四

郭小国听到蛋蛋的这句话时，脸上没有一丝表情。郑龙宇听到蛋蛋的这句话时，脸上也没有一丝表情。这让蛋蛋觉得自己跟个小丑没啥两样。“咦，这算弄啥咧，真是的！”

其实，郑龙宇已经听出了蛋蛋的潜台词，他在用“什么人哪”替郭小国打抱不平，用“真是的”发泄着自己的不满情绪。蛋蛋的情绪没能干扰郑龙宇，郭小国的面孔不断在他的脑海里闪过，思绪杂乱无章却又条理清晰。这相互矛盾的两个词是郑龙宇内心的真实写照，他依然在寻找对策。他忽然想起大队长王卫国说过，兵们都是“90后”，嗯，那个把惹乱子当成家常便饭的郭小国还是“95后”呢。郭小国这个新兵哦，哪儿有个新兵的样儿，真是的！蛋蛋的口头禅“真是的”这三个字变成郑龙宇心中的感叹时，他已经做好了跟郭小国深谈的准备。

“郭小国，你是不是正值青春啊？你1995年生人，这才十七岁，多好的年纪啊。你，作为年轻人，即使面对夕阳，都应该有股忍不住想要跑出去的冲动才对啊！当兵的有冲动才会有冲劲儿，有冲劲儿才会有干劲儿，是不是这个理儿?”说这些话的时候，最后一抹红晕悄无声息地从天边退去了，郑龙宇咽下了口腔里的唾沫。他原以为自己能够打动对方，但郭小国留给他的除了沉默还是沉默。

郑龙宇再次向王卫国求救，但王卫国并没有给他答案。他的思绪已经回到了很多年前，那个时候郭日月也是个十足的愣头青。

如果不是军事业务好，郭日月会那么张扬甚至是张狂吗?这个问题，王卫国十几年前就琢磨过，现在再次想起这个问题是因为郭小国。人家郭日月那素质做点儿出格的事儿，说几句放肆的话，怎么说都是有资本的，但你郭小国有什么能耐呢?王卫国很奇怪，为什么一提到郭小国就会去想郭日月，可他根本就控制不住自己，真是有些莫名其妙。

刚到中队那会儿，不论在嘴上还是心里面，王卫国都是不服气的。他在心里想，你郭日月有什么牛的，我多吃点儿苦、多淌点儿汗，肯定能把你整得服服帖帖的。当兵的没有人会轻易服输，更别说王卫国这样打骨子里想留在部队上的人。不服归不服，王卫国很快发现，这火车真不是推出来的，牛皮也真不是吹出来的。郭日月就是牛，他在半年考核时，代表中队在全市的比武中一下子拿回了三个冠军，更让人羡慕的是，他又代表支队在省里拿下了两个第一。当时的中队领导乐得几乎找不着北了，恨不得当场宣布给郭日月立功入党，可什么事情都是有程序的，部队更是这样，得讲究个直线加方框，没有规矩哪儿来的方圆呢。中队领导说过什么呢，王卫国记得不是那么真切了，反正是说过郭日月啊你工作上还有差距，还要争取进步之类的话。郭日月哼了一声没说话。等领导把中队党支部要把他发展为预备党员的时候，郭日月才把自己的不满发泄了出来。他硬生生地甩出一句："既然俺有差距，恁就别发展俺入党。"

这事儿又被兵们演绎了，大家伙儿说什么的都有，王卫国也说了一些话，而且是面对面跟郭日月说的。王卫国说："郭日月，你以后别整得自己跟二半吊子一样，脾气那么大干啥，整得自己与众不同能有啥好果子吃。"

"业务好的人脾气才大，喊！"最后这个单音节的语气词在郭日月的鼻孔眼里拐了好几道弯才传到了王卫国的耳朵里。

王卫国心想，真是好心赚了个驴肝肺，郭日月你有种，有种就继续狂吧。

郭日月能不狂嘛，在别人还是新兵的时候，他已经当上了战斗班的班长。作为新兵，给老兵当班长，肯定是有阻力的，可一件事就让老兵们心服口服了。

市政府门前的煤气管道被修路的挖掘机铲断了，施工过程中迸出的火星子把煤气引燃了。王卫国他们到现场没多久，市长和一些政府部门的领导就赶到了。郭日月在中队领导的安排下，抱着水枪在给着火点周围冷却降温。这个时候必须先控制火势，给煤气公司的工作人员留出时间，让他们选择合适的地点，关掉阀门切断气源才能把火给灭了。这是技术层面的问题，放在小说里，这样的语言显得有些晦涩，但这是背景必须交代。在煤气公司的工作人员关闭了阀门之后，市长命令抓紧灭火。在场指挥的支队领导有些犹豫，市长恼了，指着支队领导的鼻子训了一通，支队领导无可奈何地下达了灭火的命令。没办法，消防部队是地方政府领导下的一支现役部队，不听人家的不行啊。但谁也没想到的是，郭日月摔了水枪，径直跑到了市长跟前。

“这火不能灭！”市长压根儿没想到会有一个战士提出反对意见。

“恁别瞪眼，恁是市长不假，但灭火这事儿恁说了不中，别在这瞎指挥，得听俺消防的。”市长被说得愣怔了一下。

“这火就得让它自己烧完。”郭日月说得干脆。

“为什么？”市长问。

“环保的没来对吧？这些煤气没有污染吗？灭了中不中？别废话喽！”郭日月一连串的反问句讲完，就算是给市长下了命令。

到这个时候，在场的人包括市长在内都已经目瞪口呆了，但让你意想不到的事儿还没来呢。

郭日月跟市长说完话的时候，一扭头发现火已经被灭掉了，他又蹦到了大坑里，把火给点着了。这可不是夸张，你肯定会想，这小子不要命了，多危险啊！可郭日月就是这么个人，让你搞不明白。

王卫国真正明白郭日月当时的举动，或者说支队领导的意图，是在几年之后。他在军校读书的时候从书本上知道，这种灭火方法算是保守灭火法，用书上的词儿讲，叫控而不灭，围而不歼。

但现在不能继续探讨专业知识了，这个问题有点儿抽象，比较难懂，就像郭日月这个人让人难懂一样。别着急，接下来就要告诉你，郭日月的身上为什么会有那些稀奇古怪的行为了，这事儿实际上是属于王卫国和郭日月的共同秘密。

郭日月在火场上的表现让很多人见识了他的个性，市长就曾经说过，这小子，有点儿意思！支队领导也说过，这小子，行！王卫国当了干部以后，想起这一段的时候，总觉得郭日月是神话里的人物，对那些灭火战术，他完全是无师自通啊。是的，王卫国很多时候都在想，这家伙不干消防真是可惜了，可是郭日月在自己的生活中已经消失很多年了，没有半点信息。说实话，在写到这里的时候，我是迫不及待地想告诉你答案的，但为了避免剧透，我还是让节奏放慢一点儿吧。

王卫国跟郭日月成为朋友纯属偶然。

这么说吧，对郭日月的深入了解，或者说是真正意义上的理解，是在王卫国生病之后。那次王卫国是被郭日月逼着去的医院，因为他不想落下个泡病号的名声，更何况他得的病是难言之隐。看病的时候，大夫让做手术，王卫国不干，在屁股上挨一刀子他受不了。郭日月烦了："噫，恁还敢叫卫国呢，谁给恁取的名字，不就是个痔疮嘛……"话刚说了一半，郭日月就撒腿跑了。王卫国也看到了，诊室窗外的锅炉房着火了！

这个火有惊无险，锅炉房旁边的煤炭堆放得时间久了，热量散发不出来引起自燃，等王卫国一瘸一拐地赶过去的时候，郭日月早就把火给灭了。

郭日月抹了一把脸上的煤灰，说："结束战斗！"

这回轮到王卫国出气了，他挖苦道："这点儿火整灭了也算是结束战斗？"

"这火还分大小？恁想，这是医院啊！火灾再小也会酿成大祸，不是说'小不忍，则乱大谋'嘛，不中，这个形容不恰当，对，应该算'千里之堤，毁于蚁穴'，恁说是吧？"

看着郭日月一副较真的样子，王卫国答非所问："你这肚子里的货还真不少，打家里上学那会儿肯定成绩不错吧。"

郭日月没有正面回答王卫国的问题，他自顾自地说："恁咋起了个名字叫卫国啊，连个小手术都不敢做，拉上一刀子不就中了，真是个孬种。"

接下来不能拖泥带水了，我可以很快地把事情交代清楚。

对郭日月的嘲笑王卫国没有任何不满，他觉得能让惜字如金的郭日月说这么多话已经是很难得了，那就干脆好好聊一聊吧。

王卫国告诉郭日月："俺一出生，俺爹就恣儿得不行，嘴里成天哼着'抬头望见北斗星，心里想念毛泽东'。他那时候在大队上干民兵连长，满脑子想的都是保家卫国。哎，对了，你咋整这么个名字，叫啥不好，非得叫日月。"

郭日月的脸上露出了难得的笑容："俺爹是老革命，老来得子。金门岛恁知道吧？本来俺爹的部队要拉到福建的，半路上拐弯去了东北，就在辽宁安东那儿渡的江。安东恁知道吗？就是现在的丹东。抗美援朝结束后，俺爹回了老家，在他当地委书记的时候还念叨，没把台湾收回来。噫，扯远了，台湾有个日月潭，俺的名字就这么来的。"

王卫国总算是明白了郭日月，人家有个干革命的爹，而且是个当大官的爹，难怪他处处跟别人不一样哪。在这个问题上，王卫国的理解有些片面，最起码后半部分是错的，当然，这是后话。

王卫国既然因为郭小国想起了郭日月，他就不得不想郭小国的问题。这小王八羔子是咋整的呢，难道他也跟郭日月一样有个当大官的爹？可他的档案里"父亲"一栏写的是"查无此人"啊。现在的新兵啊，真是让人捉摸不透，居然能把这样的词儿放进自己的档案里，一点儿都不严肃。

王卫国是严肃的，或者说是严谨的，他不可能当甩手掌柜，让手下的队伍放任自流，他要想办法解决郭小国这个难题。

王卫国是在下棋的时候灵光一现的，他的一个车被郑龙宇吃了。郑龙宇的棋子却别了自己的马腿，马蹦不出去，最后成了王卫国的炮垫子，一下子将了军。郑龙宇嬉皮笑脸地想要赖，但王卫国死活不让他悔棋，还借机教训起来："这带兵也得眼观六路，一步错步步错，就像那个郭小国，你要整不明白出了事儿，那可就麻烦了，带兵这玩意儿可不兴悔棋哦。"

"大队长，我跟你汇报过，我找那孩子谈过心。"

"你这又别了自己的马腿啦。咱俩下棋你嘻嘻哈哈能耍赖，因为咱俩都是干部。一个理儿，你跟郭小国身份不一样啊，他咋可能啥话都跟你啰啰。不下了，收了吧，你自己回去琢磨琢磨。"王卫国想起了自己跟郭日月的交谈，那次交谈是推心置腹的，如果没有那次交谈，他们之间不会成为朋友，那整个中队没有一个人会了解郭日月。所以，王卫国现在非常主观地认为，肯定会有一个人能把郭小国给整明白了。

郑龙宇让蛋蛋去接近郭小国的时候，蛋蛋把自己的脑袋摇成了拨浪鼓："队长，不中，恁这是让俺潜伏呢，俺可不是余则成。"

话是这么说的，蛋蛋还是借坡下驴了，毕竟他对自己的老乡郭小国充满了好奇。他琢磨了一会儿，就拍着胸脯说："队长，恁可是慧眼识珠，俺是传说中的超级无敌大神童，这点儿事儿对俺来说就是张飞吃豆芽，so easy！"

"别把牛皮吹上天，还神童呢。"

"队长，俺这是夸你有眼光，真是的。"

"不许拍马屁！"

"这会儿俺得拍，马屁里有真情啊，亲。"蛋蛋又扯上了淘宝体。

"还亲，我呸你一脸唾沫。"郑龙宇忍俊不禁，蛋蛋这张嘴呀，不乐呵都不行。如果不是为了盯紧郭小国，那中队通信员这位置一定是这小子的，可郭小国怎么就这么不省心呢。这么一想，郑龙宇的笑容又僵在了脸上，蛋蛋瞅准机会脚底下抹油，溜了。

蛋蛋很快就找到了跟郭小国接触的机会，前边说过，他们的班长因为郭小国受伤了，郭小国正为这个事儿想不开呢。

五

那些天，蛋蛋对郭小国盯得挺紧。当他发现对方大半夜一个人溜出执勤楼的时候，他也悄悄跟着去了，但他很快暴露了自己，想不暴露都不行，因为他看到郭小国一个人蹲在楼一侧的墙角喝酒。

“恁这是要逆天啊，让队长逮着还不得扒了恁的皮。”蛋蛋的大呼小叫对郭小国没有任何作用，他依旧捏着酒瓶子。

“噫，恁这个熊兵，没听到哥说话啊。”郭小国还是不吭声。

这时候，蛋蛋已经转到了郭小国的面前，借着月光，他看到郭小国一只手捏着二两装的那种二锅头，另一只手拿着一包榨菜，而且眼眶里还噙满了泪。蛋蛋忽然意识到这或许是一个绝好的机会，有了这个念头，蛋蛋索性坐到了郭小国的对面。

不知喝了多少酒，郭小国终于打开了话匣子：“蛋儿，恁知道吧，原本俺打算这辈子都不喝酒，这玩意儿太可恨。”蛋蛋对郭小国对自己的称呼很感动，这说明他是把自己当朋友的。蛋蛋赶紧点点头，算是对这个称呼的认可，更算是鼓励他把话说下去。

“小的时候，几岁俺也记不起来了，俺爹开始喝酒啦，一喝就醉，一醉就揍俺。俺妈经常哄俺，说：‘恁爹是心里苦，他想给恁老郭家争口气呢。’”郭小国给自己灌了一口酒，呛得剧烈咳嗽起来。

“蛋儿，恁说这算什么理儿，自己在外边工作不顺，就回家揍孩子撒气。跟恁说吧，后来呀，俺爹酒喝得越来越凶，对俺下手也越来越重。恁说俺怎么就碰到这么个爹呢？他后来都当上了区长还揍俺，俺就觉得真是没天理。俺是他的亲生儿子吗？虎毒还不食子咧，他每回都把俺往死里打。”听到这里，蛋蛋也跟着情不自禁地叹了口气。

“所以，俺打小就叛逆，好些事儿俺明知道自己做得不对，但俺就想跟别人对着干。俺这算是有破坏欲，也算是强迫症，对吧？”郭小国接着一声苦笑。

“后来，就是去年吧，俺离家出走了。俺爹把俺找回来以后，当着俺的面喝了一次酒，喝的就是这种酒，吃的就是这个牌子的榨菜。”郭小国亮了亮自己手里的酒和榨菜，又自顾自地说了起来，“他让俺以后要懂事，还说再不听话就把俺送到老部队当消防兵，让他老战友修理俺。他那天晚上喝醉了，但他没揍俺，第一回没揍俺。他醉了以后，一个劲儿地念叨部队上的事儿，还说，他当兵那会儿多牛，还说消防救火救人，干的都是良心活儿，现在他干的事儿都丧良心啊。嗯，那天俺爹还把乌烟瘴气的官场骂了一顿。俺心里想，装什么逼，官场不好恁辞职啊。蛋儿，俺跟你说，俺爹那会儿是区长。”

“嗯，恁刚才说过了。”

“哦，俺喝得有点儿多，恁肯定想不到，俺爹第二天就死了，为了救人死的。原来俺家门前车水马龙，哈哈，紧接着就没人影了，有个成语叫门可罗雀对不对？俺当时一点儿不伤心，这就是社会。俺觉得俺很成熟，他不是说要把俺送到部队让他老战友修理俺吗？天下乌鸦一般黑，俺就不信这个消防部队能好到哪里去，所以，俺自己来了，俺就要看看这个鬼地方还有没有正事儿……”郭小国终于扯开了嗓子哭出了声。

蛋蛋也跟着喝起了二锅头，他觉得很呛，但郭小国却说很过瘾，喝了这东西头晕乎乎的，可以忘掉烦恼。

那天夜里，郭小国一个劲儿地说自己喝多了，蛋蛋却觉得他没喝多。蛋蛋记得很清楚，郭小国说自己像是在走夜路，根本不知道前边是平坦大道还是万丈深渊。蛋蛋还记得自己跟郭小国说过，神马都是浮云，过去的都过去了，这世上没有什么过不去的坎儿，没必要要跟自己过不去。

郭小国总算是想通了，他不想再混下去了。他把蛋蛋当成了至亲的朋友，就是那种可以穿一条裤子的铁杆兄弟。用蛋蛋的话说，这叫一对好基友。

对郭小国的变化，郑龙宇是最开心的，他毫不掩饰内心的喜悦，兴冲冲地找到了蛋蛋："小家伙，行啊你，连郭小国你都能搞定。"

"这算啥，俺裤衩穿在外边咧。"蛋蛋打了个响指。

"什么?"

"队长，有点儿幽默感中不中，俺的意思是说俺是超人。"

"你呀你，还怪有才哩。"

"那可不，怀才就像怀孕，时间久了才能让人看出来。"

"看把你牛的。"

"做人就要做一个徘徊在牛 A 和牛 C 之间的人，俺也是有理想的人，真是的。"

"你这嘴皮子，不说相声真是可惜了。"

这些俏皮话让郑龙宇忘了找蛋蛋的真实目的，他想知道蛋蛋用了什么招儿让郭小国改邪归正了。其实问了也白问，因为蛋蛋不会讲那些细节。他绝对不会让队长知道他和郭小国一起喝过酒，这可是违反纪律的事儿，说大不大、说小也不算小呢。当然了，蛋蛋答应过郭小国替他保密，就像郭小国答应他一定要让自己开心起来一样。当兵的就这样，必须为自己的承诺埋单。

人一旦有了目标，一切都变得美好了。郭小国发现自打喝了那次酒，把秘密告诉蛋蛋以后，就像三伏天喝下了冰镇汽水，说有多爽就有多爽。郭小国不再封闭自己，他的所有心情都挂在了脸上，眉宇间也跟着透出了逼人的英气。

故事编到这里，已经算是很圆满了，但这根本不是大结局。回过头看吧，小说的一开始就提到了王卫国的女儿，她还没跟大家伙儿见面呢，你可能跟我想到一块儿了，故事才刚开始呢。虽然在小说创作的技巧上，这样的结构有点儿别扭，但我还是想在这儿为你揭开女主角的神秘面纱。

好吧，先介绍这个姗姗来迟的女孩子。她叫王小月，这些天，她的变化让王卫国心花怒放，他感觉比看奥运开幕式那会儿还带劲儿。这一点儿都不夸张，因为小丫头开始注意自己的穿衣打扮和言谈举止了。这个当父亲的，只顾得开心了，他忘了分析原因，女孩子一旦出现了这样的变化，十有八九是恋爱了。这个有点儿撵不上时代步伐的中校大队长，在女儿王小月发生巨大变化的时候，确实没往深处琢磨。用蛋蛋的话说，这个老古董真是 out 了，连微博和微信都不懂，嗯，这老人家肯定是喝水只喝纯净水，喝奶只喝纯牛奶，真单纯。

还真得为王卫国叫声屈，他还真算不上是老古董。比如在用手机这个事儿上吧，就在郑龙宇把班长没收蛋蛋手机的事情跟他汇报的时候，他就表态了，都什么年代了还不让战士用手机，适当控制注意引导就行。郑龙宇说现在的手机能上网，他反倒笑了半天，网络是双刃剑，整好了绝对是好东西。王卫国这么说是有原因的，女儿王小月刚给他买了个智能手机，还教他怎么用手机 QQ 视频聊天。他天天能见到女儿，能不说这网络好嘛。

但再怎么说，视频聊天也不如见到大活人好。王小月就在市里的一所大学上学，用的哪门子 QQ 视频啊，这个问题用脚丫子都能想明白，人家王小月是不愿意回家。但自打“五一”长假之后，这小丫头就搬回家住了。王卫国欢喜得天天哼着“正月里来是新年啊，大年初一头一天啊”，他根本没想到，王小月正在跟自己的兵谈恋爱。

王小月是在“五一”长假的时候，从微信“附近的人”里搜到的郭小国。郭小国在微信上的名字叫“赝品帅锅”，王小月一看到这个名字就想笑。她点开一看，个人相册里的郭小国非常养眼，就给郭小国打招呼：“帅锅，啥叫赝品啊?”

郭小国想都没想就拒绝了。好家伙，真牛啊！王小月又接连发了两遍，郭小国终于在拒绝的时候回复：“你二啊，没看过本山的小品啊，赝品你不懂?”

王小月捧着手机想了半天，才又点击了“打招呼”，输入了几个字：“赝品不好听，算你个仿古工艺品吧。”

郭小国这次虽然还是拒绝了，但回复得很及时：“那你是什么品?”

“我这是现代工艺中的残次品，交个朋友吧，帅锅。”

“我不是随便的人。”郭小国依然拒绝。

“我更不是随便的人，但我随便起来不是人!”

这真是个神回复，它终于让郭小国对这个来自虚拟世界的陌生人产生了兴趣。他非常想搞清楚，这个“随便起来不是人”的家伙，到底是个什么样的残次品。嚯，两个人总算是想到一块儿了。王小月也特别想知道，这个照片上看起来道貌岸然的家伙，是不是只有一个空皮囊。

两个人通过微信很快熟络起来，确切地说，也就是一天的工夫吧。郭小国知道了这个女孩儿在本市一所大学读考古专业，仿古工艺品是他们的专业术语。王小月也知道了这个帅气的男孩儿在消防当兵，拒绝网络聊天是他们的纪律。

搞清了郭小国的身份，王小月的第一反应是把这个只见过照片却没有见过面的男孩儿加入“黑名单”。她犹豫了一会儿，还是给郭小国发了信息：“我想对你说抱歉，我打扰你了。”

郭小国问：“为神马？”

“水至清则无鱼。”

“还人至贱则无敌呢。”郭小国在这句话的后面加了个鬼脸。

“睡吧，时间不早了。”这个时候，两个人已经通过微信聊了一整天。

“你妈！”郭小国的手指一动，信息就发出去了。

郭小国当时就懵了，他原本输入的是“你忙”，但手写法输入法把这两个字变成了“你妈”。靠，这算啥事儿？郭小国接二连三地发了好几条解释和道歉的短信，却始终没盼来王小月的回复。郭小国绝对没想到这两个字在对方心里引起了轩然大波，王小月这天晚上握着手机，躲在被窝里哭了一场。

兔子不吃窝边草，不能犯傻。王小月第二天决定把郭小国拉黑之前，还是从家里走了出来，她一眼就看到了在大门口站岗的哨兵，正是微信头像上的郭小国。王小月的脸一下子就烧红了，她慌忙低下头，又忍不住抬头瞥了一眼，心也跟着慌了。

王小月没有把郭小国拉黑。她觉得自己很可笑，不敢说自己是校花吧，但最起码也是数一数二的美女。在学校里身边的帅哥围成了堆儿，还没有一个能入了她的法眼，可这个当兵的咋就让自己怦然心动呢？

郭小国并不知道这些细节，他只是偷偷告诉蛋蛋：“蛋儿，俺好像恋爱了。”

“中，小伙儿很给力啊！”

“别闹，不过俺觉得不靠谱，微信上认识的。”

“我去，比哥还牛，有啥不靠谱的？真是的！”

“网络是虚的，万一她那边都是假的，俺还不得伤死了？”

“放心吧，兄弟，恁以为俺会眼睁睁地看着恁去送死？俺会闭上眼睛的。”

“你妹啊，跟恁说正事儿呢。再说了，咱部队不让谈恋爱，俺怕别人说三道四。”

“太在意别人的看法最后只有两种结局，要么把自己累死，要么被别人玩死。”

“恁玩儿什么深沉啊。”

“中，那俺告诉恁，青春就像卫生纸，扯着扯着就没啦。走自己的路，让别人打车去吧。真是的！”

这一次对话让郭小国决定谈一次恋爱。这场对他来讲算作初恋的恋爱，在蛋蛋的策划和参谋下，变得有些来势凶猛。

六

爱情的力量是伟大的，郭小国彻底变了，他的训练成绩提高很快，不知不觉成了中队上的业务尖子。就在中队长郑龙宇为他的进步感慨的时候，一些事儿传到了他的耳朵里。

蛋蛋有些吃惊，谁把郭小国恋爱的事儿告诉了队长呢？他仔仔细细地把中队上下的人捋了一遍，怎么也搞不明白，这么隐秘的事儿会通过谁的嘴传给中队长郑龙宇。蛋蛋心里咯噔一下慌了起来。队上的人都知道，自己跟郭小国亲密无间，而且，依着郭小国的脾气，他不可能把谈恋爱的事儿告诉别人。郭小国不会怀疑我告密了吧？蛋蛋能不紧张吗，自打当了兵，他就听老兵说过，这部队上最烦三样事儿，打架斗殴、小偷小摸和男女关系。这事儿真让队长知道了，郭小国怀疑不说，自己也脱不了干系。靠，怕什么，身正不怕影子斜。蛋蛋把自己的担忧告诉了郭小国。郭小国说："俺不会怀疑恁。恁这心理素质不中。是福不是祸，是祸躲不过。"

"苍天啊大地啊，郭小国你咋搞的，整个人都变样了，变得俺蛋蛋都不认识了。"蛋蛋心里郁闷，但他也没办法，"皇帝不急太监急有啥用，呸呸呸，乌鸦嘴，俺路志坦可不是太监，心理素质还真不中，真是的。"

蛋蛋担心得没错，郑龙宇一听郭小国谈恋爱了，脑袋都懵了，这郭小国才好了几天，又惹出了乱子。

郑龙宇感觉郭小国办的事儿真离谱，敢跟大队长的女儿谈恋爱，太不可思议了！但反过头来一想，郑龙宇又觉得没啥蹊跷的。这个年龄的男孩儿、女孩儿不管在生理还是心理上，有点儿小想法是再正常不过了。让这群兵在部队上跟和尚一样清心寡欲太不人道了，小家伙们又不是一堆废铜烂铁，他们有血有肉，要在地方高校上大学，哪个不把谈情说爱当成家常便饭。可这毕竟是部队啊，既然当了兵就得对得起身上的军装，干好自己该干的活儿，守好自己该守的规矩。郑龙宇很自然地想到了王卫国的口头禅，也很自然地想到了一个问题，自己该如何跟大队长交代。

郑龙宇拿捏了半天，决定大事化小、小事化了，他不敢想象王卫国知道这件事后会不会一蹦三尺高。郭小国呀，你真是个害人精，你谈恋爱就谈恋爱吧，谁不知道王小月是王卫国的命根子，你偏偏要捅这个马蜂窝！没办法，郑龙宇只能找郭小国谈心，但效果非常不理想。他只好对蛋蛋软硬兼施，让蛋蛋替自己去做郭小国的工作。

郑龙宇明知道蛋蛋在某种意义上算是帮凶，但他还是把希望寄托在这个机灵鬼身上。实话说吧，郑龙宇也没有把握，他已经预料到这次的结果会令人沮丧，但他除此之外别无选择。

蛋蛋犹豫再三还是去找了郭小国，但他发现一见到郭小国，自己就变得笨嘴拙舌了，已经想好了的那些说辞都在嘴边上，可就是一句也想不起来。

“老弟，哥跟恁说，两条腿的蛤蟆不好找，三条腿的人有的是。哎呀，真是的，说错了，不是三条腿的事儿。俺的意思啊，恁跟王小月不现实，好女孩儿多的是，恁千万别在一棵树上吊死，可以到周围的树上多试几次。不对，不对，俺就想告诉恁，退一步海阔天空。”蛋蛋一下子哑在了那里，因为他看到郭小国把眉头拧成了大疙瘩，除了忧郁就是无助。蛋蛋不打算给郑龙宇交差了，看着自己兄弟难受成这个样子，实在不能再往伤口上撒盐了。

无论怎么掩饰，郭小国跟自己女儿谈恋爱的事儿还是没保住密，王卫国终究还是知道了。

王卫国忽然间大彻大悟，难怪女儿和郭小国都会有这么大的变化。他悔得肠子都要青了，谁让自己如此大意，居然在眼皮子底下发生这么大的事儿，这真得让别人笑掉大牙。王卫国已经无心去批评郑龙宇了，能怪谁呢，要怪只能怪自己。

王卫国跟女儿谈了整整一下午，但女儿只撂下一句话：“分手可以，那咱俩也断绝父女关系。”

王卫国硬着头皮找到了郭小国，还没等把话说完，郭小国就表态了，说什么一诺千金，要对得起自己，更要对得起别人。王卫国觉得这句话太熟悉了，老战友郭日月退伍的时候不也这么说嘛。

郭日月是不该退伍的，但为了王卫国他选择了退伍，他看不得王卫国的眼睛，那眼神里除了羡慕还有无奈。是啊，一个中队只有一个留队名额，而且据说留队了就能保送去军校，出了门就变成干部了。那些天，郭日月跟王卫国一样没睡好，他知道王卫国一旦退伍，之前所有的梦想都跟肥皂泡一样。在宣布退伍命令之前的那个晚上，郭日月去找了中队领导，说了些什么没人知道，反正那天晚上，郭日月拖着王卫国一块儿喝酒。他借着酒劲嚷嚷："恁留队，俺回家。俺爹是老革命，是地委书记。恁回家还得种庄稼、打牛腚……恁必须答应俺一件事，在部队好好干，恁同意了是吧……中，一诺千金，恁要对得起自己，更要对得起别人。"

想起这些，王卫国几乎要掉眼泪了，但他不能掉泪，不能让女儿觉得他软弱可欺、可以妥协。管你怎么闹腾，不就是要寻死吗？

王小月以死相逼，让王卫国瘦了下来，眼窝子也跟着凹了进去。怎么办呢？对自己的亲生骨肉那是打不得也骂不得啊。这些小王八羔子，良心统统让狗吃了！王卫国有些胸闷，连他自己都不知道心里骂的是自己的女儿王小月，还是郭小国。

郭小国心里也不得劲儿，成天躲在角落里抽烟，有那么几次还不请假就外出，偷偷跑到营区旁的小酒店里喝闷酒。这些事儿当然逃不过郑龙宇的眼睛，但他没别的办法，只能睁一只眼，闭一只眼。在还没找到解决问题的办法之前，经验告诉他，不能硬碰硬，硬碰硬只能激化矛盾，说不定还会让郭小国想不开，闹出点儿别的动静。郑龙宇只剩下最后一招儿，让蛋蛋盯紧郭小国。蛋蛋虽然没有推辞，但还是抱怨，说上帝也太不公平了。

说上帝不公平的不只蛋蛋一个人，王小月也是这么说的。王小月没哭也没闹，她特别文静地坐在沙发上跟王卫国说："大老王，我知道你不信神也不信教，但我妈信耶稣，对不对？"女儿的话让王卫国的心一阵阵痉挛。

“耶稣受难被钉在十字架上，你看看这十字架。”王小月伸出自己的两只手在胸前比画成十字的形状，“横着的这个代表时间，竖着的这个代表空间。横着的这个就这么长，说明我们的生命都是有限的。竖着的这个埋在地里，它告诉我们一个道理，必须在有限的时间里拓展自己的空间。大老王，你能不能给我一个空间啊……”

这是王小月使出的撒手锏，她知道王卫国会重新掂量这件事。

郭日月退伍以后，王卫国如愿留在了部队，而且很快就提干了。在最初的那几年，两个人之间经常通信，互相鼓励、相互帮助。王卫国结婚的时候，郭日月还专门从老家赶了过来。他端着酒杯对所有客人大声嚷：“嫂子，恁嫁给大老王可是修了福喽，多少城里妹子他不要，非要回老家把恁娶过来。他说了恁俩青梅竹马，恁又替他照顾父母，这辈子欠恁的，他要给恁当牛做马!”

婚后，王卫国回家的机会少得可怜，没办法，干消防的没黑没白，逢年过节别人放假休息，恰恰是消防最忙的时候。王卫国每次都挑农忙的季节回家探亲。他帮家里侍弄完自留地，就在自家的炕头上默默耕耘。盼星星盼月亮，总算是盼到了女人的身子有了收成，王卫国欢喜地等候佳音。女儿出生的消息随信寄到部队的时候，王卫国恨不得马上回到老家，看看襁褓中的小丫头，但他没有机会。孩子一周岁生日的时候，王卫国终于见到了自己的女儿。一家人其乐融融的日子很短暂，也让王卫国很留恋。王卫国动了转业的心思，因为他知道自己不够随军的条件，没法让老婆、孩子住在部队。但是，他想起了跟郭日月的约定，只能把所有的苦咽进肚子里，打消了转业的念头。

熬过几年之后，王卫国的媳妇终于随军了，这个时候王小月已经上小学了。王卫国高兴啊，媳妇来的当天晚上，他决定喝杯酒为一家人的团圆庆祝一下。王卫国拿出了二锅头，盯着几盘下酒菜，忽然想起缺了一样东西，对，是榨菜。王卫国对媳妇说："你娘儿俩先吃，俺去整两包榨菜。"

媳妇心疼地说："累一天了，快坐下，俺去。"

王卫国乐呵呵地抿了口酒，又给王小月夹了一筷子炒鸡蛋，媳妇的身影让他有些恍惚。王卫国又喝了一口酒，冲门外喊了一声："快去快回啊！"

"有女人的日子真好，我身边一下子有了两个女人，我王卫国是这个世上最幸福的人！"王卫国自己喝一口酒，给女儿夹一口菜，不多会儿的工夫就把自己喝晕乎了。他端起酒杯摇摇晃晃地走到相框前，对着自己和郭日月的合影说："兄弟，俺大老王的苦日子总算是熬到头喽！"

就在这个时候，王小月忽然哭了，她一边哭一边喊找妈妈。王卫国把女儿抱到了床边上，刮了刮孩子的鼻子尖："小丫头，俺也等你妈呢……"后边的话王卫国没说出口，因为他想马上抱着自己的媳妇，从头到脚亲个够。

就在王卫国在心里描摹夜晚的美景时，耳边传来了警铃声。火警就是命令，命令当前不能再扯什么儿女情长。但，你一定不要误会，消防兵不是铁血心肠，我不会刻意去拔高任何一个人物形象，包括王卫国。

警铃一响，王卫国的酒就醒了一半，他回过头摸摸女儿的小脑袋说："乖，爸带叔叔们去火场，你在家等你妈。"看着女儿惊恐的目光，王卫国又说："别害怕，咱小月是最勇敢的小丫头。"

那天晚上，王卫国带队救了八名群众，却救不了自己的媳妇。媳妇为了给他买榨菜被车撞伤了。

王卫国就是在这个时候跟郭日月断了联系的。幸福真的很短暂，王卫国一下子成了永不停歇的陀螺，既当爹又当娘的日子让他体验到了什么叫当牛做马。王卫国没觉得苦，媳妇虽然瘫痪在床，不能做家务，但她毕竟是个大活人。王卫国必须保持乐观，而且还要时不时地跟媳妇磨磨牙、斗斗嘴，他怕媳妇憋疯了，闷出个三长两短来。

一开始，王卫国的笑容是挤出来的，但没多久他就真心乐呵起来了。他哼起了二人转，因为媳妇和女儿爱听啊。他又找领导调整了工作岗位，因为他要照顾那娘儿俩啊。

王小月也算争气，成绩一直在班里名列前茅，活泼可爱的样子也让王卫国欣慰。可是几年之后，王小月变了，变得沉默寡言，媳妇脸上的笑容也消失了，而且还经常头疼得睡不着觉。为了保证媳妇的睡眠质量，王卫国隔上段日子会买上几片安眠药。

王小月中考那年，父女关系到了冰点。那个年纪，王小月已经对男女关系很敏感了。一个偶然的机会她看到王卫国跟一个女人在一块儿，就开始留意爸爸的一举一动，她发现爸爸自从在防火处当了参谋长以后，回家的时间越来越晚了。王小月痛痛快快地哭了一场，又跟王卫国结结实实地吵了一架。王小月歇斯底里地嚷：“大老王，别假惺惺的了，跟那个臭女人滚吧！如果不是你要吃个破榨菜，我妈会成这样吗？我妈都是你害的，你滚！”

王卫国狠狠地抽了女儿一巴掌，他很后悔自己的冲动。王小月捧着脸躲进自己的房间里，嘤嘤地哭了整整一晚上。到媳妇偷偷吞下安眠药咽了气的时候，王小月已经没有眼泪了。

这之后的几年里，王卫国都在自责：大老王，你到底是哪辈子做的孽啊！

王小月拿母亲说事儿，让王卫国根本无法回避，他现在特别渴望能听到警铃的响声。

七

警铃还真的响了，而且毫不客气地响了两次，灭火和救援赶一块儿了，没什么大惊小怪的，这在消防部队也算是家常便饭。中队的兵们按照预案，兵分两路出警了。王卫国逃一般地离开了家，他在化工厂处置完泄漏事故之后，又马不停蹄地赶到了第二个现场。一到现场，王卫国就跳下了车。这个时候，蛋蛋刚从着火的民房里扛了一个煤气罐出来。带队的副中队长冲蛋蛋喊继续进入，就小跑着来到王卫国跟前。副中队长刚要敬礼，王卫国摆了摆手，问："多长时间了？"

"两小时。"

"里边有战斗员？"王卫国眼睛的余光已经扫视了现场，他手心里跟着冒出了汗。

"有……"

"你他娘的胡闹！"王卫国三步并作两步朝火场走去。

"小王八羔子们，我是王卫国，都他娘的给我滚出来，马上！"王卫国变了调的声音把刚冲进火场的蛋蛋吓了个愣怔。

王卫国上前一步，一把薅过了蛋蛋。他又瞅见了郭小国，他几乎是蹦到了郭小国跟前，一把揪住，猛地往身后一扯，又一推。就在这个当口，他又忽然转过身来，冲着蛋蛋踹了一脚："磨叽个蛋，滚！"蛋蛋连滚带爬地到了消防车跟前，只听"轰隆"一声，回头一看，房子塌了！

“大队长——大队长——”所有人不约而同地喊了起来。

“号什么？哭丧呢!”真是神奇啊，王卫国从漫天尘土中骂骂咧咧地走了出来。

结束战斗归队讲评的时候，王卫国把所有火气撒了出来，他冲着副中队长骂：“你他娘的还大学生呢，咱部消防局和总队组织的培训你都怎么混过来的？你别不服，你大学生入警就比别人高一头？最基本的常识你都不知道？三二一你知不知道？耐火极限你懂不懂？普通民房的房梁能耐三个小时，墙和柱子能顶两个小时，天花板能撑一个半小时。你他娘的，都两个小时了，你还敢往里进人，不要命啊！万一这些小家伙有个闪失，你怎么跟人家爹妈交代，怎么向上级交代……”

王卫国究竟骂了多长时间没人去注意，所有人都被吓傻了，因为大家伙儿从没听过王卫国在公开场合骂娘，更没看过王卫国发这么大的火儿。

不过有一点，所有人都注意到了，及时赶到现场的王卫国避免了一次事故，他用自己的经验救了好几个人。

可是，王卫国能救得了自己吗？他能把家里的火灭了吗？他能让女儿王小月听进自己的话吗？

王卫国发了那顿火儿之后，一夜之间整个人都抽抽了，仔细端详，好像背也驼了，白头发也冒出来了。一句话，王卫国一下子变得神色黯淡、精神萎靡了。

王卫国自己清楚这是得了心病，他必须跟女儿摊牌。王卫国在做这件事情之前动了一番脑筋，他对着媳妇的遗像琢磨了半天才下了决心。

王卫国找了一副扑克，他知道女儿喜欢玩牌，他要让谈话的氛围轻松一点儿，再轻松一点儿。可是，真正坐到女儿的对面，王卫国才发现，这是一场煎熬。王卫国的脑门上很快冒出了汗，心里跟刀割一样疼，他索性扔掉手里的扑克，直奔主题。

“丫头，你上次跟我说的十字架，非常在理儿。我想给你空间，但你误解我了。我答应过我的老战友，就是那个郭日月，我以前给你提过的，他对你爸有恩，对咱老王家有恩，我不能不讲信用，我要对得起自己的良心。”王卫国的声音有些颤抖。

王小月根本不买账，她面无表情地说：“大老王，你的表演太小儿科了，别整那些煽情的东西。”

“你爸爸我，我大老王是跟你煽情?”王卫国刚想站起来发火，又颓然坐了下来。

“你该不会跟我提指腹为婚那些陈芝麻烂谷子的事儿吧?”

“丫头，你说得没错，我大老王跟人家说好了，如果生的都是男孩儿，你们就是兄弟，如果都是女孩儿，你们就是姐妹。”

“如果一男一女，你们就是亲家?”王卫国点了点头算是默许了。

王小月冷笑几声，说：“什么年代了，还这么封建，说出去真是天大的笑话。你大老王堂堂的消防警官，受党教育这么多年，居然给自己的女儿包办婚姻！行啊，你明天联系你那个老战友，我会会他!”

“早就联系不上了。”

“敢情你一辈子联系不上，我就得一辈子不嫁！行啊，大老王，我算是看明白了，你想让你女儿当一辈子的老姑娘，是不是?”

王小月的话让王卫国哑口无言，他哼哧半天才说：“我不是那个意思。”

“那你什么意思？就因为我男朋友是个大头兵？我嫁给当兵的给你丢脸了？我告诉你大老王，你要真不同意，我就让他提前退伍。你要是不批，我就让他离开部队，我们一起远走高飞。

你也别瞪眼，我哪儿也不去，我就跟他回他老家。不对，是回我们老家。你听准了，是我们老家。我到商丘考古去！”王小月嘴里的话像高压水枪打水一样“突突突”地喷射出来，让王卫国百般无奈地拿起了扑克，冲着女儿苦笑一声。王小月白了一眼，又蹦出一句：“这打扑克就有人生哲理，命运负责洗牌，但玩牌的是我自己，我不会放弃我的选择，我要把握住我自己的命运！”

王卫国无法说服自己的女儿，几天的工夫，他就变得苍老了，反应也迟钝了。王卫国躲避着一切与别人接触的机会，他怕到人多的地方去，更怕大家看透他的心思。王卫国很想就着榨菜喝二锅头，痛痛快快地把自己灌了个烂醉，然后什么也不想、什么也不做，静静地等候时间能够凝滞。但王卫国只能把这个念头当作奢望，因为他从妻子出车祸的那天起就已经下定决心，这辈子不再喝酒。

王卫国不得不破戒了，因为郭小国。

王卫国所有的变化都瞒不了大家的眼睛，但真正知道原因的也就那么几个人，郭小国理所当然是其中的一个。郭小国知道，因为他和王小月的事儿，大队长的心理承受能力已经接近极限了。一边是亲爱的女友，一边是救过自己命的女友父亲。郭小国的选择是痛苦的，更是两难的，放弃自己的承诺意味着辜负和背叛王小月，坚持自己的爱情则良心上过不去。看着王卫国日益憔悴的样子，郭小国决定给自己一个交代，给大队长一个交代。

郭小国把自己的打算告诉王卫国的时候，王卫国几乎不敢相信自己的耳朵。但从郭小国诚恳的眼神里，王卫国体会到了另一种意味。王卫国想微笑却流出了眼泪。嗨，咋整的呢，我王卫国啥时候变得这么多愁善感了。

郭小国附加了一个条件，让王卫国请他喝酒。这个没问题，王卫国当场答应了。但郭小国另外的要求却让王卫国心痛了，他要求喝二锅头，二两装的那种，他要求吃榨菜，一个很熟悉的牌子。

郭小国和王卫国肩并肩往家走的时候，操场上起了很大的风。落叶打着旋儿从头顶飘过，晃悠悠地落到地面上，又顺着脚步带起的风扑扑棱棱地飞到了草坪里。

王卫国说："嗬，深秋了，草叶已经枯黄了。"

郭小国说："嗯，冬天快来了。"

王卫国和郭小国对坐无语，王卫国寻思着怎么打破沉默。他捏起酒瓶刚朝对面看了一眼，郭小国就猛地站了起来，一仰脖干了瓶子里的酒："大队长，我敬你！"

王卫国象征性地抿了一口酒，指着桌子上的菜，说："少喝酒，多吃菜。"

"吃榨菜，榨菜是最好的下酒菜。"郭小国的话让王卫国心头随之一颤，精神也跟着有些恍惚起来。

郭小国又灌了一口酒，把嘴里的榨菜嚼得"咯吱咯吱"响："这是硬菜。俺爹死前就拿这个喝的酒。他说，这比海参、鲍鱼、燕窝、鱼翅都要强，二锅头就榨菜，给个金山咱也不理睬。大队长，恁知道吗？俺爹那次喝酒没揍俺，他说这是硬菜。他还说，让俺老老实实听话，不懂事儿就把俺弄到他的老部队，扔给他的老战友，让他的老战友收拾俺。俺就为了这个来的部队，俺也不知道爹的老战友在哪儿，但俺知道这个兵没白当。但有一点啊，俺也没想到会给恁添乱子。俺答应恁，保证不跟王小月联系了。恁放心，俺跟俺爹一样，对自己的选择从来不会后悔……"

"二锅头就榨菜，给个金山咱也不理睬……你爹是郭日月？"

听着那些熟悉的说辞，王卫国终于忍不住打断了郭小国的话。

郭小国愣了一下，说："大队长，恁咋知道俺是郭日月的儿子啊？真的，大队长，俺跟恁说实话吧，俺过去瞧不起俺爹，但这些日子，俺喜欢上了部队，俺也开始打心里边挺佩服俺爹了。俺觉得他这个人中。恁知道吧，他是把留队提干的名额让给了他的战友，还骗人家说，俺爷爷是地委书记。哈哈，地委书记不假，可那是文化大革命前的老书记，早就被打倒了，他就是为了让那个战友在部队里干下去。俺现在特别想认识那个人，俺想听他讲讲俺爹的事儿……"

"你个小王八羔子，俺、俺就是你爹的老战友啊！你爹就是把留队的名额让给了俺。喝多了，喝多了，到这会儿俺才明白过来。也难怪呢，你叫小国，俺叫卫国，你爹叫日月，俺闺女叫小月。你想听你爹的事儿是吧，俺有的是机会告诉你。来，喝酒，吃榨菜。哦，不对，咱吃硬菜，喝酒！你爹说得对，二锅头就榨菜，给座金山咱也不理睬……"

那天，王卫国和郭小国都喝多了。这爷儿俩有哭有笑，有说有唱。

"我的家里有个人很酷，三头六臂刀枪不入，他的手掌有一点粗，牵着我学会了走路，谢谢你光顾我的小怪物……"

"郭小国，你个小王八羔子，你唱的啥玩意儿？"

"大队长，恁 out 了，这是很火的一个电视栏目啊，《爸爸去哪儿》，恁没看过？"

"哦，爸爸去哪儿。郭小国，不准你喊俺大队长，你喊爹。"

"嗯，爹——"

"哎——"

"爹，天凉了，冬天到了，恁多穿点衣服，小心着凉……"

"冬天到了，春天还会远吗？小子，爹告诉你，这春天不远了。”王卫国一开心又唱了起来，“正月里来是新年啊，大年初一头一天呀……”

也是巧，王小月就在这个时候回家了，她一进门就愣在了那里。瞅着这爷俩舞舞咋咋、嘻嘻哈哈的样子，她也跟着笑了，笑出了眼泪。她抓起一包榨菜，用牙撕开包装袋，捏了一根榨菜扔进嘴里，“咯吱咯吱”地嚼了起来。她好像想起了什么似的，又从王卫国的手里夺过那个二两装的小酒瓶，猛地往嘴里灌了一口，呛红了小脸，那泪水也就在脸上肆意横流了。

郭小国醉眼蒙眬地盯着王小月，怪嗔道：“你个女孩子喝什么酒，蛇精病。”

王卫国也跟着说：“对，蛇精病!”虽然他不知道蛇精病的意思，但他觉得好像报了以往的仇，谁让那丫头动不动就说我蛇精病。此时的王卫国脸上堆满了笑，而且是很多年不见的一脸坏笑。那一刻，他终于发现，自己威风不减当年，当然，不仅仅是吼的那两嗓子二人转。

事实上，真正的春天是在几年之后的婚礼上。

郭小国穿着军装礼服，给新娘戴上了戒指。这小子挺争气，考上了军校，圆了他爹郭日月的梦，而且如愿以偿地娶到了王小月。

婚礼主持是路志坦，他成了一名相声演员，艺名就叫蛋蛋，据说在老家商丘还小有名气。

还有个事儿你绝对想不到。细心一点儿的人已经发现了，婚宴现场每个酒桌上都有两包榨菜。郑龙宇的老婆问：“这个大老王真是怪，哪儿有婚宴上榨菜的啊?”郑龙宇半是认真半是玩笑地训斥：“熊娘儿们，你懂个屁啊，吃榨菜喝酒，有几个当兵的没经历过？榨菜是什么？那可是硬菜呢!”他老婆四下张望，还真是那么回事儿，所有当过兵的，都在就着榨菜喝酒，而且

“咯吱咯吱”吃得津津有味。

事实上，婚礼这档子事儿，是我编的。我非常希望他们都有个美好的归宿，我相信这一天不会太远，因为在我写这篇小说的时候，郭小国正在复习呢，他打算转过年来考军校。

总而言之，我告诉你吧，真的假不了，假的真不了，不管你信还是不信，我说的这些都是真事儿。

火　浴

一

若干年后，我成了支队政治处的干事。我的老排长当上了总队政治部分管组织教育的副主任，当时正赶上总队在组织消防部队心理工作骨干的培训，老排长就点名让我参加。但听课的时候我却经常走神，走神的原因绝不是想了什么乱七八糟的事儿，而是刘晓勇当新兵时的形象，总是闯进我的脑海里。

在培训结束前的最后一堂课上，讲课的老师刚刚把“心理压力的调适”几个字写到黑板上，我又忍不住在脑子里过起了电影。

那是我们被排长点名分配到特勤中队后不久的一个傍晚，

刚从操场训练回来的刘晓勇接到一封家信，就偷偷躲在宿舍的一个角落看信。我藏在他身后，正琢磨着搞个恶作剧吓唬他，就见他猛地站起来，大步流星地朝门外走去。等我回过神的时候，他已经跑出了营区大门。

那天晚上，我跟着中队的一位老班长在火车站守了整整一宿。有个词叫春寒料峭，新兵下中队的时候才刚刚开春，火车站的候车室很冷，而且空气里混合着各种难闻的气味。我和老班长的心情也跟着糟糕起来，老班长一边跺脚一边骂娘，但到天亮也没见到刘晓勇的影子……

不知什么时候，坐在教室最后一排的老排长已经站到了我的跟前，他递给我一张字条，上面写着：下课后请到我办公室。

“这么重要的课你还走神？总队政治部还打算把试点安排在你们支队呢，到时候你可是主力，如果试点成功，我们的经验很可能在全国消防部队推广。”

“排长，”我还是习惯喊面前的这位副主任排长，“我确实走神了，我在琢磨刘晓勇当新兵时的事儿。”

“哦，这几天上课，我也时常会想起他，他现在好吗？”

“还好，我来培训的前几天，干部刚刚调整，他现在是辛安河中队的指导员，李志是中队长。”

“这俩家伙又凑到一块儿了？这个老王真敢造，敢把这对冤家放一块儿。”老王是我们的支队长，也是我们在新兵连时的王队长。“你去跟李志搭档还差不多，你们那批兵里面，也就你能治得住他，可这个老王偏偏把他俩放一块儿，难道就不怕他俩再折腾出什么事儿来？”

“不会的，这么大岁数了，当干部都这么多年了，素质肯定跟当战士的时候不一样。”

“难说，回头我得给老王打电话提醒一下。虽然这么多年了，刘晓勇的心里可一直有个结没打开呀，从心理学的角度怎么说来着，不良情绪，对吧？你可得好好研究一下。”

“排长，这几天我确实在琢磨这件事，而且我还经常想起，那次跟你一块儿去刘晓勇的老家，咱们给刘晓勇保守了秘密，别人可不知道啊。”

刘晓勇的秘密在我和老排长这里是心照不宣的，所以老排长若有所思地接过了我的话：“是啊，这么多年老王还一直被蒙在鼓里，你这次回去一定要把刘晓勇当作重点关照对象。”

“不妥吧，我们现在毕竟是干部了，让我把他当成心理辅导对象我有点儿……”

“别说了，回去以后好好研究心理教育这个新课题，争取试点工作一炮打响！”

一回到支队，政治处常主任就找我谈话，让我跟他到辛安河中队蹲点。看着从总队带回来的一大堆培训材料，我有些为难：“主任，总队孙副主任说咱支队是试点单位，工作搞扎实了，全省甚至全国都要到咱这儿开现场会。”

“把材料带到那边，照样可以干活儿，不耽误事儿。支队长说了，除了他，全支队就你对那对主官最了解。”

“他俩怎么了？”

“去了就知道了，先收拾一下，晚上回家看看，明天咱就住到辛安河中队。”

都说小别胜新婚，可那天晚上，我怎么努力都满足不了家里那口子，折腾到半夜，她竟然小声抽泣起来。我翻过身子装睡，脑子里依然想着刘晓勇的事情。没多会儿，我老婆的哭声越来越大，还非拽我起床，逼我坦白从宽。

“说，你这段时间究竟在外边干了什么好事儿，一回来就对我不冷不热。”

“无理取闹！我都快累死了，睡觉！”

“别，你先跟我说清楚！你以前出差回来可不是这个样子，你肯定做了亏心事儿。不交代也罢，把你的手机给我。”

“心理有问题呀，给，给，给，我可不是《手机》里的严守一。”

“你是不是我不知道，反正有人是。”

“谁？”

“揣着明白装糊涂，整个家属院里谁不知道！”

“刘晓勇？”说完这句话，我就沉默起来。见我一直阴沉着脸，我家那位在区妇联工作的继续埋怨：“还说我有心理问题，我看你才有毛病，参加个总队培训就不知道自己姓什么了！”说完她的火就莫名地熄了，盖上被子一会儿就传出了鼾声。而我却失眠了。难道这次派我去辛安河中队蹲点就是因为刘晓勇？

支队机关离辛安河中队很近，开车只有十分钟的路程，我们到的时候，中队长李志已经在营区门口等我们了。李志给常主任敬了个礼，然后一把拉住我，握紧拳头狠狠地捣我的胸口：“他娘的，昨天一回来，今儿个就跑到俺这里，跟弟妹热乎够了？”

我被他这一拳捣得说不出话来，干咳几声，才骂：“瞧瞧，主任，狗嘴里吐不出象牙。”

“小黄，可不是我嘴里吐不出象牙，是李志啊，要是李志嘴里能吐出象牙，那他就不叫李志了。”主任看着我俩的热乎劲儿，也忍俊不禁。

刘晓勇候在中队部。这位多日不见的老乡加战友没有像李志那样，对我的到来表现出应有的兴奋，只是礼节性地跟我敬礼、握手，然后把头扭向常主任："主任，我刚给战士上政治教育课，没到门口迎接你们，对不起了。我先给您汇报一下中队近期的工作情况。"

看着刘晓勇不慌不忙地汇报工作，我不禁怀疑外界传闻的真实性。换言之，整个支队也只有我最了解他，我不相信刘晓勇能做出背叛妻子的事情来。

我点上一支烟，听着刘晓勇的汇报，思绪却随着指尖升腾起的烟雾飘向了远方。也奇怪，自从想起那段陈年旧事，它就一直萦绕在我的脑海里。集训时想起刘晓勇的经历，是因为觉得他当新兵时的那些经历确实适合从心理学的角度来分析；而现在再次想起来，却是因为我实在想不通，像刘晓勇这样的成长经历和背景，在他身上不可能发生桃色新闻。

我的目光停滞在对面坐着的刘晓勇身上，心思却跟随记忆回到了新兵刘晓勇私自离队的那天晚上。

我跟老班长在火车站守了一晚上，无功而返。给支队汇报以后，支队领导指示：由孙副队长带一名刘晓勇的老乡，火速赶往四川。

就这样，我跟随孙副队长，也就是我的老排长匆忙出发。正是这一趟寻找刘晓勇的旅程，让我和老排长真正有机会走进他的私人空间。

一路上，老排长都沉默不语，我几次找话茬儿，都被他严肃地回绝了。这样的旅途实在令人发疯，不过，后来遇到的情况却让人始料不及，使原本憋了一肚子火儿的老排长不但没有怪罪刘晓勇，反倒把他当作了自己的兄弟。

车子在泥泞的山路上颠簸，折腾了四个多小时才赶到刘晓勇的家。刘晓勇的家很好找，因为村子里没有比他家更破的房子了。

在跟随老排长迈进刘晓勇家的时候，门旁两个中年妇女小声嘀咕：“部队上都来人嗒，老天开眼嗒，那个挨枪子儿的龟儿子也该遭报应嗒！”

进了里屋，只看到一个清秀端庄的年轻女子面无血色地站在那里。我径直走过去问她：“大姐，晓勇回来了没？”她目光呆滞地抬头看我，缓缓地摇头。

老排长拉起我的手，急匆匆地往村口的方向走。

不知什么时候，一个中年妇女跟在了我们的身后，她一路上喋喋不休：“细娃（刘晓勇）真是命苦，他姐姐更是命苦啊，从小没妈，又被那个挨千刀的畜生糟蹋嗒，他爹去评理被打伤啦，细娃他老汉儿（父亲）也是，莫子事要跟他们比关火（本事）嘛，自己被打伤，还得去坐鸡圈（蹲大狱），这一家子可啷个（怎么）办嘛！”听着乡亲用半生不熟的“川普”讲着刘晓勇的家事，我赶紧做起了翻译。

“知道了，咱去村口候着，刘晓勇走得虽然没咱快，但眨眼的工夫就能到，可千万别出了什么岔子。”

老排长推算得没错，我们到达村口的时候，正遇着深一脚浅一脚赶回来的刘晓勇。

刘晓勇睁着红肿的眼，像是看到火星生物一样盯着我们。他没有吭声，稍一迟疑，绕过我们往村里走去。只走出几步，老排长就发现，他去的方向与去他家的路相反。老排长一个箭步上去，抓住刘晓勇的胳膊。刘晓勇拼命挣脱老排长，边跑边嚷：“我去杀了那个龟儿子！”老排长三步并作两步拦在他的面前。刘晓勇攥紧拳头，两眼血红，像疯牛一样吼叫：“排长，别拦我——”老排长没等他说完，就紧紧把他抱住了。

老排长和我费了九牛二虎之力才把刘晓勇拉回家。一路上，村里的人越聚越多，在路旁或站或蹲，指指点点。

刘晓勇一见到神情发呆的姐姐，就哭得上气不接下气，我在一旁看着他悲痛欲绝的样子，一时不知所措。

刘晓勇哭了一会儿，就歪倒在床上睡着了，经过几天的长途跋涉，他实在是太累了。我这才发觉自己的肚子咕咕叫了起来。我正准备跟老排长商量吃饭的事儿，门外就走进一个穿着旧军装的男人，院子里的人见了他都纷纷避让。

来人笑容满面地给老排长递烟："刚听说细娃部队上的领导来嗒，我是民兵连长，走，到家里去，酒菜已经备好了，我们村支书让我来请你们嗒。"老排长面无表情地拒绝了。男人碰了一鼻子灰，骂骂咧咧地离开了。

刘晓勇发起了高烧，说着胡话。老排长决定自己留下照顾刘晓勇的姐姐，让我把刘晓勇送到市里医院治疗。他再三叮嘱，让我好好看着刘晓勇，不能有任何闪失。

老排长留下来不单是为了照顾刘晓勇的姐姐，更是为了搞清事情的真相。

这一天，刘晓勇那破旧不堪的家可以说是门庭若市，朴实的乡亲们把老排长围在中间，争先恐后地向他诉说着这个家庭的不幸。乡亲们的四川方言让老排长听得很吃力，但他还是从这些七嘴八舌的叙述中理出了头绪，找到了答案。

刘晓勇八岁没娘，从小就饥一顿饱一顿，父亲为了这个家吃尽了苦头，比他大三岁的姐姐为了让弟弟读书，小学只读了三年就辍学回家。一家人都指望刘晓勇能考上大学，但他还是落榜了。家里没钱让他复读，刘晓勇便选择了当兵。刘晓勇的父亲以为儿子当了兵，再寻个好人家把女儿嫁了，一家人的苦日子就算熬到头了，但他怎么也想不到，好好的闺女被村支书的儿子给糟蹋了。虽然在这小村子里，村支书就是土皇帝，但他实在咽不下这口气，就到村支书家讨说法，又被人家连打带骂地轰出门外。老人一气之下回家扛起了铁锹成天在村子里溜达，终于找了机会扬起铁锹劈向了祸害自己女儿的畜生。村支书的儿子虽然没什么大碍，但恶人先告状，刘晓勇的父亲被送到了派出所，说是涉嫌故意伤害。

必须为刘晓勇的父亲申冤！

老排长想让乡亲们出面做证，乡亲们支支吾吾不敢答应，但他还是从躲躲闪闪的目光里看到了信任。是啊，这些庄稼人是把他当作了刘晓勇一家人的救星，毕竟在他们眼里，老排长是部队来的领导。

由于乡亲们不敢出面，事情陷入了僵局。

傍晚，那个民兵连长又来到刘晓勇家，恶狠狠地警告老排长，这里山高皇帝远，有个三长两短可没人照应。民兵连长的恐吓让老排长义愤填膺，他暗自发誓，一定要为刘晓勇讨回公道，不说是为了自己的战士，就算是一个素不相识的人，这个事儿他也得管。

这天深夜，刘晓勇家里的窗户玻璃哐当一声碎了，几块拳头大的石头砸进了屋子里。老排长知道，这是土皇帝发出的威胁信号。他索性坐起来，抽着烟熬了一宿。

天刚蒙蒙亮，勤劳的村民就已经开始了一天的劳作。老排长走出小院，满腹心事的他，无暇欣赏这山村晨景。几声狗吠之后，一个老人蹒跚着走了过来，说要为刘晓勇一家人做证。他告诉老排长，自己一大把年纪没啥好顾虑的，不站出来说句公道话死不瞑目。老排长很感动，小心地搀扶着老人回到院子里。此时，天已经透亮，房顶袅袅升起的炊烟让蓝天变得很近。

这天上午，陆续有乡亲主动找来，老排长记录下他们的证词，请他们摁了手印，就带着刘晓勇的姐姐离开了村子。

后来的事情略显简单。老排长请我父亲出面，动用关系帮刘晓勇打赢了官司，并把刘晓勇的父亲和姐姐安排在某局的一个下属单位，解决了工作和生活问题。

在回部队的路上，刘晓勇很平静，他把我和老排长当成了最亲近的人。从那个时候起，我就彻底搞清楚了刘晓勇行为自闭的原因。他的家庭在村里一直受着欺负，他到部队的唯一目的就是考上军校，光宗耀祖。因为他的自尊心太强，自己的心理压力太大，才导致越想做好反而越做不好。当然，这是老排长分析给我听的。他跟我订了口头君子协议，让我回到部队为刘晓勇保守秘密，不能再增加他的压力。

不知不觉中，刘晓勇已经汇报完工作，我也不得不把自己从回忆中拉回现实。

在辛安河中队蹲点很不舒服，不是不适应，而是工作压力太大。

支队领导让我跟着常主任来中队，目的是摸一摸刘晓勇的情况。可我们都不想轻易捅破这层窗户纸，即使刘晓勇真有了外遇，也没人愿意去蹚这浑水，更何况现在无凭无据，自然不能仅凭着外界的传闻就去捕风捉影，贸然对这件事进行正式调查。可支队长的意思很明确，无风不起浪，要把一切不利于部队建设的因素全部消灭在萌芽状态。他还专门强调，让我多用心，尽量做好刘晓勇的工作。

用啥心？做啥工作？来这儿以后我压根没看到刘晓勇有什么异常。与刘晓勇独处的时候，我不知该从哪儿说起，只能捏着烟狠抽一口，干咳几声来掩饰自己的尴尬。

“把烟灭了吧，咳这么厉害还抽？”刘晓勇倒是很自然。

“哦，没、没事儿，习惯了，写点儿东西啥的，嘴里没这么个东西，还真想不出词儿来。”

“现在你又不是在写东西。你也别为难了，我知道这次你们来中队就是为了我的事儿，我会配合调查的。”刘晓勇把我难以启齿的事情说了出来，倒让我一下子轻松了不少。

“晓勇，你别太在意，支队领导让我们来不是调查你，只是向你了解一些情况。”

“都是一回事儿。”

“这绝对是两码事儿，调查，说明外面有关你的传闻已经成了既定事实，但了解……”

“别咬文嚼字了，我配合你了解情况。从哪儿开始说呢，论起这个，得先说我跟你嫂子的事儿，还得扯上咱老家的事儿，对吧?”刘晓勇拽着我的思维，聊起了我们谁也不愿面对的往事。

那年处理完刘晓勇的家事回到部队，一切都很顺利。刘晓勇的家人在我父亲的照顾下，在老家过得很好。我俩之间因为藏着共同的秘密，在部队上也彼此照顾，工作得很努力。年底，我和刘晓勇双双被评为优秀士兵，他的姐姐还嫁给了我父亲的司机。这么多的喜事，让我俩的工作更有奔头了。只是，刘晓勇跟李志的关系还是很僵，李志仍旧在各种场合指桑骂槐地为难刘晓勇。中队干部跟他谈心，他仗着业务素质好我行我素。他也的确有资本闹腾，作为新兵能代表支队参加总队比武拿回两项个人单项第一，他有足够的资本挑衅刘晓勇。

当然，李志对我始终很友善，虽然我劝他换一种眼光去看别人，但他不买账。他说像刘晓勇这种用非正常方式去引起领导关注的人，他一辈子都瞧不起，即使到后来，刘晓勇为他受了伤，他也不肯转变态度。

刘晓勇受伤是因为那年中秋节的一场大火。

央视中秋晚会刚过半，就听到警铃大响，中队接到出警命令：郊区某村的一个私人鞭炮作坊爆炸，引起大火，危及几百户村民。

赶到现场时，爆炸引起的大火已经把鞭炮作坊周围的居民房屋全部引燃。刘晓勇、李志和我被编入一个小组，在高压水枪的掩护下，深入民房对被困群众进行搜救。

李志身体素质好，冲在了最前头。我们在火中搜救，发现了一个老人，李志在我们的掩护下把老人送到安全区。老人瞪着惊恐的双眼，吃力地告诉我们，房间里还有他四岁的小孙子。人命关天！容不得半点儿迟疑，我们三人又返回熊熊的烈火中。因为火势太大，我们已经失去了方向感。李志要往里硬冲，被刘晓勇拉住，他用手势告诫李志，要保证自己的安全。李志有些恼怒，对刘晓勇不屑一顾。三个人摸索着前行，终于在床脚找到了蜷缩成一团的孩子。李志抱着孩子往回撤，我给孩子搭上湿毛毯。就在我俩忙活的时候，我感到背后猛然受力，我和李志双双扑倒在地，李志下意识地护住孩子，我本能地回头，一截烧断的房梁正砸向刘晓勇。

“小心！”我的呼喊声由于隔了面罩只是徒劳。李志站起身来，护着孩子踉踉跄跄地往外冲。烈火已经引燃了刘晓勇身上的战斗服，我扭过身来，跪在地上，不顾一切地用手拨拉着刘晓勇身上的断梁和瓦砾。那个时候我的心里只有一个念头：好兄弟，挺住，我救你出去！

李志实在可恨！刘晓勇已经因为他住进了医院，他非但不领情，反倒在队上说起了风凉话：“平常素质好怎么会出这样的事儿？”我私下里找他理论，他不肯认错，还嫌我有意偏袒刘晓勇。看他趾高气扬的样子，我无可奈何地找到中队干部，经过战评分析，我反映的情况属实，王队长在大会上大发雷霆，李志很不情愿地到医院里给刘晓勇赔礼道歉。虽然事后我们三个人都立了功，但因为这件事，李志和刘晓勇之间还没解开的疙瘩上又被硬生生地拴了个死扣。

刘晓勇在医院休养期间，我接到了老家传来的坏消息。这个坏消息跟我有关，也跟刘晓勇有关。

接到消息的那天下午，中队组织长跑，我正围着训练场跑步，心里默默地数着数，两腿机械地迈步，速度也逐渐慢了下来。老排长在训练场中间嚷嚷："黄洵，加油，咬牙，挺住!"我冲他摆摆手咧嘴苦笑。"撑住！过了这个极限就好了!"老排长继续冲我喊。我又冲他笑了笑，估计我笑的模样儿不会比哭好看到哪里。正当我心里暗自加油的时候，通信员把老排长喊走了。

老排长一走，我就偷起了懒，也没留意他什么时候又回到了训练场上，等我看到他的时候，心里咯噔一下，以为他又要训我了，没想到，他竟然挤出了笑容朝我招招手。我跟老排长去了中队部，当我听完他给我带来的消息后，只觉得天旋地转。

我的父亲出事儿了。

我父亲是老家的一位市领导，当我在看守所见到他的时候，曾经意气风发的他头发已经花白："娃，法院就要判了，不会轻，我不准备上诉了，谁让我自己把持不住自己。只是连累了你和你妈，还有我的司机。"父亲的话说得吃力，估计是经受了巨大的精神折磨。

探视的时间很快就结束了，老排长拍拍我的肩膀让我跟他走，父亲喊住了老排长。他控制不住自己的情绪，隔着玻璃恳求老排长："领导，娃还不懂事，也没吃过苦，在部队上就拜托你了，如果可能，你培养他，来年让他考军校。"

老排长看看我的父亲，再回头看看我，默默地点了点头。父亲还是不放心，他望着老排长，声音已经变了腔调。这个时候我反倒镇定下来，朝父亲笑了笑，轻轻地说了句："爸，你就放心吧，我不会让你失望。"

一直沉默的老排长冲父亲摆摆手，郑重地说："叔叔，你放心吧，黄洵交给我了。"

老排长的一句承诺，让我今生难忘，正是因为他的这句承诺，才让我与消防部队结下不解之缘，并且成为一名消防干部；也正是因为这句承诺，让我明白当兵的人很多时候会为了一句承诺舍弃一切，甚至生命，就好像每个当兵的人都曾经在军旗下宣誓，为了这个誓言，我们每一个消防兵注定会把自己的青春乃至生命献给消防事业。

时间真的跟流水一样，就像我现在，抽着烟回忆那次探家，完全没有在意它什么时候就偷偷地从我的指缝间顺着缥缈的烟雾溜走了，等想起来要把它留住的时候，它早就消失得无影无踪了。如此一来，时间的缝隙里总会悄悄地生出些遗憾。想想那次探家，就在我的生命里留下了说不清的遗憾。

老排长跟我一起在家陪了陪我的母亲，又赶去看望了刘晓勇的姐姐，因为刘晓勇的姐夫也因为父亲受贿的事情被判了刑。可我除了在去看守所探望父亲的时候，就没再怎么悲伤过，迷茫中我隐隐约约感到，这或许就是我的命。即使现在，在部队上受教育这么多年，我也始终认为那是我命中注定要经历的一次磨难。可刘晓勇却没我这么达观。还是让我们从回忆中回到现实吧。

虽然刘晓勇主动提起这次以他为主角的外遇事件，但我实在不忍心让他讲那段不堪回首的往事，只能草草结束跟他的交谈。接下来的几天，除了吃饭的时间不得不跟他碰面，我一直在回避与刘晓勇的接触，所以，当支队长给我打来电话询问进展时，我只能敷衍搪塞。老队长让我抓紧了解情况，一定要用最快的速度把调查结果汇报给他。

老队长的态度让我不敢再消极应付了。

二

我找到了李志。李志很暧昧地问我："你们南方人是不是都很喜欢路边的野花啊？"

"胡说，又乱扣帽子，这么多年，你俩一直吵吵闹闹，但这件事你得讲原则，把了解的情况一五一十告诉我！"

"不瞒你说，晓勇这件事，俺还真不知情。前段时间俺还纳闷，他在支队机关干得好好的，干吗到这儿干指导员，又不是来解决职务问题的，他毕竟是防火处的业务骨干，根本用不着到基层镀金，现在看，应该是跟外边的传闻有关。"

"以前好好的，怎么忽然就冒出个男女关系问题呢？"

"他去年还是总队表彰的执法工作先进个人呢，应该不会是在执法中出了问题吧？"李志的话让我若有所思。

"执法？"我两眼直勾勾地盯着李志。

"黄狗，你别拿这种眼神盯着俺，瘆得慌！""黄狗"是我的绰号，当初班长晚点名时，花名册在灯光下有些模糊，"洵"就被喊成了"沟"。

"我怎么就没往这方面想呢？"

"现在有几个人跟俺一样喜欢在基层中队带兵？都打破了头

抢着干防火，不就是觉得跟地方打交道多，能捞些实惠吗?”李志露出了满脸的鄙夷，我知道他对一些不正之风深恶痛绝。

“但我不相信刘晓勇也会这样，你说呢?”

“保不准，有句名言叫啥，世上永恒不变的就是一切都在变。”

“谁的名言啊?”

“俺李志的呗，”李志有些自豪地拍拍自己的胸脯，“你想啊，我在变，你在变，他刘晓勇也在变，你敢担保他能经得起那些地方老板的糖衣炮弹？地方老板图啥？图的是利益。干防火的管啥？管消防监督执法。这就跟我们带兵一样，管理者跟被管理者永远是矛盾的。”

“看不出来你李志现在都学会辩证法了啊，不过你说得在理。”

“就是啊，还有句俗话，常在河边走，哪儿能不湿鞋，谁知道刘晓勇脚底下的鞋子湿没湿？各种诱惑之下，干部队伍出个腐化分子也正常。”

“正经一点儿，别满嘴跑火车。”

“俺很正经，咱既然聊这个，还不兴俺搞个假设推断啊?再者说，支队上这么多人，你能管住俺的嘴，还能管得了别人不这么想？说不定人家比俺想得还要严重。刘晓勇遇到这么个事儿，是真是假俺不管，但有一点俺清楚得很，刘晓勇到中队以后一直很正常，要么是他隐藏太深，要么是俺道行太浅，反正俺啥也看不出来，你干脆再回机关了解一下情况，从我这儿找不到你想要的东西!”

李志的话让我陷入了沉思。我意识到自己的想法有些天真，想从中队了解情况简直是异想天开，除非从刘晓勇那里直接找到突破口。可这种事儿，我也不能只听当事人的一面之词，看来，这件事还得找常主任商量。

常主任因为筹备心理工作会议已经回到了支队机关，他让我抓紧把情况了解清楚，好回机关帮他搞心理试点工作。他把刚刚接到的一封群众上访信递给我，限我一周之内把了解的情况写一份书面报告交上去。

信是冯梅写的，接过这封信的时候，我心里犯起了嘀咕。难道真像李志说的那样，刘晓勇在执法过程中出了问题？因为这个冯梅我见过，通过刘晓勇还一起吃过几次饭。仔细想想，她跟刘晓勇还真有那么点儿小暧昧，每次聚会她都哥哥长哥哥短喊得怪亲昵，现在看来，刘晓勇这件事或许不是空穴来风。

回到辛安河中队，带着满脑子的疑问，我再次翻看那封信：

尊敬的消防支队领导：

我是新月房地产公司的公关部经理冯梅，今天写这封信是恳请领导为我主持正义。

我是因为工作关系认识了贵单位的刘晓勇，在交往的过程中逐渐熟悉起来，后来刘晓勇告诉我他是大龄青年，对我有好感，但我最近才知道他已经是有家室的人。我很痛苦，我不明白作为一名军人，他怎么能欺骗和玩弄女人的感情！

我知道写这封信或许会影响到刘晓勇的前途，当然，我也知道写了这封信之后，我们更不可能再走到一起，但我不甘心，我相信部队会给我一个公正的说法。

一个受伤的女人　冯梅

信写得很简单，无非是一个被人伤害过的女人的申诉，但我不肯相信这是真的，因为我打骨子里信任刘晓勇，毕竟在整个支队里，只有我最了解他。

那年，我的父亲被判了刑，刘晓勇的姐夫也受到牵连跟着判了刑，两个家庭的顶梁柱猛地塌了。我把这个消息隐瞒了一段时间，直到刘晓勇出院才告诉他。刘晓勇的压力比我还要大，他跟我商量怎么能请假回家。我极尽所能地劝他别胡思乱想，安心待在部队干好工作。其实，当时我的想法很自私，我不想让家丑外传，这可怜的虚荣心，让我违心地故作坚强。事实上，那时候我自己根本无法安心工作，而刘晓勇也跟丢了魂儿一样。直到一周后，刘晓勇收到一封信，才把丢了的魂儿找了回来。

信是刘晓勇姐夫的妹妹写的，这个女孩儿的出现，让原本复杂的情况变得更加复杂。

这个在外地打工的女孩儿在听到哥哥入狱的消息后，辞职回了老家，搬进了哥哥家里，跟刘晓勇的姐姐过起了日子。后来我们才知道，这个女孩儿是因为知道刘晓勇的姐姐怀孕了，才毅然辞掉工作回了家乡，充当起了小保姆的角色。当刘晓勇知道这一切的时候，就告诉我他要还债，要还这个名叫芝兰的女孩儿的债。

刘晓勇觉得这个叫芝兰的女孩儿，就是他们一家人的救星，因为芝兰不但对他的姐姐好，对他的父亲也是像亲生父亲一样孝顺。所以，刘晓勇在得知外甥出生的喜讯时，脸上露出了少有的笑容，他给芝兰写了封信，信里许下了自己的承诺。

刘晓勇没有跟任何人商量，包括他的父亲、姐姐，还有我，他在信里告诉芝兰：“这辈子我只会有三个女人，母亲、姐姐，还有未曾谋面的你。不管你长相如何，不管我将来在部队还是退伍回家，我都要娶你为妻。如果你不答应我，我就单身一辈子。”这近似于要挟的求婚信也只有刘晓勇能写得出来，而这带着报恩性质的求婚也只有我能理解。

正因为如此，我无法相信刘晓勇会背叛自己的妻子芝兰。但我必须查清真相，不仅是为了给领导一个交代，也是为了还刘晓勇一个清白。我决定去见见芝兰。

可我一个男人单独去找芝兰总是会显得不自然，我便掏出手机给妻子打电话，让她马上回家，顺路买上点儿水果，跟我一起到刘晓勇家串门。妻子虽然不是太情愿，但还是急忙赶了回来。

芝兰开门的时候，显然没想到会是我们。当我一只脚踏进她的家门时，芝兰来不及掩饰自己，慌忙低头，两只手很不自然地揉搓着衣角。

“芝兰姐，怎么，不欢迎我们啊?”身后的妻子推了我一把，我也赶紧把手里的水果递给芝兰。

“来就来嘛，还带么子东西?”说完这句话，芝兰侧身把我们让进了屋里，“屋里太乱，莫嫌弃哈。”芝兰说话带着浓重的乡音，让我感觉很亲切。

芝兰坐在我的对面，勉强挤出一丝笑容，她黑瘦的脸上见不到半点儿光泽，原本有神的大眼睛深深地凹进眼窝里，还有黯黑的眼圈和深深的鱼尾纹，那憔悴的样子让我不忍多看。

“芝兰姐，你可真谦虚，你这屋子要是乱的话，那我家就赶上狗窝了。”我不得不借着芝兰的话寻找开场白。

“开的幺子玩笑?我一个乡下婆娘哪个晓得做家务，老刘就总是嫌我莫得情趣，莫得品位。你们坐，我去给你们倒水撒。”芝兰说得细声细语，可柔弱的声音里却满是幽怨。

芝兰刚到厨房，妻子就站起身来，从书桌上拿起刘晓勇的全家福：“芝兰姐，每回看到你们的全家福，我就羡慕得不得了，你看你跟刘大哥，从来都没红过脸，你看我们家老黄，那简直……”

我一把拉过妻子，拿眼瞪她，可她仍然无所顾忌，“我就得说给芝兰姐听，你也好好跟刘大哥学学，学着当模范丈夫。”妻子边说边拿眼睛的余光扫我，她肯定很纳闷，我怎么没回应，要换在平常，我肯定会嚷嚷着让她跟芝兰学，学做模范妻子。妻子不知道我来这里的真实目的，等不到我的下文，有些不自然起来：“你倒是说话啊！你瞧瞧人家！”边说边用手指着刘晓勇的全家福，动作幅度很夸张。

“哎哟——”

“妹子，莫得事儿吧？烫着喽？”

“没，没事儿。”妻子险些碰掉芝兰手中的茶壶，她抚着胳膊上被烫到的地方，嘴里不忘嘀咕：“瞧瞧人家一家三口，和和睦睦多幸福！”

“幸福啥子嘛，一家不知一家的难。”芝兰的表情不自然起来。

我打断她们的话，问芝兰：“嫂子，我刚从省城回来，好些日子没见你了，估计晓勇中队工作忙，恐怕也难得有时间回来帮你，我就跟你弟妹一起来看你。”

“难得你们惦记，比老刘他强多嗒，每次回家还没把屁股坐得热，就说啥子忙、忙、忙……”芝兰的声音已经哽咽。

我有些心慌，赶忙低头看手表：“时间不早了，我还得回去加班赶个材料。”

“芝兰姐，你看，咱俩给干消防的当老婆，整天跟着一块儿紧张……”妻子的这句话有一半留在了刘晓勇家，另一半被我拽出了门外，我不忍心再看芝兰的那双眼。

在我逃出刘晓勇家门的时候，妻子甩开被我捏疼的手，埋怨道："这是去赶着救火呢？没下班就打电话催我过来陪你看芝兰，这来了还没半刻钟，话没说上两句半，就拽着我走……"

我不再言语，低头走路，满脑子都是芝兰那张消瘦的脸……

别无选择，只能去找冯梅了。

冯梅完全没有想到我会到公司找她。

当我踏着午后的阳光走进新月房地产公司的大门时，她已经迎了过来，优雅地跟我握手，淡然一笑："什么风把大才子吹来了？快请进。"说话间，我跟在她身后走进了公关部经理室。

办公室里的香气一如这个美丽的女人，让人不能拒绝。我抽动鼻翼，目光越过她的肩头，看墙上的一幅国画。"快请坐，大才子。"我这才意识到自己有些失态，我还没弄明白究竟是这个叫冯梅的女人，还是墙上的国画让我思想开小差，就已经被她甜甜的声音拉回现实。

"大才子，这么匆忙赶来，有什么需要小女子效劳啊？"

"没有，只是顺路来看看。"说这话的时候，我的语气有些飘，因为我看到冯梅的办公桌上有一张照片，她小鸟依人般地依偎在刘晓勇并不宽厚的肩膀上，冯梅幸福的笑容让人陶醉，照片中的刘晓勇显然也被陶醉了。

"大才子，咖啡，还是茶？"

"随便。"我连忙收起目光和思绪，再次注视眼前的冯梅。

"大才子这么有品位的人也能随便？"

"别再喊我什么大才子。"冯梅一直喊我大才子，从第一次见面时，刘晓勇介绍说我写过一些朦胧诗，她就说在报纸上见过我的诗，没想到人比诗更帅。可今天我来这里显然不是开文学沙龙的，我要从她这里查出事情真相。我又一次凝视墙上的那幅国画。

“大才子对国画也有研究?”

“不敢当，只是喜欢。”

“那你说说看。”这个话题可以化解尴尬，我便顺水推舟地做起了画评。

“现在女孩子很少有喜欢国画的，你很特别!”这句话让冯梅很受用，她抬起好看的杏眼注视我，期待我的下文。

“这幅画可能跟你的名字有关，梅花，十大名花之一，自古以来，不少画家与梅花结下了不解之缘，宋代的宋伯仁、元末的王冕、明代的王谦、清代的金农和李方膺，还有近代的艺术大师吴昌硕都是画梅花的大家。你的这幅是著名画家关山月的《俏不争春》，只可惜这是仿制的赝品，不是关老的真迹。”

“高人！再说说。”

“古人画梅多以水墨为上，清疏淡雅；而关氏之梅多红花铁干，流露铮铮之相。这幅《俏不争春》，画面枝干苍劲，红花繁密，直攀上天，颇具时代风貌。那特写的构图、浓烈的色彩和雄健的笔力，在整体上烘托出咄咄逼人的气势和疾驰速动的节奏，表现出顽强向上、奋力拼搏的斗争精神，这一反古人画梅那洁身自好、高蹈远引的君子之相和冰清玉洁、可爱不可亵的女子气质。”

“你的意思是，我不可爱，我不洁身自好?”

“不是，不是，你就像这幅梅花，集高洁、秀雅、坚毅于一身，色、香、韵、姿俱佳。”

“好一个色、香、韵、姿俱佳！难道大才子是专门来欣赏我冯梅色、香、韵、姿俱佳的?”

“你真是伶牙俐齿，我来虽然是顺路，但也确有一事想麻烦你。”

“什么事儿，尽管说。”

“我想了解一下你跟刘晓勇之间的事儿。”

沉默，可怕而又令人尴尬的沉默。

冯梅再次说话的时候，声音已经颤抖：“我恨他!”之后就不肯再多说半句，眼泪噗噗地往下流。

那天，我不知是怎样告别冯梅的。当我迈着沉重的脚步踏出新月公司时，天已经阴了，我的心情也跟着黯淡下来，起风了，又要来沙尘暴了吧。

回到支队机关时，天暗得已经看不清东西了，我不得不打开办公室的灯，逼着自己坐在电脑前厘清思路。可这种努力只是徒劳，我的耳边响着窗外的风声，还有沙粒敲打窗户玻璃的声音，声音并不大，但此时却如同沙场上奔腾的千军万马，压迫我的耳膜，让我如同坠入一个黑色的旋涡。

我点着一根烟，刘晓勇、冯梅、芝兰的面孔在我面前依次闪过，犹如电影里的频闪镜头。当我理清楚思绪，准备起草关于刘晓勇问题的报告时，已经是傍晚时分。我的手指急速地敲击着键盘——刘晓勇与冯梅只是朋友关系，没有不正当的男女关系。当我把结论敲到了电脑上，把文件存盘之后，我的耳畔猛地传来冯梅的声音：“我恨他!”我不安地关闭电脑，匆匆离开办公室。

走出办公楼，我发现沙尘暴已经遮掩了天空的全部光亮，风越来越大，让我不由地加快了脚步，并下意识地缩起了脖子，我用手遮挡着沙子，因为它已经打疼了我的脸颊……

第二天，我把起草好的报告呈递给常主任后，就开始跟着他筹备心理工作会议。这项工作是全省消防部队政治工作的重点，加上总队打算在全国推广，筹备工作也就显得异常重要。制订方案、研究教材、聘请专家、安排议程，一眨眼，过去了大半个月，刘晓勇的事儿也被大家搁到一边没人再提。

孙副主任来支队检查心理工作会议筹备情况的前一天下午，我跟刘晓勇吵了一架。

按照支队的方案，刘晓勇作为试点中队的政治指导员要给战士们上一堂心理教育课，可是刘晓勇居然没有备课，没写授课提纲。眼瞅着老排长就要来验收了，我急得抓耳挠腮，可刘晓勇愣是笑呵呵的，不急不恼。我在菜地里逮住正在带着战士干活儿的刘晓勇，几乎是指着他的鼻子喊："刘指导员，这可不是儿戏，你可是代表支队所有政工干部给全省来参观学习的领导讲课，你要是把课讲砸了锅，我怎么向老排长交代？还有啊，明天下午老排长就要来检查了，你还带着战士跑到菜地里干什么活？"

"急什么？皇上不急太监急，今天下午的活动安排本来就是到菜地劳动，我也不能为了应付上级检查，搞形式主义那一套随便打乱计划安排啊。再说了，讲课的事情我心里有数，你慌啥？"

"我能不慌吗？迎接检查就是工作，怎么是搞形式呢？现在谁不是把金往脸上贴，就你在这儿瞎折腾！还有啊，你说你心里有数，你有什么数？别那么自负，你忘了当年在新兵连的时候出的丑吗？你要想不起来，我让李志帮你想一想！"我一急之下在战士面前揭了刘晓勇的老底，噎得他脸上红一阵白一阵，片刻之间成了一块拧紧的大抹布。

但那天刘晓勇偏偏较了真儿，非说自己的观摩课是留着讲给战士们听的，不是讲给哪位领导听的，这让所有筹备会议的人都捏了把汗，这把汗一直捏到了观摩会上。

面对全省参加会议的代表，面对听课的战士，刘晓勇敬了一个标准的军礼。他两手空空地走上讲台，开始他的授课：

“领导们、战友们，这堂课我没有授课提纲，或者说，我没有备过课，因为我要讲的是我的亲身经历，为这个事儿，机关领导差点儿跟我急了，我说你们放心吧，我能讲好，因为我觉得我现在的心理素质还可以，还有胆量站在这里讲几句实话，当然我对这样授课的效果也比较自信。不过，大家可不要学我，不执行领导的命令可是要受处分的。”

讲到这里，听课的战士已经有了笑声，我扭头看常主任，他的表情有些不自然，孙副主任倒是很轻松，脸上还挂出淡淡的笑容。

“刚才我说了，我现在有胆量站在这里给大家讲课，而且是面对这么多的领导，但是过去，我当新兵的时候，可没这个胆儿。那个时候我的排长，就是今天坐在这里的总队政治部孙副主任，他点名让我给总队考核组表演队列，我丢丑了，走顺了腿儿。我当时的心理素质太差，一下子就懵了，你们猜怎么着？我紧张得尿了裤子！”

听课的官兵哄堂大笑。

“别笑，这是真事儿，我有证人，我的同班战友，现在咱们中队的李志队长就笑话了我很长时间，还有支队政治处的黄洵干事，他也可以给我做证。就在昨天下午，他还专门提醒我，别忘了在新兵连的时候出的丑，还说如果我想不起来，就让咱们李队长帮我想，没错，他俩都是证人。”

“刘指导员，你这是翻旧账呢？”李志有些人来疯，在台下坐着的他也按捺不住，大声嚷了起来。常主任的眉头拧成了麻花，孙副主任却带头鼓起了掌。

“感谢大家的掌声，你们的掌声让我有勇气继续讲课，我再也不用担心尿裤子了。你们别笑，我可不是给大家说相声。昨天下午在菜园干活时，我的心态还没调整好，黄干事一提过去的事儿，我就感觉面子上过不去。你们瞧，这么多年了，我的心里还别扭着，怎么说呢，这就是我，亲身经历的真事儿。好了，我现在讲这些就是要给大家抛砖引玉，让大家跟我一起回忆你心里有什么疙瘩一直解不开。谁先发言?"

战士们你看看我，我看看你，一个列兵摸摸后脑勺，很不好意思地站起来："在家上学的时候，我最讨厌英语课，看见那些字母我就头疼。后来老师批评我，他越批评我，我心里就越烦这门课，后来高考，就因为英语成绩不行才落榜。现在到部队了，我的理想是考军校，但我还是担心英语过不了关。"

列兵刚坐下，跟着就站起来一位上等兵，他红着脸说："当兵前处了个女朋友，前段时间吹了，心里特不是滋味，工作起来也没啥劲头儿，后来班长说我是思想有问题，偷懒耍滑，其实我也想干好，就是心里难受，想不开。"

这样的气氛感染了现场的每一个人，战士们纷纷站起来讲自己的困惑，我当时几乎都有讲上几句的冲动了。刘晓勇站在讲台上做了一个忠实的听众，他面带微笑地听完战士们的讲述，开始他的总结。

"感谢大家对我的信任，把你们的烦心事拿出来与我分享。这样的经历每个人都会遇到，比如说我，因为在训练场上丢了丑，就害怕到训练场，一到训练场我心里就打怵，这就形成了恶性循环。其实，人这一生谁不经历点儿挫折，碰到挫折，心里难免会有压力，这种压力如果不能及时排解，久而久之就会形成心理上的压力，甚至成为制约个人成长进步的心理障碍。现在好了，我们总队经过调研发现这样一个倾向性的问题，总队为各支队培训了心理疏导师，有了心理压力我们可以咨询他们。如果你不好意思问也不要紧，总队政工网上还专门设了心理咨询信箱。我在这里不是唱高调，领导们为我们做了一件大实事儿，我代表基层官兵真诚地感谢总队政治部！最后，我还要告诉大家，真正的心理疏导师是我们自己，遇事儿给自己减减压，凡事多往积极的方面想一想，就会保持一个健康的心态，就会拥有快乐的每一天！还有，我这堂课算不上真正意义上的心理教育，我只是希望通过这样的互动，官兵之间能够互相信任、坦诚相待、和谐相处，共同完成好各项工作任务。”

课堂上的掌声经久不息，最开心的还是孙副主任，他一个劲儿地跟我们政治处的常主任发感慨：“刘晓勇他们几个我没白培养。”

三

那一年，家庭的变故并不能阻挡时间的脚步，老兵一退伍，我们三个人就换上了上等兵军衔。李志很兴奋，拉着我专门跑到消防车前合影留念。我想推辞，他不乐意：“咱也终于丑媳妇熬成婆，再等新兵下中队，也有人喊俺班长了。”我对这个不感兴趣，因为我不知道，我成为老兵以后又能在部队干些什么。虽然当新兵时立过功，但遭遇了家庭变故之后，我变得沉默起来，时常会思考自己的未来。

我的未来在哪里？这个问题我问过老排长，老排长说在自己心里，可我的心里早已经长满了杂草。

就在我像迷途的羔羊一样找不到前进方向的时候，刘晓勇已经抱起复习资料啃起了课本。刘晓勇能够安心复习，我不感到意外，因为刘晓勇的目标就是在部队里考上军校，离开让他心伤的农村。可不知李志脑子里的哪根筋出了问题，他十分看不惯刘晓勇复习考军校。

“你瞧你那个老乡，长那个熊样儿还考军校，他要是当了干部还不得把战士都训得尿裤子？过去他是藏好了工具自己抢着干活，现在他是藏好了书本自己躲着复习，奶奶的，多自私啊！这样的素质也能考军校，咱消防队难道真没人了吗？”李志跟我说这些话的时候，正在用牙签剔牙。

“你就不能把嘴巴弄干净了再说话？”

“干净，满嘴的牛肉味儿。”李志吧嗒吧嗒嘴做出回味状，那天中午吃的是土豆炖牛肉。

“刘晓勇考学跟你有关系吗？”

“没有，就是看不惯！”

“看不惯，那你就别看！”

“不看就不看，不过俺看你倒是应该复习考军校，就凭你这一肚子的文化水，将来真当了干部，肯定能把兵都带出文明之师的风采，别搞得都跟王班长和俺一样，张嘴就骂人。”

“咸吃萝卜淡操心，管住你自己就行！”我白了他一眼转身走了，只剩下李志和他脚下短短的身影停在那里。正午的阳光把他的眼睛刺得眯成了一条缝儿，他根本不知道我极其反感考军校这一类话题。

憋了一肚子的火气还没消，通信员就跑来叫我，让我去队部找老排长。

打完报告走进中队部时，我险些撞在老排长身上。没等我站稳脚跟，老排长已经发话：“冒冒失失地就往里闯，也不提前摁下喇叭，你这属于违章驾驶。”老排长幽了我一默，可我实在没有心情接他的话，傻站在那里用手挠了挠后脑勺。

“坐吧！”老排长走到自己的办公桌前，指着对面的椅子。

“我站着就行。”

“怎么，还得让我仰视你的光芒？快坐吧！”

“是!”我习惯性地整理了一下衣服，在老排长的面前一本正经地坐好。

“小黄……”

“到!”我随声站了起来。

“这么紧张干吗？坐下，快坐下。”

“是!”

“别这么严肃，这刚进门才多会儿，除了喊‘是’就是答‘到’，跑我这儿练队列呢?”

我脑子迅速转动，猜测着老排长找我的目的。猜不透。我小心翼翼地问：“排长，你找我有啥事儿?”

“没啥事儿，”说这话的时候，老排长已经拉开办公桌的抽屉，从里边拿出了一摞书，“这是我帮你买的复习资料。”

“排长，我，我……”我不知所措地站起来。

“我不想给你做思想工作，回去后好好复习。记住，你答应过你父亲，你要给他争气!”老排长异常严肃地盯着我，他把书放在我的面前。

“排长，可是，可是我……”我想告诉他我不喜欢部队，不想考军校，可话刚到嘴边就被打断了。

“可是什么？别婆婆妈妈的，回去!”老排长的声音里已经带了命令的口气，我慌慌张张地抱起书朝门外走去。我已经记不清当时是怎么走回宿舍的，只记得那天的阳光太刺眼，晃得我晕晕的，走路有些踉跄，像是喝醉了酒一般。

真是难为了老排长的一番苦心，他自己掏钱给我买了复习资料，我却根本不领情。虽然我为老排长的这番好心所感动，而且也知道他是在为我的前途着想，但我的梦想不在部队，最要命的是当初入伍就是件阴差阳错的事儿，我怎么可能再考军校，把自己的一辈子交给部队？回到宿舍后，我躲在角落里安静地思考这些问题，心里也埋怨起老排长，干吗要逼我考军校，干吗要逼我待在部队。我决定找个时间去跟老排长谈谈，当然，在部队里找领导不能说是谈话，只能说是汇报。

还没等我找到合适的机会，老排长就找到了我。确切地说，是在他送我书的第三天上午，他在训练场旁边找到了我。

老排长似乎看出了我对复习考学的抵触情绪，跟我讲起了他的往事。是的，我记得很清楚，他的目光越过我的红色肩章，投到了我身后的攀登楼上，声音慢慢地变得低沉起来。

“我当兵那会儿，我的一个同年兵，嗯，跟你们现在的李志太像了，就跟一个模子刻出来似的，素质好得不得了，业务动作呱呱叫，尤其是滑绳自救、徒手攀登，那潇洒劲儿就跟那蜘蛛侠似的，每次训练连班长老兵都叫好。可是我心里就特别不服气，满脑子想的就是跟他拼个高低，可是人家有资本，根本不把同一批新兵放在眼里。时间长了，我就觉得他抢了我们所有人的风头，慢慢地，由羡慕到嫉妒，由嫉妒到嫉恨，我心里居然生出了一个奇怪的念头：你不是挺能吗？哪天训练的时候保不准从攀登楼上摔下来摔死。你别觉得奇怪，我们当干部的也没那么高尚，都是从新兵一步一步走过来的，我们也时不时地有一些不健康的想法。当时我的那个念头可真是罪过啊，因为有了这个想法没几天，我那个战友就出事儿了！

“那个年代路上的车少，可那天我们一出警就赶上堵车，咱消防讲究的是分秒必争，晚一会儿都会让整个火场无法控制，这个道理你懂。好不容易到了火灾现场，可现场看热闹的群众堵得里三层外三层，急得我们上蹿下跳。消防车好不容易进去以后，水源又成了问题，附近根本没有消防栓，他奶奶的！”

第一次从老排长的嘴里听到骂人的话，我有些不适应。老排长自顾自地拿出了烟盒，递给我一支烟，又给自己点上一支。

在弥漫开来的烟雾中，我分明发现他的眼里有若隐若现的泪花。我有些尴尬地说："排长，咱回去吧，这故事别讲了，你不讲我也知道，这肯定是个悲剧。"

"没错，是悲剧，但你还是让我把它讲完……"老排长深深地叹了一口气，从他几近颤抖的声音里，我真切地听到他内心的痛苦和不甘。

老排长用了很长的时间才平复了自己的心情，继续自己的讲述。

"那天的火也不是特别大，但因为之前的因素，灭火变得困难重重，只能控制火势先救人。中队长一声令下，我们就往楼里冲，背着空气呼吸器、穿着作战服连续地上楼下楼，还得把老弱病残的群众背下来，大家体力消耗很大。我的那个战友最后一次出楼的时候，把自己的呼吸器戴在了手里抱着的小孩儿头上，一出楼就一个踉跄摔在了地上，还好，他站了起来。

"他刚站起来就听到有人哭天喊地，说自己的老父亲被困在五楼。可是那个时候咱们的装备不行，只配备了一辆举高平台消防车，还开不进来，用不上。从楼内深入解救已经不可能了，队长只能命令班长带人到楼顶，打保险绳下降破窗进入解救老人。那天队长确定的是让我跟着班长上，但我的那个战友急了，说自己是新兵里素质最好的，不让谁上也不能不让自己上，别人怎么劝他都不听。情况紧急，队长让班长带我俩一起上。谁也没想到，这一上就出事儿了。

"我们三个人从排水管那里徒手攀登上楼，在楼顶上分别打了保险绳挂上保险钩，不知为什么，当时我还扭头问我的战友保险钩挂牢了没有。他对我不屑一顾，我就在心里想，摔死你个狗东西。这可是我这辈子最龌龊的一个想法，也是我这一辈子最不能饶恕自己的事儿……黄洵，你帮我把烟点上。"

老排长把手伸进口袋掏出了打火机，连续几次打火也没把已经衔在嘴上的烟点着，他头也没抬就吩咐我帮他点烟。他捏着过滤嘴的手有些颤抖，在我递上的打火机前，他狠狠地吸了一口，一明一灭的光线把他棱角分明的脸廓映得有些变形。

他弹了弹烟灰，又开始用沉重的语气讲了起来。那一刻，我注意到，他的手已经不再颤抖了，但手背上却是青筋暴露。

“往下滑降的时候很顺利，可在破窗进入的时候，我眼睁睁看着我的战友摔下去了，那可是五楼啊！”

老排长哽咽了，他把手里的烟递到嘴边又放了下来。

“老人救出来了，火也灭了，我的战友也进医院了。

“当天晚上，他的父母和外公就赶过来了。第二天上午，他的父亲亲手拔掉了儿子的输氧管。当时我和队长，还有好多支队领导都在场，战友的父亲很平静地跟我们说：‘我在部队干过军医，孩子没救了，别在这儿干耗着浪费钱，部队的经费也不宽裕啊。’他母亲哭得声嘶力竭，让人心碎。她一边哭一边抓扯着刚刚拔下自己儿子输氧管的丈夫，嘴里一个劲儿地号：‘咱这一家三代单传，你和他爷爷一辈子都给了部队，你说你干吗要让儿子当兵啊？你干吗这么狠心，这可是咱亲生的儿子啊！你把儿子还给我，你把儿子还给我！儿子啊，你怎么这么傻？放着好好的重点大学你不上，当什么消防兵？你死得不值啊！’战友的外公暴跳如雷，老人家用手里的拐杖把地捣得咣咣响，他朝着女儿咆哮：‘闹什么闹？谁说不值？当年战场上我有多少战友丢了性命才换来今天……我外孙子死得值！’战友的外公也哽咽了，他用手里的拐杖在我们面前的地上画了个圈说：‘我就一个外孙子，但他死得值！你们都给我打起精神来，当好这个消防兵！救人一命胜造七级浮屠，你们要把这消防兵当成群众的活菩萨！’

“我战友的死，让我彻底醒悟了，从那天起，我决心当一辈子消防兵，否则你永远不可能认识我，我更不会在这里劝你考军校。”老排长讲完这些的时候，眼里的泪已经不经意间流到了嘴角。他擦了擦眼泪，深深地呼了一口气，又拍了拍我的肩膀，说：“小黄，我现在给你讲这些是怕你走弯路，不是给你讲什么大道理。你不是喜欢画画吗？人生就是一张白纸，看你在这张纸上画什么样的图案。还有啊，做人以孝为先，你要记得你爸爸给你说的话。怎么样？敢不敢试一试？哪怕为了你爸爸。”

复习的日子让我变得很抑郁，我总是被那些数学公式和化学符号搞得晕头转向，看着刘晓勇轻松地完成练习题，我就越发自卑起来，什么二倍角余弦公式啊、烷烃啊，统统跟我作对。直到有一天，我把 α 和 a 搞混了，才揉着惺忪的眼后悔起来，何必要这么拼命？我把复习资料全都甩到了一边，心想让它们见鬼去吧！可当我走到宿舍门口的时候，忽然看到自己映在玻璃上的影子，我对着玻璃理了理早就被剪成了板寸的发型，整了整衣服，努力地挺起了胸脯，跟自己打了个赌：黄洵，你不要当一只别人瞧不起的小黄狗，你肯定行，不就是考个军校吗？考上学当干部，跟老排长一样，当一辈子消防兵。不，要像老排长战友的外公说的那样，当一辈子群众的活菩萨！

人一旦有了信念，剩下的问题都好解决。

我冲玻璃上的自己做了个鬼脸，又趴到了书桌上，开始与那些让人烦躁的数学公式战斗。就在这时，我听到出警的电铃响了。我和刘晓勇冲到车库，班长已经穿上了作战服。他看到我俩大声训斥：“娘的，快滚回去复习！一号车、二号车的战斗员都够了，用不着你俩！”

消防车载着班长和战友们呼啸而去，我俩居然愣在那里好大一会儿，似乎有种不祥的预感。这或许就是战友之间的一点灵犀吧，因为，这次出警险些让我俩与班长永别。

我和刘晓勇刚刚跑进医院的大门，就听到李志那变了调儿的吼声，驴一样的大嗓门，让医生和护士们不知所措。走廊里的人们像躲着疯子一样离李志远远的。

看到我和刘晓勇，李志变得更加狂躁，竟拿着自己的头咚咚地往墙上撞，我和刘晓勇费了很大的力气才稳住他。李志撕扯着自己的头发声嘶力竭地喊着班长。不知道刘晓勇哪儿来的那么大的劲头，一把将李志摁到了地上。他用手指着李志吼道："你给老子闭嘴！号有什么用？号有什么用？"李志傻坐在那里，不再闹腾。

医生刚出病房的门，李志就一步冲到了跟前，死死攥住医生的手，两眼直直地盯着医生的脸，仿佛医生的脸上写着结果。

"快撒手！"医生把自己的手甩了又甩，疼得直咧嘴。

"大夫，俺班长咋样了？"

"命大，醒过来了。"医生的话没说完，李志又一把抓住医生的手，一个劲儿地说谢谢。

我和刘晓勇结束了考试返回中队的时候，班长也终于出院了。我俩去看他的时候，李志正坐在病床边给他剥橘子。看到班长原本黑黑的脸庞被捂得青白，粗粗壮壮的他瘦了一大圈儿，我不禁怆然泪下。班长用洪亮的嗓门命令我："不许哭！长点儿出息！这将来可是要当军官带兵的人，哪能说哭就哭！"看我止住了泪水，班长才露出了笑容。

时间过得飞快，八月的一个上午，我跟刘晓勇双双收到了录取通知书。我俩一路跑着去给班长报喜，还没到宿舍门前，我就听到王班长骂娘。

无论李志如何反对，班长还是把自己的二等功让给了他。王班长让李志留在消防，在部队上好好干，最好干上一辈子。

这让我想起了排长讲的那个故事。争吵了半天，李志终究还是同意了。他当着我和刘晓勇的面，向班长行了一个军礼，满脸庄严地承诺：“俺李志这辈子生是‘消防’的兵，死是‘消防’的鬼！”

在我即将离开中队到军校报到的前一天，支队召开了表彰大会，李志到主席台领奖的时候，拄着双拐的王班长在台下巴掌拍得最响。

那年年底，王班长退伍回了东北老家，他的愿望转过年来就实现了，李志因为表现突出，被破格提干，成为了一名消防警官。

这些年我们都在自己的岗位上干得风生水起，人也越来越成熟，但真碰到事儿了，却不是谁想绕就能绕过去的。支队长接到了总队纪委转来的电话记录，记录上说，冯梅打电话实名举报刘晓勇。支队长把我叫到了办公室，指着办公桌上的一个文件夹说：“这个不中，刘晓勇被举报到了总队纪委了，你这弄的是啥？”

“老队长，刘晓勇的情况我调查了，没有什么问题。”

“没问题？没问题一个未婚女青年能去告状，自己的名声呢，不考虑？”

“可我找不到真凭实据。”

“不要带个人感情色彩，我警告过你的，查一查，再仔细点儿！”

“老队长，现在正在筹备全国心理工作会议的节骨眼儿上，刘晓勇还是主力，是不是先把调查的事儿搁一搁？免得影响了他的情绪，这可是咱们的重点工作啊。”

“调查必须搞，讲究方法。”支队长大手一挥，给我下了命令。

我并不想惊扰刘晓勇，于公是不让他分心，于私是不想让好兄弟因为这个事儿身败名裂。可是，除了冯梅，没人能说得清她跟刘晓勇之间的恩怨。

我不得不再去找冯梅。

当我再次坐到冯梅的办公室时，我不由自主地把目光投向那幅《俏不争春》的国画，脑子里想着像梅花一样的冯梅，究竟能与刘晓勇发生什么样的故事？

“大才子，喝茶还是咖啡？”冯梅甜美的嗓音将我从胡思乱想中拉回现实。

“随便。”

“又是随便，你男人能随便，小女子可不敢随便啊。”冯梅的话语里带着嗔怪，“尝尝前几天刚到的龙井吧。”

“别麻烦，别麻烦。”话这样说着，忽然发现冯梅办公桌上放着的刘晓勇的照片，照片上的刘晓勇笑眯眯地望着远方，小眼睛里透出些许暧昧，我的思绪瞬间纠结成麻。

“大才子今天还是顺路到我这里来啊？”冯梅把茶送到了茶几上。

“不，今天是专程来了解你举报刘晓勇的事情。”

听到这话，冯梅用洁白的牙齿轻轻地咬住了下嘴唇。我没有琢磨冯梅的表情，按照自己的思路问：“能说说吗？”

沉默片刻，冯梅才慢悠悠地说：“跟你没什么说的，要想知道我们之间的事情，你得让刘晓勇到我这里来，咱们三个人当面锣对面鼓地把事情说开了。”我这才仔细端详起面前的这位美貌女子，刚被咬过的下嘴唇上有轻微的印痕，轻轻描绘的唇彩显得晶莹而粉润。

“在想什么呢？”冯梅见我不说话了问道。

“我在想你俩当初是怎么认识的。”

“因为他捐助我上完了大学，”冯梅不假思索地回答，刚一说完这句话，她又若有所思地反问我，“大才子这是办案来啦？问这个做啥？”直视的目光反倒让我心虚起来。

“我是想从你这儿了解一下情况。”

“别问我，你找刘晓勇去！”冯梅的脸说变就变，一点儿过渡也没有，怒目圆睁，她把刚给我泡好的那杯龙井重重地磕在桌子上，“咣当”一声闷响，下了逐客令。

刘晓勇捐助冯梅？不可能吧。还没走出新月公司，我就在脑子里想这个问题。这么多年了，对刘晓勇的情况我非常清楚，他日子过得苦，生活中小气得有些苛刻，哪里有闲钱去资助别人？冯梅比我和刘晓勇小不了一两岁，她读大学的时候，我们军校应该还没毕业，那个时候我们的津贴是多少呢？每月一百多元。在我的印象中，刘晓勇除了让我在外出时替他捎香皂、牙膏、洗发水之类的生活日用品，也没见他买过其他任何东西。这冯梅肯定是撒谎了，她干吗要跟我撒谎呢？莫非另有隐情？当我再去新月房地产公司找冯梅的时候，吃了闭门羹。直到第四次，公司前台小姐才告诉我，冯梅让她转告我，说是要休几个月的假，让我暂时不要来找她。

调查也因此陷入了困境。

给支队长汇报以后，他也只能同意继续等待。

之后几个月的时间，冯梅真的没再出现。但这段时间里，我却像得了强迫症一样，总是在想冯梅为什么要撒谎，为什么要休假，还有他们之间的真实关系、发展程度如何，等等，这些问题时不时地钻到我的脑子里。人都有主观的一面，特别是像我这样性格的人，很难改变自己对某个人、某件事形成的第一印象，先入为主的印象会在很长一段时间里影响我的思维和判断。

某一天早晨起床刷牙的时候，长期吸烟造成的咽炎让我干呕不止，那份难受让我心里生出了戒烟的念头，可这烟哪儿有那么好戒呢？看来得请教刘晓勇，这个烟鬼在军校要毕业的那一年一声不吭地把烟戒掉了呢。难道刘晓勇戒烟是为了省钱？难道省下的钱资助了冯梅？我恍然大悟。

就在这期间，李志和刘晓勇一唱一和，在总队、支队工作组的指导下，把心理工作会议的筹备工作搞得红红火火。

全国消防部队心理工作会议如期召开，各级领导对大会安排的内容非常满意。在会议结束之后，老排长提议给李志和刘晓勇记功，但刘晓勇拒绝了，用他的话说，这都是分内的事儿，立的哪门子功？

生活似乎又走回了原来的轨迹，时间也变得飞快。忽然有一天，我低头发现树上的叶子落了一地，心里生出些酸楚：这一年又该画上句号了。

这一年的时间，在李志和刘晓勇的带领下，辛安河中队脱胎换骨变了模样儿，领导眼中的“老大难”终于摘下了落后的帽子。因为每年的兵里总有几个被领导打了招呼让关照的，或许打招呼的领导需要的关照只是严加管教，但这样的招呼到了基层就被念歪了经，总不能把领导要求关照的兵放到“偏远地区”啊，于是这些所谓的“关系兵”就集中到了地处闹市的辛安河中队。一年一年累积下来，中队里的这些关系兵就扎了堆，也给管理工作带来了不小的难度。在李志和刘晓勇之前，辛安河中队调整过几次班子，始终没办法改变局面，只能维持现状。但李志和刘晓勇这对大家公认的“死对头”不知用了什么法子，居然让兵们心服口服，一个个生龙活虎。有了这样的氛围，整个中队旧貌换新颜，消防车擦得锃亮，作战服摆得笔直，就连菜地里的白菜都显得精神抖擞，谁瞧着心里都舒坦。

就在我打心眼里为两位老战友高兴的时候，支队长找到了我："快到年底了，刘晓勇的事情，还要议议，说说意见。"

"我还是坚持我原来的意见，冯梅告刘晓勇证据不充分，这件事情已经不了了之，咋又旧事重提呢?"

"意见不统一，要求处理的意见当时就有，有提出让他转业的，这次压力很大。"

"老队长，你知道我们三个人是同年兵，我得替晓勇说几句话，可能带着我个人的感情色彩，但不管怎么说，我相信晓勇的人品。"

"嗯，你相信他，可也没找到啥证据证明他是清白的，是不是?"支队长的话让我哑口无言，难道这次刘晓勇在劫难逃，只能转业？这太不公平了！

我的担忧很快就得到了验证。

四

支队组织科通知所有在基层蹲点的机关干部到支队党委会议室列席支队党委会，议题主要是研究士官选取和年终表彰。所有的议题都非常顺利地通过了，在政治处提议辛安河中队为先进中队时，会场上忽然之间变得出奇安静，静得让我似乎能听到自己的心跳。因为我知道列席会议的人除了我外，谁都不会想到这短暂的风平浪静之后会掀起轩然大波。

支队长打破了会场上的安静："议一议，踊跃发言啊，大家。"没人响应，会场上依然寂静无声。"意见，有不同的就提，闷头不说话，不中。”支队长清了清嗓子，环视会场一周。

“那好，我说几句，”政委合上面前的会议记录本，“我有一点不同的看法，辛安河中队列为先进中队不合适。”

“辛安河中队今年的工作大家有目共睹，还是很出色的。”

“支队长说得没错，辛安河中队的成绩是突出的。可是一个中队主官如果有问题，肯定会影响到中队的整体工作。”政委说话的过程中眼睛瞅着副政委。

副政委不得不接下话茬儿：“政委说得对，我作为纪委书记，对个别干部出现的作风问题很痛心，对出了问题的干部还要表彰，是个不好的导向，也会让大多数干部寒心。”

政委接着一下点到重点：“我看今天的会议应该再加一个议题，咱们议一议辛安河中队指导员刘晓勇的处理问题。他的这个问题不处理，对基层官兵没法交代，如果都这样，那大家都可以去犯错误。”

支队长不紧不慢地说：“好吧，增加这个议题，副政委说说。”

副政委是支队的纪委书记，他显然没有心理准备，他拿起杯子喝了口水，把皮球踢给了政治处主任：“主任，你是纪委副书记，当时是把事情安排给你了。”

“以前会上议过，这么长时间了，一些问题我也记不清了，黄干事，这个事情是由你负责调查的，还是你讲讲吧。”政治处主任一下子把我推到了风口浪尖上，会场上所有人的目光都聚焦到我的身上，我真正体会到什么叫如坐针毡。怎么办？我的脑子飞快运转。

就在这时，支队长也发话了：“中，小黄说。”

没有任何退路了，我盯着对面墙上的“集体领导、民主集中、个别酝酿、会议决定”十六个大字，有些紧张地说：“刚才常主任说过，这个事情已经过去很长时间了，当时党委会上已经专题讨论过，具体细节今天就不多说了，根据我手头掌握的情况不足以证明冯梅的举报能够成立……”

我的话还没说完，政委就接了过去，“同志们，咱们打开天窗说亮话，小黄是怎么组织调查取证的，我不清楚，也不需要去搞清楚，但有一点非常明确，辩证地看，我认为也没有足够的证据证明刘晓勇这个同志没有问题，毕竟人家冯梅是实名举报的，而且是未婚女青年，将心比心，没啥事儿，谁会自己毁了自己的名声？所以，刘晓勇肯定有问题，苍蝇不叮无缝的蛋，就算这个男女关系没啥问题，也一定是在别的方面有什么瓜葛，否则不会是这么个结果。所以，我想这样的同志不能留在部队，应当转业。”政委终于说出了我最担心的话，所有人的目光又转向了支队长。

“冯梅实名举报，就一定有问题？既然这个调查结果证明不了刘晓勇有问题，我们就要保护干部。”支队长的态度也很强硬。话已至此，再争论就已经没有多少意义了，保护干部这句话一旦搁到桌面上就自有它不容忽视的分量，假使刘晓勇有问题，也没有几个人愿意去将黑脸唱到底，即便政委也不会例外。

这次党委会开得别别扭扭，让支队两位主官的矛盾一下子公开化了。会议结束后，回想老队长上次跟我的谈话，我终于明白了老队长为什么安排我到辛安河中队蹲点，一切都像是巧合，却又都在他的掌控之中。

就在我即将结束在辛安河中队蹲点的那天晚上，李志以个人名义要为我送行。

几杯酒下肚，李志的话就多起来了，看他甩开腮帮子啃排骨的样子，我就有些想笑。看我盯着他，李志就端起杯来敬酒：“干了，你一脸坏笑看着俺，又在打俺的什么鬼主意？”

“我看你跟八辈子没吃过肉一样，饿死鬼投的胎。”谁知我的话竟让李志一下子安静了下来，他抿了一口送到嘴边的酒，又轻轻地把酒杯放到了桌子上。

他这么一含蓄让我有些不知所措：“玩儿什么深沉呢？”

李志没有理会我的玩笑话，一时竟有些激动：“老黄，一家不知一家的难，我和你小侄子最爱啃排骨，可这大半年了，一次都没给他买。”我和刘晓勇不约而同地放下了手中的筷子，“俺老丈人和丈母娘年初都检查出有癌症，老两口都在化疗，你嫂子在家是老小，她哥和嫂子都嫌她爹娘是累赘，根本不正经伺候老人，俺跟你嫂子把老两口接到俺家，处处都得花钱，难啊！”李志说完话一仰脖把杯中的酒干了，“但俺跟你嫂子说了，俺是男人，俺娶了媳妇就多了一对爹娘，俺一定伺候好两个老人，给他们养老送终，这是咱老爷们儿的责任！来，把酒满上，干！”

一直很沉默的刘晓勇先把杯子里的酒干了，他又倒满一杯酒跟李志碰了碰杯，才说：“老黄，李志苦，我也苦，以前的事儿你知道，这当了干部后，干得好好的，半路杀出个冯梅，非要说我……党委会上的事儿我也知道了，组织上怎么不相信我呢？我郁闷啊……你，还有李志，你俩信我吗？”

“去他娘的，别人爱怎么说就怎么说，俺相信你！”李志拍着刘晓勇的肩膀说。

“对，晓勇，我和李志都相信你，老队长也相信你……”我的话还没说完，就看见刘晓勇的嘴角露出了浅浅的笑，眼角却滚出泪珠。

一晃儿，就过完春节到了三月。在支队刚开完党委扩大会和全市消防工作会议的第二天，一大早，我就往支队机关赶，想把会议的一些后续工作梳理一下。谁知道，刚一过路口就看到机关门口里三层外三层围了一堆人，原来冯梅在支队机关门口大哭大闹，要支队严惩刘晓勇，还她一个公道。支队机关地处闹市区，又正赶上早晨上班的时间，不一会儿的工夫，围观的群众就堵塞了交通。

我想让冯梅跟我一起进支队大院，但她继续哭闹，装作素不相识的样子根本不搭理我。我怎么也想不到，冯梅这么一个有涵养的女人会有如此过激的行为。就在我手足无措的时候，支队长打来电话，让我把冯梅请到他办公室，并通知政委一起过来跟冯梅面谈。

把冯梅领进支队长办公室后，我马上去请政委。政委显然也没有任何心理准备，但他明显表示了自己的不满："大清早的闹到部队门口，还说刘晓勇没问题？没问题一个女人家也不会闹到这般田地，如果听了我的意见，早作处理，哪儿能发生这样的事儿？这下子消防部队的形象全毁了，以后咱们的脸往哪儿搁？"政委几句话说得我哑口无言。

原本以为冯梅与支队长和政委的见面一定是暴风骤雨的，没想到他们坐到一起以后，没有谁情绪冲动，冯梅也不哭闹了，政委把自己对刘晓勇的疑问一桩桩摆了出来，冯梅却一直保持沉默不语。

"嗯，你不说话就代表你是无理取闹啊。你再做损害消防部队形象的事儿，我只能代表组织起诉你，追究你的法律责任。"支队长的话说得很强势，但冯梅只是拿眼睛瞪着支队长，目光里透出几分幽怨。

冯梅到支队一闹，让支队上下议论纷纷，很多人把矛头指向了支队长，说他纵容自己带过的兵。

冯梅大闹支队的事儿，在支队机关只是传了几天风凉话，就没了下文，不是干消防的人对这样的话题不感兴趣，实在是大家有心无力。想想看，每个人的手头都有一大堆工作，谁还有闲工夫去嚼舌头，用李志的话说，这是用脚丫子都能想明白的理儿。可刘晓勇却不这么想，他认为别人都在拿一种怀疑的目光审视他。那段日子里，我时常跑到辛安河中队去看望他，看到他唉声叹气的样子，我也少不了跟着骂娘。骂的是谁，我也不知道，只能骂老天爷不长眼，为什么偏偏要让刘晓勇受这么多的苦难。有一点我得承认，不论刘晓勇做过什么，自己在主观上是偏向刘晓勇的，我的态度跟他和冯梅之间的关系一样暧昧。

在这件事情上受伤害更深的是刘晓勇的妻子芝兰，之前她再委屈也能默默地支持着自己的丈夫，但这一次她再也控制不住自己的情绪了。她找到我的妻子，声泪俱下："唧个命咋就这么苦撒，哪个晓得他是不是真的变心了撒……"我妻子以为哭过之后芝兰心里就能好受一些，谁知她竟让我的妻子帮忙替她写离婚协议书，任凭我妻子怎么劝解，芝兰就是不肯回心转意。妻子偷偷给我发短信，我也没啥好招数，只能让妻子先稳住芝兰。妻子不愧是在妇联工作的，用了大半天的工夫终于劝动芝兰先不写离婚协议，带孩子回四川老家待上一段时间再说。芝兰临走前撂下一句话："我给他自由。"知道这个结果后，我竟然有一种不祥的预感，连连责怪妻子，嫌她出了个馊主意，不该让芝兰回老家。但妻子不服气，说我站着说话不腰疼，不用这缓兵之计，很难跨过眼下闹离婚的坎儿。

芝兰回到了老家，但我却总是觉得她不该回去，说不出为什么。直到两个多月后，我才知道原来战友之间真的是心连心，我不祥的预感居然应验了。

时光如流水一样平淡而又匆匆，一眨眼两个月就过去了，可这两个月对刘晓勇来说仿佛是漫长的一个世纪。

2008年5月12日，一场突如其来的天灾让刘晓勇摆脱了两个多月甚至是一年多来的魔障，他主动请缨到四川抗震救灾。可是报告打到支队，支队两位主官又产生了分歧。政委的意见是李志业务好，刘晓勇思想压力大，应当让李志去一线。而支队长却认为刘晓勇是四川人，对老家的气候、环境熟悉，虽然思想上有压力，但应该让他在紧张的抗震救灾一线消除压力，而且这次是自己带队出征，保证刘晓勇不出任何问题。最后的结果是政委作了让步，李志留守，支队长带着我和刘晓勇，还有从全市消防部队挑选的精兵强将，连夜赶赴省城集结。

国家的力量是强大的，为了让我们这群消防官兵早点儿赶赴灾区，去营救那些被困的受灾群众，政府各个部门都一路绿灯，民航第一时间安排了专机，而且打破常规，通知我们允许携带消防搜救犬和燃油登机。

5月13日6时，东方刚刚露出鱼肚白，我们就赶到了机场。

就在我们准备登上专机的时候，我收到冯梅的短信："黄干事，很久未联系，今天无意中得知您和刘晓勇一起赴四川抗震救灾，就冒昧给您发这条短信。我知道您是晓勇最好的战友，这次任务一定很危险，请您多多照顾他！"看着短信我不知道怎么回复，想了一会儿，我把短信递给老队长看。老队长沉思了一会儿，跟我说："看来他们之间还真有那么一段不同寻常的感情，我也被他们搞糊涂了，把短信给刘晓勇看看吧。"

刘晓勇看过短信，干笑了几声。他掏出手机拨通了冯梅的电话，对方刚一说话，他又掐断了电话，然后把手机关机装进了迷彩服口袋里。他深深地叹了一口气，看着我问："还相信我吗？"

“相信。”就要出发了，前途生死未卜，我也只能这样回答他。

飞机起飞了，我把目光投向机舱外，看着自己生活的城市在视野里慢慢远去，心里的疑问却逐渐放大：刘晓勇和冯梅这对冤家到底是怎么了？

飞机降落在成都双流机场，走下飞机一脚踏在自己故乡的土地上，我心里感觉并不怎么真实，实在是不愿意接受这个残酷的现实，为什么这巨大的灾难要落到家乡父老的头上？来不及想这些儿女情长的事儿，我们就登上了驶往灾区的大巴车。

目的地终于到了！

车还没停稳，支队长就第一个跳下车，带领救援队伍冒着大雨迅速出动！

13 日 18 时 45 分，支队长带着我们一溜儿小跑赶到了一栋五层居民楼前。

居民楼的框架倾斜断裂，残存的墙体倾斜度均超过了十度，楼板和墙体垮塌，楼梯之间有多块水泥构件仅靠钢筋连接悬挂在半空，一有大一点儿的余震就会脱落甚至造成整体垮塌。越下越大的雨，也给救援带来了想象不到的困难。清晰可闻的呼救声撕扯着每一个消防官兵的心，支队长第一个钻进废墟里，他一边向里行进一边向身后的我们交代：“抓紧营救，用最快的速度！所有被埋的群众，都要争取救活！胆子大一点儿，心细一点儿，被困群众要救出，自身安全也要保证！”紧张有序的救援立即展开。

有个词叫视死如归，支队长带领我们一下子就钻进了死亡的边缘地带！

参加过救援的人都知道，即使没有余震，残留的墙垣也可能随时坍塌，文字很难描述救援现场的惊险程度，如果勉强一点儿，可以用多米诺骨牌来形容，只要有一块残存的墙壁倒塌，就会引起连锁反应，造成整栋楼的坍塌！虽然危险无法形容，但我们可以用数据来佐证：以都江堰市为例，自地震发生到21日凌晨，发生余震六千多次，4.0级以上的地震有一百六十二次，其中6.0级以上的地震就有四次。可以说，在我老家救援的日日夜夜，死神一直在跟我们捉迷藏，让人在瞬间失去生命的危险无处不在，生与死无时无刻不在考验着我们这群消防官兵。

但，再大的危险都挡不住我们救援的步伐。

支队长选择了安全的位置，指挥救援队员用破拆工具打穿楼板，从夹缝里拓展，挖出了一条狭窄的、可以供救援队员出入的通道，更多的救援队员加入救援的行列……

正在我们紧张地工作时，一个中年男子跑过来，一下子跪在了支队长面前："快救我婆娘撒！快救救我婆娘撒！我婆娘怀着八个月的孩子！"

支队长扶起中年男子，命令刘晓勇和我带一个小组火速赶到不远处的另一栋居民楼。

这栋六层居民楼残存的墙壁像一块布满了碎洞的破布，似乎一阵风吹过也能把它吹倒。楼体几乎垂直坍塌：楼房整个落了下来，第二层已被完全压扁，成为一道仅仅高约四十厘米的夹缝。随队的地震专家评定该危楼的安全系数为零，稍有震动就会再次发生险情。如果救援队员冒险进入，发生余震，后果不堪设想，地震专家出于安全的考虑，挡在了刘晓勇和我的面前。一边是官兵自身的安全，一边是幸存者的安危，刘晓勇没有丝毫犹豫，他用不怎么大的声音告诉地震专家："只要有百分之一的希望，我们就要做百分百的努力！压在废墟下的是我的老乡、我的兄弟姐妹，亲人有难，我们哪能退却？"

刘晓勇向身后的战士果断地挥了挥手："上！"

刘晓勇的举动让我热血沸腾，别说这是回到我的老家——四川救援，就是在任何一个地方，在我们消防兵的词典里，也没有什么比营救生命更重要的了。

请原谅我在这儿省略了大量的救援情节描写，实在是不忍触碰内心里有关地震的所有回忆，即使是一些令人终生难忘的细节，我也刻意回避了。

直到支队长下达由刘晓勇和我带领一部分官兵转战绵阳的命令，我才真正体会到什么叫痛苦的抉择。因为绵阳是我和刘晓勇的故乡，那里有我们的亲人。

5月16日一大早抵达绵阳后，还没等我们这支队伍站稳脚，绵阳市安县的一个领导就跑到队伍前。

"茶坪乡已经断粮断水，六千多名乡亲和二百名游客被困！我们需要你们出兵帮助！"这名领导带着哭腔向我们求救。

茶坪乡！我几乎不敢相信自己的耳朵。我听刘晓勇说过，芝兰的娘家就在茶坪乡。芝兰会不会就在茶坪乡？她和孩子还平安吧？刘晓勇带队能不能顶住压力？一连串的问号让我不得不更加关注刘晓勇的一举一动。

看来我的担心是多余的，换句话说，刘晓勇比我更加成熟。他非常镇定，细致地向地方领导了解茶坪乡受灾的情况。

没多会儿的工夫，刘晓勇就给我们带回了第一手资料：茶坪乡的十个村庄几乎成为废墟，已经有一千余人死亡，还有六千多名群众急需转移。通往茶坪乡的道路阻断、信息隔绝，救灾物资和救援队伍很难进入。同时，余震不断，而且雨季马上就要来临。再不救援，灾民们就会遭受更大困难，有可能会出现更大的伤亡！

"茶坪乡已经成为孤镇，很难进入！"刘晓勇把带回的地图铺在地上，“这里四面环山，平常只有一条公路与外界相通，大地震造成多处山体滑坡，使这个乡形成一个盆地，公路已经阻断，从哪儿进入茶坪乡？现在余震不断，塌方、泥石流随时都有可能威胁着官兵们的生命，怎么办?”刘晓勇指点着地图，向我和几位班长介绍情况，还没等我们回答，他马上明确表明了自己的态度：“只要有一线希望，我们就要尽一切可能拯救受灾群众的生命，不管有多大困难，我们都必须尽可能快地进入茶坪乡！”

在地图前，刘晓勇迅速制订了方案：由三十六名官兵组成的突击队开辟安全通道，其余官兵随后进入。

这一天上午八点整，刘晓勇和我开始带领突击队进山。我们选择了海拔两千七百米的董家山作为突破口，那里是进入茶坪乡最近的地方，只有五公里，突击队员用镰刀等工具在山上开辟通道。

五公里在我们手里的地图上只有半个指甲盖的距离，但真正要强行进入却比想象中要困难得多，因为这里多数路段的坡度在六十度以上，个别路段的坡度达到八十多度，几近垂直，可以想象突破这段距离会是一个什么样的概念。地震过后的山上到处泥泞、荆棘密布，余震不断，塌方、泥石流随时都有可能威胁到救援官兵的生命，可大山深处群众的生命安危高于一切，险情就是命令！刘晓勇说得对，不管有多大困难，都必须用最快的速度进入茶坪乡！

突击队员们用手中的工具砍伐挡住去路的荆棘和树木，树枝、荆棘划破了他们的脸颊，汗水淌过的地方如刀割一样疼痛。眼看就要到达村庄了，手中的镰刀和斧头却被磨钝，无法再用，怎么办？拖延一分钟，被困群众的生命就会添一分危险。“下手干！”刘晓勇带头扔掉了镰刀，手脚并用抓紧开路。身后的队员们深受鼓舞，他们赤手空拳继续战斗。

突击队员们终于成功地开辟了通道，此时他们的手上甚至身上已经皮开肉绽，五公里的山路上也洒下了点点血迹。随后赶到的救援队伍用随身携带的消防安全绳在险峻、陡峭的大山上连接出了八条绳索扶手。

茶坪乡的被困群众看到救援队伍异常兴奋，他们蜂拥而上，都想第一时间离开，哭声、喊声不断，一时之间场面难以控制。刘晓勇急了，他用家乡方言大声向人群喊："伤员、老人和细娃儿先撤撤，大家莫要急，莫要乱，听从铺派（指挥）!"

我也跟着刘晓勇做起了老乡们的工作："有我们在，你们放心，所有的人都能安全撤离!"人群渐渐安静了下来。

在刚刚开辟的泥泞山路上，在随后赶到的其他救援部队的帮助下，被困群众开始有序地转移。刘晓勇又带着我们这支队伍赶到茶坪乡乡政府所在地，因为他从一个老乡那里得知，乡政府那里还有几名被埋压的群众。

为了能早一点儿挺进大山里的茶坪乡，我们这支队伍已经丢掉了帐篷、被褥甚至大部分食品，只带了必需的救援工具。震后的天气阴雨连绵，没有一丝风，闷热的天气让很多队员叫苦不迭。老天爷格外地不近人情，肆意发泄着自己的情绪，而救援战士们几乎已经弹尽粮绝，我们只剩下四瓶矿泉水。

雨不知在什么时候停了，在我们到达乡政府驻地时，隐约听到了废墟里传来的求救声，这声音就是行动的命令，行动立即展开！经过四个多小时的救援，我们成功救出了三名受困群众。

"报告指导员，我们班小六子晕倒了!"班长带着哭腔向刘晓勇报告。

"赶紧给他喝水!"刘晓勇抹了把脸。

"我、我不喝，留给伤员喝……"苏醒过来的小六子无力地推开嘴边的矿泉水，他要把这仅有的四瓶矿泉水留给废墟里的灾民，因为他知道，哪怕是一口水，也能延长伤员的生命，为营救赢得宝贵的时间。

我认识小六子，因为他当兵的时候刚满十六岁，被大家起了个外号叫小六子。我默默地抬起头，心里诅咒着这闷热的天气，诅咒着这不长眼的老天，心疼这个可爱而又懂事的新兵。

“班长，快来呀！兄弟们，快来呀！”一个新兵兴奋地叫着大家伙儿，好像发现了新大陆。班长第一个跑了过去，原来新兵发现树叶上残留的雨水可以舔食。

刘晓勇心头一颤，扭过头不忍目睹，狠狠地抹了一把泪水。眼泪还没擦干，刘晓勇就傻乎乎地愣在了那里。他看见了一个人，一个非常熟悉却又让他感觉特别遥远的人——芝兰。

芝兰显然也没有半点儿心理准备，手里的大塑料桶一下子掉到了地上，她站在那里有些恍惚，有些怀疑自己的眼睛，她根本不敢相信不远处站着的这个又黑又瘦的军人居然是自己儿子的父亲，自己即将协议离婚的丈夫。时间似乎在这一刻停滞了。刘晓勇终于回过神来，疯了一样跑到芝兰面前。四目相对，他感觉这个世上只剩下了两个人，他用双手捧起芝兰的脸，有千言万语要对她讲却又一时语塞。芝兰向后退了一步，双手提起地上的大塑料桶，绕过刘晓勇，跌跌撞撞地把桶提到我面前："水，让兄弟们来喝撒。"

“芝兰都在这了，还不过来?”我招呼不远处傻愣着的刘晓勇，他听后有些迟疑。

“莫要过来哟，你们抓紧救人撒。”芝兰拍打着自己的衣襟低头说。

“芝兰，你……”刘晓勇一个箭步冲了过来，不顾一切地伸手死死攥住芝兰的胳膊，生怕芝兰会一下子从这个世界上消失了。

“莫要这样拉扯。”芝兰想挣脱却被刘晓勇一下子拥在了怀里。

“芝兰……”一滴晶莹的泪水落在了芝兰脸上，顺着她有些粗糙的脸颊慢慢滑下。“儿子好吧？”刘晓勇急切地询问芝兰。

“你还晓得关心我们的死活呀？我们命大，你莫担心，我再不懂道理，也不会给你添乱，我给你自由撒。”芝兰使出了吃奶的劲儿扒拉开刘晓勇紧箍在自己身上的胳膊，冷冰冰的语气让刘晓勇一下子不知道该怎么办了。

“芝兰，跟我们回去吧。”我想给他们打圆场。

“黄干事，谢谢你，我在咱老家过得挺好。再说，我也不能拖累你们。”说完这话芝兰转身就走。

“还不去追？”我推了一把刘晓勇，但他皱了皱眉头，把身体转向了救援的队伍。看着芝兰的背影，我发现她的步子有些蹒跚。这场地震制造了那么多的生死离别，却让芝兰和刘晓勇意外重逢了。

小六子似乎缓过劲儿了，他调皮地跑到班长跟前，故意大声嚷嚷：“班长，看到了吧，指导员跟嫂子的爱情多浪漫。如果给这份爱情加上一个期限，我看起码要一万年，如果还不够，就向上天再借五万年！”

不知道刘晓勇听到这些有什么想法，反正我是隐隐地感到了一丝不安。

五

天渐渐暗了下来，越来越多的救援队伍在探照灯下继续工作。

17 日凌晨，茶坪乡最后一批群众终于转移到安全地带，我们用担架抬起刚刚救出的一位老年妇女，深一脚浅一脚地向那五公里的生命通道进发。

在返回的途中，刘晓勇险些丢了自己的性命！

官兵们抬着担架在崎岖的山路上艰难前行，隔上几分钟，就有人自觉地接替上去，大家轮流地接过担架，所有人的脸上都被树枝划得伤痕累累，他们的双手紧紧握住担架的把手，没人敢分神。

泥泞的山路旁是一条很深的山涧，隐隐约约能听到山涧的流水声。听着流水声，似乎口渴得到了一丝缓解，大家不由自主地加快了脚步。

“小心有余震，加把劲儿！”我给抬着担架的战士们鼓劲儿。

“放心吧，黄干事，我们能行！”是新兵小六子的声音。

“娃子，累了就歇歇，莫要太辛苦……”

“阿姨，我们能行，翻过这座山，我们很快就安全啦！”

“小心了，前边路陡。”八十坡度的山坡几近垂直，我小心翼翼地提醒抬着担架的四位战士，好像自己的声音稍微一大，也会引起余震，让山体滑坡。

“停一下，我来！”刘晓勇从小六子手里接过担架，屏住呼吸憋红了脸把担架举过头顶，他不敢有一丁点儿的闪失，如果重心偏离，担架上的伤员就有滚落的危险。

奇异的巨响让战士们惊慌失措，眼前的山和树木左右剧烈晃动，脚下的大地摇晃不停，让人站立不住。

“余震！”小六子的叫声中带着惊恐。

“指导员……”更加惊恐的呼喊在山间回荡，担架猛然一斜，偏向右后方。刘晓勇滑倒了，他本能地用左手擎起担架，右手死死地撑在了地上。

片刻的惊慌之后，战士们稳住了情绪，他们努力保持担架的平稳，豆大的汗珠从脸上滚下，一秒、两秒、三秒……刘晓勇感觉自己全身撕裂般疼痛，身体似乎在慢慢僵硬。

“晓勇，你还行吧?”我有些着急。

“还、还能坚持!”声音从他牙缝里挤了出来，“还好，我比你强，新兵连时体能训练的基础打得好。”刘晓勇脸上挤出了一丝笑容。

担架上的老年妇女开始焦躁不安，“娃子，把我放下撒，不能拖累你们……”

“阿姨，别动，你要配合，如果、如果你……你千万别动，你稍微一动就会增加我们的困难!”刘晓勇语无伦次地劝着担架上的老年妇女。

“瓜娃子（傻孩子），家都没了，娃娃死了，讨口（乞丐）一个，哪个拖累你们嘛。”老年妇女也急了，她用四川话拒绝着刘晓勇。

“阿姨，别动！家没了，有我们，娃娃死了，我们都是你的儿子……”刘晓勇费尽力气朝妇女喊着。片刻之后，受伤的老年妇女终于平静下来。

这突然之间的变故虽然持续时间不长，也就是三两分钟的样子，却让刘晓勇和战士们经历了不同寻常的生死考验。当我和另一名战士一起，十分小心地从刘晓勇手里接过担架时，意外再次发生，刘晓勇忽然眼前一黑，身体慢慢滑向深渊。小六子不知哪儿来的劲儿，一把抓住刘晓勇的胳膊，大声呼救：“快救指导员!”

在大家的努力下，刘晓勇终于脱险，死神再次与他擦肩而过。刘晓勇挣扎着爬起来莫名其妙地问了句：“小六子，我刚才在想一个问题，我都三十多岁了，但我从来不知道我的妈妈有多重。你知道吗?”众人沉默了，但只有我知道，已到而立之年的刘晓勇此时终于体会到了生命的分量。

返回宿营地时，我们接到了指挥部的命令：立即赶赴成都，与大部队会合。

在返回的专机上，支队长跟我和刘晓勇坐在一起。我看到老队长的脸上满是疲惫，仿佛几天之间就苍老了许多。但他不肯休息，时不时地跟我俩聊起这几天救灾的事儿，他跟我们一样还在挂念着灾区。我知道作为一个消防老兵，他最大的心愿就是能多救出一些生命。但我不知道的是，即将返回的支队机关也发生了一场不大不小的地震，而这场地震居然跟支队长有关。

飞机平稳着陆，早已守候在机场的欢迎队伍人头攒动、掌声热烈，人群里打出了“欢迎抗震英雄凯旋”“向消防官兵致敬”的横幅，市里几大班子的领导迎了上来……在市委书记致辞的时候，我下意识地把胸脯挺了挺。一瞬间，我觉得眼睛有些湿润了……此时支队长目光炯炯地注视着远方，平和的脸上刻满了坚毅，这可是个经历了无数火场洗礼的传奇英雄啊。

欢迎仪式一结束，政委带着在家的班子成员来到了凯旋的队伍前，他握了握支队长的手，简单的几句寒暄之后就对支队长说：“老王，刚接到总队通知，让你马上去省城开会。我说我去，他们说会议重要，得你这一把手亲自参加。这也太不人道了，刚回来连口气都不让喘……”支队长点点头，离开队伍，跟其他党委成员打了打招呼，就上车出发了。

刚回到支队机关，隔壁办公室的一个同事便神神秘秘地跑来找我。他压低了声音问我：“黄干事，你知道吧？支队长出事儿了！”我心里一惊，脑子里立即回忆起政委在机场迎接我们时的一举一动，没什么异常啊。

“唉，老黄，想什么呢，他们都在传说支队长出事儿了。你跟支队长一起下的飞机，他是不是没回支队直接去总队了？”

“是去总队了，不是说通知去开一个重要会议吗？”

“多重要的会议，得让支队长从灾区一回来，连休息都不让休息就赶过去啊？再说一般的会议，咱们公安网上都会下通知的，这个口头通知，你不觉得有点儿反常吗？”

顷刻间，我也疑团满腹，可是凭我对支队长的了解，不管是在作风方面还是经济方面，他都不可能出问题。

“老黄，我跟你说，他们开始议论的时候我还不信，现在支队长直接从机场去了总队，就有点儿耐人寻味了，毕竟无风不起浪嘛……”难道支队长真的有问题？

真是好事不出门，坏事传千里，没多大会儿工夫，我陆陆续续接到几个战友的电话，都是询问支队长情况的。当天下午甚至有人跟我说，支队长已经在省里被双规了，怎么可能呢？虽然我不相信这个传言，但还是有些担心。

“老排长，是我，小黄。”我迫不及待地接通了老排长的电话。

“从灾区回来了？情况怎么样啊？”

“没什么，就是没白没黑地救人。”

“救了多少人啊？”

“我们支队一共救了十三个人。”

“嗯，你们是功臣啊。”

“老排长别笑话我们啦，抢险救人不是咱们的本职工作吗？”

“别谦虚了，你来电话该不会是找我邀功请赏的吧……”

“我可是你一手带出来的兵，我是这号人吗？”

“哈哈，开个玩笑。”

“老排长，我有件事想问你一下。”

“先等会儿，我再问你个问题。”

“哦，那你先问吧。”

“刘晓勇情况怎么样啊？”

“这次表现很突出，带着战士救了很多灾民，还抢救了不少财物……”

“我不是问这个，”老排长没等我说完就打断了我的话，“我前段时间听说他跟地方女青年关系暧昧，人家都闹到了支队机关？”

“是有这么回事儿，确实闹到了单位上，但我觉得晓勇应该不会出问题。”

“没问题？”

“对，当时是我负责调查的。”

“那你有什么证据证明他没问题呢？”

“没有证据，但也没有证据证明他有问题啊。”

“你一定是带着个人的感情色彩去调查的。”

“我不否认，但我相信他，你也应该相信他。我、晓勇，还有李志，我们三个的情况你是最了解的。”

“但你能保证刘晓勇没被社会上的坏风气带坏啊？”

“老排长，我用我的人格保证晓勇没问题，请相信我！”跟刘晓勇在老家灾区一起经历了生死考验，我再一次替他打了包票。

“我不是不相信你，一个女人怎么也得顾忌自己的脸面吧。”

“是啊，我也有过这样的想法。”

“晓勇该不会真变了吧？”老排长在电话那头自言自语，“对了，你有啥事儿要问我？”

“我想问一下支队长的情况。”

“老王他会有啥情况？”

“支队上都传说老队长他出了问题，还有人说他被‘双规’了。”

“不能听风就是雨，你相信吗？我可不相信！”老排长的回答斩钉截铁。

这样的回答倒是去掉了我心头的顾虑，心情也跟着爽朗起来：“老排长你也带个人感情色彩了啊。”

“别调侃我，我只是相信他，但还是要尊重事实。”

“事实？”

“回头再聊，我先接个电话。”说罢，老排长挂断电话，全然不顾我此时焦急的心情。

有一个词叫心急如焚，用这个词形容我此时的感受再恰当不过了。我在脑子里反复琢磨老排长的话，“不能听风就是雨”？“尊重事实”？老排长的葫芦里卖的什么药呢？干吗要给我卖关子？

这天夜里，我睡意全无，我竭力想让自己的心情平静下来，甚至用最古老、最原始的方法，不断地数羊，一只羊、两只羊……估计数了好几个养殖场的羊了，我还是无法入睡。

虽然一晚上没休息好，但第二天，我还是坚持去了支队。战友们见我上班很是诧异，因为支队上安排所有参加抗震救灾的官兵休息两天作一下调整，但我在家里怎能待得住呢？我心里惦记着支队长，他毕竟是我当新兵时的老队长。当过兵的人都知道，真正重感情的人无论走到哪儿，都忘不掉老领导，更何况我原本就是一个怀旧的人。

“这事儿简直是秃子头上的虱子，明摆着的，就咱支队长那说一不二的脾气，政委能跟他过不去？很显然，政委已经知道了他要出事儿，所以才敢公开叫板。”

“也算不上叫板吧，为工作的事儿有点意见分歧，甚至吵上几句不都是正常的吗?”

“正常什么?以前是和和睦睦、一团和气，偏偏在这个节骨眼儿上，在党委会上当着那么多人的面发生争执，这不是太意外了吗?”

“捕风捉影，这样的话传出去可不是闹着玩儿的。”

这些对话从洗手间里传到了走廊上，昨天还是私底下传的小道消息，今天已经成为毫无避讳的公开话题了。

真是山雨欲来风满楼啊。

就在我胡思乱想的时候，支队长打来了电话，让我抓紧整理抗震救灾的事迹材料，挂断电话，我终于松了口气，看来所有的传言都是空穴来风。

几天后，支队党委下了通报，我荣立二等功，刘晓勇只是授了一个嘉奖。我怕刘晓勇想不开，专程赶到辛安河中队准备开导他。谁知我的担心是多余的，刘晓勇很淡定，他正在会议室给战士上政治课。倒是李志冲着我骂起了娘:“这算啥毬事儿?你们机关干部天天在上边坐着，真正到了战场上反倒成了功臣，刘晓勇这次带着战士救了多少人?你们机关这些人眼都瞎了?”

“李志，你不要打击一大片，这是支队党委的决议。”

“党委决议，那老队长作为领导，带队去灾区，睁着那么大一双眼喘气啊，俺这就找他讨个说法去!你也别当缩头乌龟，你跟刘晓勇一起去的灾区，他在灾区的表现你最有发言权，你跟俺一块儿去!”

进支队长办公室的时候，李志几乎是一步跨到了支队长的办公桌前:“老领导，俺来给刘晓勇讨个公道!”

老队长面带笑容看着我俩，温和而不乏威严。

李志自顾自地表达着自己的不满，他用极快的语速辅以夸张的肢体语言向支队长抱怨。支队长耐心听完才说："晓勇在灾区表现不错，我看得见，同志们也能看见，但在党委班子里有不同意见。"

"不同意见？是政委吧？那好，我去找他！"李志站起来就走。

"站住！不像话！有没有组织观念？你想造反啊？"支队长一拍桌子从座位上站了起来，脸色已经变得铁青，他犀利的目光逼视着李志："你！写检查，回去深刻写，你把道理写出来，交给支队党委，明天一早！"支队长一摆手向李志下了命令，我走也不是，留也不是，一时之间进退两难。

我有些尴尬地拿起支队长的茶杯续满了水，支队长指了指我身后的沙发示意我坐下。他换了一副和善的表情，用平和的语气问我："你是李志拉过来的吧？"

"不，是我主动跟他一起来的。"

"凑热闹，你也？"

"老队长，我也实在闹不明白为什么只给刘晓勇一个嘉奖。"

"嗯……"支队长沉默起来。

支队长终于自己打破了沉默，把事情的来龙去脉告诉了我。他说："对刘晓勇与冯梅的事情，支队党委班子里的意见不是很统一，尤其是政委一直主张对刘晓勇严肃处理，说是如果支队党委不拿出处理意见，会误导整个部队，让大家觉得以后即使有了问题，组织上也会睁一只眼闭一只眼，那部队风气就会变坏。但我总觉得刘晓勇不会有啥问题，我承认你们都是我带的兵，处理这件事我是带着个人感情色彩的，但毕竟是要保护干部的，不能因为有人举报，就不分青红皂白地毁掉一个干部的前程。再说了，当时你负责调查，你也没查出实际问题，当然，你恐怕跟我犯了同一个毛病，个人感情先入为主啦。"

支队长的话，让我的脸一下子红成了猴屁股。我在刘晓勇这件事上显然是感情发挥了决定性作用，对他的调查我是消极应付的，只因为我主观上认为，论人品，刘晓勇不会出问题。可是支队长明知道会有这样的结果，还安排我去调查，这等于说他其实跟我一样不希望刘晓勇出问题。

我窘态毕露的样子，当然逃不过支队长的眼睛，他浅浅一笑接着告诉我："我作为支队长，作为你们的老队长，从一开始我就下了决心要保护刘晓勇。我相信了自己的直觉，但没有坚持原则，所以班子里对这个问题出现不同意见是正常的。年前开会讨论辛安河中队先进的问题我是坚持了原则，我也预料到会有反对的声音，但没想到的是矛盾一下子公开化了。这次一从四川回来，总队领导就把我叫过去，说收到了基层的举报信，反映我工作霸道、搞一言堂。"

听了支队长的话，困扰我很长时间的疑问终于解开了，但我在心里替他打抱不平，因为在我看来一个单位的主官必须有魄力。支队长当然不会猜到我此时内心里的想法，他看我有些分神，就自我解嘲地说："你跟了我这么多年，可不能笑话我，我确实是工作方法简单，不能虚心接受同志们的意见，这次在总队我已经作了口头检讨，所以在这次党委会上讨论嘉奖时，我就没再坚持自己的观点，这也是对先前自己工作失误的一种检讨和纠偏，只是对刘晓勇来说显得不太公平。"

怎么结束的谈话我忘记了，只记得临别时支队长跟我说了句话："咱们消防兵，不管灭火还是防火，干的都是个良心活儿。我从农村走出来，大半辈子都交给了消防事业，我能保证我做的每件事都不昧良心。"

支队长的事情真相大白以后，我就不再自寻烦恼，刘晓勇本人也没多大的思想负担，我就完全没必要把我知道的事情再告诉他，最关键的是我们都没有精力去考虑这些只关乎个人得失的小事儿。因为2008年注定是不同寻常的一年，举世瞩目的奥运会在北京召开，让全世界的华夏儿女都扬眉吐气。作为基层一线的消防兵，所有的工作都只有一个中心，就是确保火灾形势稳定。这就是要做好各方面的火灾防控工作，确保不发生一起有社会影响的火灾，这个目标成了消防部队压倒一切的政治任务。

夏日的一个午后，正在支队指挥中心值班的我站在窗户旁边，听着知了的叫声，两眼盯着支队机关大院里的树木发呆，确切地说我是在凝视枝头上的那些树叶。在烈日的肆虐下，大地蒸腾出热气，使那些树上的绿叶没了半点儿生气。指挥中心变得异常沉闷。

电话铃声骤然响起，我下意识地看了一眼指挥中心墙上的大屏幕：12时53分。我猛地抓起接警电话，负责接警的战士愣了一下，他一定在想，黄干事这是怎么了？是啊，我这是怎么了？按职责报警电话是由值班的战士负责接听的。我也无法解释自己的行为。电话那头的大嗓门把边上的值班战士吓了一跳："消防队吗？着火了，快来救火！"

"别慌，告诉我着火位置！"

"长江一路75号比萨店！"

电话听筒从我手里一下子滑落到电脑桌上，负责接警的战士赶紧拿起电话听筒。一瞬间，我觉得我的脑袋轰的一声炸开了，眼前天旋地转。

火灾出警对消防部队来说是家常便饭，已经当了十二年消防兵的我本不至于如此惊慌失措，但发生火灾的地点让我有了一种不祥的预感。我嘴里默念着"长江一路、比萨店"，我曾在梦中梦到的那条街这时在脑海里逐渐清晰起来，一切都变得那么诡异，可怕的梦魇啊！

指挥中心的电话、电台响声不断。

火警就是命令，和平年代的消防兵接警出动就是战斗。值班的人员各司其职紧张地忙碌起来，我也急忙拿起电话向支队长和当天的值班领导报告火情。

值班领导一溜儿小跑赶到指挥中心，面对大屏幕指挥调度。

“辛安河中队报告：已经出动一部指挥车、三部消防车和二十六名警力赶赴现场，带队干部李志、刘晓勇。”

“特勤中队、开发区中队，收到请回答。”

“特勤中队收到。”

“开发区中队收到。”

“长江一路75号比萨店发生火灾，请火速增援！”

“指挥中心，我正赶往现场。调度附近中队增援，及时报告情况！”支队长通过车载电台下了命令。

“已经调度特勤中队、开发区中队增援，城区中队距离火灾现场还有一个路口。”值班领导盯着大屏幕上的卫星定位系统向支队长报告。

“指挥中心，我是辛安河中队李志，我们已经到达现场，目前着火部位不明，正在组织群众疏散。”

“架设水枪掩护，侦察火情！最快速度疏散群众！决不能让火势蔓延！”

……

值班领导镇定自若地坐镇指挥，而我还是感到了巨大的不安。心已经被揪紧了，我下意识地抬起手擦了擦额头，奇怪的是大热天，额头上居然没有一丝汗。

我告诫自己不能惊慌失措，我现在的职责是协助值班领导指挥调度，不能因为自己那些荒诞的梦境而自乱阵脚。可是我的心跳得厉害：难道今天真的会出什么事儿？

“指挥中心，我是李志，我刚才已经带领人员进行了侦察，起火部位已经基本明确。”

“哪个部位？”

“二楼的楼梯口。”

“有无被困群众？”

“有，二楼有群众被困，刘晓勇已经带队深入救援。”

“控制火势，救出群众，不惜一切代价！我马上赶到现场，两分钟！”车载电台传出了支队长沉稳坚定的声音。

此时的指挥中心高速运转着，值班人员不断接收来自火场的最新信息并及时向上级机关报告。大家都有一个共同的心愿：安全救出所有群众，把火灾损失降到最低。

支队指挥车将现场图像通过卫星传输到指挥中心大屏幕。画面里的消防官兵在支队长的指挥下紧张有序地展开战斗，进行救援。不知哪家电视台的记者扛着摄像机，把话筒递到支队长眼前。支队长推了记者一把，记者毫无防备地摔倒在地。“凑什么热闹，滚！”支队长怒吼一声，又转身向身旁的比萨店店长询问店内情况。

摔倒的记者自知理亏，有些没趣，但他很快找到了下一个目标，市委书记、市长等市领导刚刚赶到现场。他一骨碌爬起来跑到市委书记面前，书记皱了皱眉头：“都什么时候了还添乱！”

是啊，什么时候了？这两层的比萨店位于全市最大的购物中心底层，面积虽不是很大，但整个购物中心一共九层，总面积四万五千平方米，一旦控制不住火势，后果不堪设想！虽然现场报送这样的场面很有新闻价值，但确实不应影响救火指挥工作，连续碰壁之后，记者只能悻悻然地转到外围架起了摄像机。

战斗中的小插曲并没有引起多少人的关注。

13 时 37 分，现场传来喜讯：火情已基本控制，只剩厨房和楼梯口还有明火。我揉了揉有些疼痛的太阳穴，心里暗自庆幸：没事儿就好，看来梦是反的。

“什么？还有人在里边？在哪儿？怎么不早说呢，你！”一个惊雷般的吼声，让指挥中心里的所有人把心都提到了嗓子眼儿。大屏幕上传来了支队长向比萨店店长兴师问罪的样子。

“报告支队长，我带人进！”李志主动请缨。

“我也去！”这是刘晓勇的声音。

“赶紧救出群众，确保安全！”支队长果断下达了命令。

看着画面上李志和刘晓勇走进比萨店的背影，我的心再一次揪紧了。

此时，我看着屏幕，而时间似乎静止了。

一声巨响，我的眼前最后闪过大屏幕上显示的时间：14 时 6 分。

那声巨响让紧绷着神经的我昏倒在地。醒来的时候，指挥中心似乎已经恢复了平静。我踉跄着朝门外走去。我的两个战友受伤了，我哪儿还能待得住？就算是有规定值班人员在值班期间不得离开指挥中心，我也不得不违反纪律。

六

还没走到危重病监护中心的楼层，我就听到支队长正在朝院长发火：“最好的专家会诊，你给我组织，出一丁点儿问题我都跟你没完！”

“王支队长，你的心情我理解，我们已经组织最强的医护力量进行抢救，你跟我急也没用，解决不了任何问题。”

院长无可奈何地摇摇头，向人群外走去。

“别跑，你!”支队长不顾一切地冲到院长跟前。

“老王，你要理智，你再吼也没用，我得去组织专家会诊!”

“理智个屁，他们的命你一定要救！我命令你!”支队长指着院长的鼻子尖大声吼叫。院长直摇头，哭也不是笑也不是。正在他左右为难的时候，手机响了，他看了看号码，赶忙接了电话：“对，书记，是我，我正在……”

“书记？哪个？”听到院长的话，支队长瞪着发红的眼睛发问。

“市委书记。”

“挡箭牌，别拿领导唬我啊，你!”

市委书记真的赶到了医院，而且距伤员入院前后不到十分钟。

“书记，消防队的老王蛮不讲理，你给评一评。”

“嗬，这么大火气？大闹人民医院？老王，走，找个会议室坐下说。”

“救人！没啥可说的!”支队长丝毫不顾及市委书记的面子。

“好，那你得听我的，让院长抓紧去组织专家会诊。”市委书记话还没说完，ICU 病房的门开了。院长赶忙迎上去，用探寻的目光盯着主治医师。

“刘晓勇因颅内出血，脑挫裂伤，外伤性疝气胸，骨盆、肋骨多发性骨折，肱骨开放性骨折，伤势很严重。李志身上多处受严重外伤，但已经脱离生命危险。”

虽然我有些不敢相信自己的耳朵，但我还是赶紧拦腰抱住支队长，生怕他有什么过激的行为，但没想到的是，他哆嗦着双手抓起市委书记的手，哽咽起来："救人，书记，我王某人求你……"

"老王，快别这么说，回头我给你负荆请罪，但现在首要的任务是抢救伤员！"市委书记临危不乱，他转头又问院长和主治医师，"有好的什么办法？"

"书记，我汇报一下……"

"别搞官僚，说，怎么办？"或许是受了支队长情绪的感染，市委书记也一反常态，硬生生地打断了院长的话。

"我说吧，"主治医师接过话茬儿，"目前就李志的伤势而言，我们院能保证治疗康复，但刘晓勇的伤势还需要请省内的几位专家为他会诊，只是费用很高。"

"有多高？我们市难道还付不起消防英雄的医疗费？"市委书记真的是受了支队长情绪的影响，他的嗓门儿也大起来了。

"救！不管多贵！卖房、卖血、砸锅卖铁，我王某人也不皱一下眉头。"支队长强忍着泪水马上表态。

"你们误会了，从省城到这里的车程最快也要五个小时，但三个小时内是黄金抢救时间。包专机把省城的专家们空运过来是唯一的办法。"

"那还等什么？秘书长，立即落实。"

"书记，联系了省民航管理局，今天省城雷雨天气，所有航班推迟出港……"不到两分钟的时间，市委秘书长就给市委书记报告了情况。

"什么？难道……"支队长伟岸的身躯歪歪扭扭地瘫倒在地。

事后想一想，支队长当时的反应，跟我在指挥中心听到爆炸声那一刻是一样的。只是我有了先前的打击，反倒能应对眼前这一切。

支队长刚被医护人员送进了急诊室，这边的市委书记把眉头拧成了大麻花，他扯了扯自己脖颈上的领带，解开衬衣的扣子自言自语："还有什么招数?"周围的人爱莫能助，我只能听到自己怦怦乱蹦的心跳。怎么办？这该怎么办？

"有了!"我的话音刚落，大家就齐刷刷地把目光凝聚到我身上。

"快说!"市委书记也迫不及待地催促。

"六十一个阶级兄弟……"

"六十一个阶级兄弟?"市委书记满腹狐疑地重复了我的话后立刻明白了我的意思，"对，像为了六十一个阶级兄弟那样，请求空军支援!"

市委书记给省政府负责应急救援工作的副省长打了电话，每个人都在焦急地等待，一分钟、两分钟……在第七分钟的时候，市委书记的手机响了，电话是省政府副秘书长、省应急办公室的主任打来的，虽然调动空军直升机在全省还没有先例，但这次空军为了抢救我们的消防英雄开了绿灯!

这把火烧得真不是时候！还有十七天，奥运会就要开幕了，难道之前的所有工作、所有付出都要付之东流？还有请来的省城专家能给刘晓勇的抢救带来转机吗？我忧心忡忡地赶去支队长的病房。

支队长已拔下输液器，他正拿着手机向总队长作检讨，他说自己知道这个店铺乃至整个购物中心都存在火灾隐患，但他没有坚持原则，现在导致发生火灾，给总队抹黑，连累战友受伤，请求处分。支队长不肯在医院里耽搁片刻，他挂了电话就带着我从医院往支队机关赶，我本想劝他多休息一会儿，但话到嘴边又咽了回去，因为我知道，凭支队长的作风，他此时最需要的是工作。

在回机关的路上，支队长跟我说："小黄，火也烧了，人也伤了，说什么都晚了，只要以后不再发生这样的悲剧，刘晓勇和李志能早点儿脱离危险、身体康复就是不幸中的万幸了。"支队长说这些的时候，我在心里也打起了小鼓，火灾隐患都是动态的，全国乃至全世界所有消防同行都知道，火灾的发生是不以人的意志为转移的，死防硬守未必能杜绝火灾，何必要跟自己过不去呢？正这么想着，车已经到了支队大院，支队长下了车，便大踏步迈向机关大楼，他已经恢复了自己的工作状态。

妻子在知道刘晓勇和李志受伤的消息后，没顾得上跟单位领导请假就往医院里跑，我前脚跟着支队长离开医院，她后脚就赶到了医院，因为她知道我跟这两位战友的关系甚于亲兄弟。

刘晓勇的妻子芝兰也是她通知的，当部队通知芝兰的时候，芝兰已经带着孩子从四川老家赶过来了。我和支队领导都十分担心芝兰想不开，让妻子照顾芝兰娘俩。但芝兰却一滴眼泪也没流，反倒是妻子哭得跟个泪人似的，没办法，支队领导安排我把她带回家。回家的时候，妻子一路哭哭啼啼，惹得我心烦，一进家门，我就朝她大发雷霆："你哭个什么劲儿？部队还没通知芝兰，你就自作主张让她过来？让你帮忙照顾芝兰，你倒哭个没完？你也不怕芝兰想不开？"

"告诉你，黄洵，我不是你的兵，你不用训我！"妻子的哭声一下子高出了几十个分贝。

"你不要撒泼，你在妇联工作，是国家公务员，又哭又闹的什么素质？"

"我什么素质？我就是干省长、干国家主席，我也是个人，是个女人！"

"就你这素质还想当省长、当国家主席？"

"姓黄的，别以为就你素质高！自从嫁给你，我就没过过一天好日子！前几年你在中队工作，我哪天不担心你？都说找消防兵当老公最有安全感，可我生咱儿子的时候你在哪儿？你知道当时我有多么无助吗？心里哪还有一丁点儿安全感？别人怀孕有丈夫呵护，可我躺在手术室里，心里还得惦记着你，还得为你提心吊胆、牵肠挂肚！你的心是不是铁打的？这几年你到机关工作了，我倒是不用再担心你的安全了，但咱儿子都这么大了，你照顾过他一次吗？儿子就想让你趁着周末带他去动物园看大象、看孔雀，你每次都说加班忙、加班忙。姓黄的，我告诉你，人心都是肉长的，看到芝兰娘俩那可怜兮兮的样子，我就心疼，你知道你们去四川灾区的时候我有多担心？我哭过吗？闹过吗？看到你平安回来我就把所有的抱怨都忘了，你知不知道，对于一个女人来讲，男人就是她的天？这天要塌了，世界末日就来临了！”

那天晚上，妻子在我怀里哭了很久才睡着，看着她已经有了皱纹不再年轻的脸，我在想刘晓勇、李志，还有千千万万消防兵的家属是不是都跟我的妻子一样，一肚子的苦却无处诉说。

李志康复得很快，他在刚能下床时做的第一件事就是一瘸一拐地去刘晓勇的病房看望，可是每次都被医护人员劝了回来。李志绞尽脑汁，使出浑身解数也没法进入刘晓勇的病房。

不但李志没见着刘晓勇，我、芝兰和所有的人都没被允许探视，只知道他已经脱离了生命危险，但人却始终住在ICU病房。

我每天往返于支队、医院和家里，等待着刘晓勇的康复，可等待实在是太折磨人了。

冯梅在这个时候出现了。

记不清是哪一天的中午，我刚走出医院就接到她的电话：

“黄干事，我刚从外地飞回来，现在刚下飞机，你在哪里？能不能带我去看一下刘晓勇？”

“这……”我稍微迟疑了一下，就有了主意，“这样吧，咱这儿不兴下午看病号，你先到我办公室。”我是不想让她在医院与芝兰碰面。

冯梅很快就赶到了我的办公室。说实话，我没想到冯梅能在这个节骨眼儿出现，但冯梅已经猜到了我会拒绝带她去看望刘晓勇。“黄干事，我这次回来就是因为听说他受了伤，你不带我去，我也能找到他。”

“小冯，市里一共就几家大医院，你想找到他很简单，但他现在还在特护病房，而且、而且……”

“而且担心别人说三道四，是吗？黄干事，我告诉你，我是因为刘晓勇才大学毕业到了这里，我又因为他离开了这个城市，现在我因为他又回来了。我已经辞职了，我不但要见到他，而且要照顾他。”

“小冯，打开天窗说亮话吧，你和他之间的关系很长一段时间以来闹得沸沸扬扬，晓勇因为这个差点儿受了处分，她爱人也因为这个回了老家，现在他爱人回来了，我不想因为你的出现给他爱人再雪上加霜……”我的话还没说完，冯梅的眼泪已经像断了线的珠子吧嗒吧嗒掉了下来。

冯梅这回很听话，她每天赶到医院门口把自己亲手做好的饭菜交给我，让我带给芝兰。当然，我不能跟芝兰说这是谁做的，我更无暇去琢磨冯梅和刘晓勇到底发生过什么。

李志终于彻底康复了，他出院的第一件事是跑到了我家，跟我大动干戈。

“黄干事，我今天到你儿这是有事儿跟你商量。”

“呀，太阳打西边出来了，不喊黄狗，喊黄干事，我都不习惯呢。”我一边给他沏茶一边调侃。

“别跟俺耍嘴皮子，晓勇的孩子呢？”

“你弟妹带他去超市了，马上回来。”

“俺要带他回家。”

“李志，你开什么玩笑？”

“没开玩笑，俺要带回去，替晓勇照顾孩子。”

“别闹了，也不想想你现在的家庭状况，你让孩子跟你去喝西北风啊？”

“俺考虑好了，就是俺李志一家人出去讨饭，也要替晓勇照顾好孩子。”

“你这是何苦呢？咱们三个从新兵开始就一起摸爬滚打，在你家和在我家不都一样？再说，你现在的家庭条件确实不允许。”

“你错了，俺以前虽然瞧不起晓勇，现在俺才真正体会到咱在新兵连时唱的歌里面有一句歌词，‘战友、战友亲如兄弟’是啥意思，俺总是觉得自己是个大老粗，不像你搞文字工作的，感情那么细腻，可俺在病床上躺了这么多天，想了很多。”

“不管你想了什么，想了多少，我也不同意你把孩子带走。”

“俺目前家庭条件是差点儿……”

“你家老人隔段时间就得化疗，大笔大笔的医疗费，你儿子连个排骨汤都喝不上……”

“但你别瞧不起俺！”

“李志，你误会我了，我不是瞧不起你。”我主动打破了尴尬。

“俺知道，可是俺……”李志不敢抬头看我，但他的声音里分明已经有了哭腔。

“李志，不怪你，是我戳你的伤疤了。”

“孩子一定要带走，无论如何，就算俺求你了，俺李志长这么大，从没求过谁……”话说到这里，李志已经泣不成声了。

李志把刘晓勇的孩子带回家的第二个月，刘晓勇终于离开了ICU病房。医院正式通知：刘晓勇已脱离生命危险，但处于不可逆的深度昏迷状态，丧失意识活动，也就是说成了“植物人”。

听到这个消息，李志冲到了刘晓勇的病床前：“你给俺起来！别他娘的当孬种！跟俺回中队，俺还要跟你吵！胆小鬼，怕了我吧？就知道你不行，不如俺李志，俺命令你站起来！站起来！你说你逞什么能？煤气罐爆炸的时候，你干吗要把俺给扑倒？俺比你命大，你知不知道，知不知道？你以为你不吭声俺就能饶得了你？你干吗不说话，刘晓勇，你说话！”李志撕心裂肺一样吼叫着。

刘晓勇成了植物人！

这个消息一传开来，最让人担心的就是芝兰。她安静从容地照料着刘晓勇，似乎跟正常人没什么两样，但就是不说话，我们想尽了办法也无法让她开口。

我摸不透芝兰的心思，冷不丁地就想起妻子哭闹的情景，“男人是女人的天，天塌了，世界末日就到了”。这让我把心提到了嗓子眼儿，芝兰该不会做傻事儿吧？

妻子与我有着相同的顾虑，她跟单位请了长假，搬到刘晓勇的病房陪床。我知道，凭芝兰一个人照顾晓勇绰绰有余，但妻子不放心的是芝兰，她怕芝兰再有个三长两短。

我每天定时去医院看望，每次妻子都遗憾地冲我摇头，不用说，芝兰依然是一声不吭。半个月之后的一个周末，我轻手轻脚地走进这寂静得让人压抑的病房。我忽然可怜起我的妻子，她天生口才好，喜欢聊天，话痨一样的人在这小小的病房里不会憋出什么毛病吧。我跟妻子摆摆手，让她到病房外说话。

“你挺好吧？”

“想儿子了。”妻子答非所问。

“儿子挺好，你到这里以后，他外婆就搬到咱家了，你放心。”

“放心是放心，就是想孩子。老黄，天天盯着芝兰，我的心思也越来越重。”

“你……”

妻子没有理睬我，自顾自地唠叨：“嫁给了你就嫁给了‘消防’，不说芝兰，就说我，为了你的战友我得搭上，我妈也得搭上，你说你们消防是为了大家，可我们一家尽围着你奉献了，我不是钻牛角尖，我还真绕不出这个念头。”

“你受苦了。”

“你也别说这话，你放心，我能调整好自己。”

“你可千万别憋出啥毛病啊。”

“不会的，我还能跟医生、护士说上几句话，再说了，每天李志都往这里跑，来了就怪刘晓勇逞能，我还得劝他。我还是担心芝兰，这都半个月了不吭不响的，怪吓人！”

“还真得想法子让芝兰说句话，再不说话，可真能憋出病来。”

“能想到的法子我都用了，没招儿了。”

“没招儿，谁说的？有一招儿我保证管用。”不知什么时候，支队长已经站到了我身后。

“老队长，太好了，快给我们支个招儿。”

“把冯梅叫来。”

“冯梅？”我和妻子异口同声地喊出了疑问。

“这……”

“怎么？不中？”

“太离谱了，拿冯梅来刺激芝兰，万一芝兰再想不开该怎么办？万万不可。”

“我倒觉得中，”一直在思索的妻子在一旁插话，“你得听支队长的，就是不信支队长你也得信我。”

“凭什么信你？”

“凭我是女人。”

“女人？”妻子的回答让我丈二和尚摸不着头脑。

“对，我了解女人的心，芝兰应该还有个心结没解开，可以让冯梅来试一下。”

“还有别的办法吗？这招儿太险了！”

冯梅接到我的电话后没出十分钟就赶了过来。在医院走廊里，她一溜儿小跑到了我跟前，未修边幅的她显得有几分憔悴。

“黄干事，你这么急把我喊来干吗？我能见晓勇吗？他醒过来啦？”

“嗯，是支队长让你来看望刘晓勇。”

“谢谢您，支队长！”冯梅有点儿不相信自己的耳朵，“这是真的？真的？”

“没错。”在得到支队长肯定的回答后，冯梅赶忙弓下腰深深地朝支队长鞠了一躬。

“我终于……这太好了，谢谢支队长！”冯梅激动得语无伦次。

“来吧，来吧。”妻子挽着冯梅的手，临进病房前，冯梅特意整理了一下衣饰。

当芝兰看到冯梅的时候，一下子愣在了那里。两个女人对视着，时空仿佛凝固了。

芝兰猛地转过身，伏在刘晓勇的耳边，幽幽地说："我不跟你离婚撒，我不会给你自由的，给你自由你就跑喽，别想跑，我要管你一辈子！"

冯梅扑通一声跪在了地上，周围的人慌忙去扶，但怎么拉扯，她也不肯起身。

"你们让我跪着吧，我对不起晓勇，对不起嫂子……"

"你起来撒，他已经恁个了，我什么都不在乎了。"芝兰伸手把冯梅扶了起来。

站起来后的冯梅把目光投向了我，"黄干事，你不是一直想知道我和刘晓勇的关系吗？今天我给你答案。"

"在这里方便吗？"

"就在这里，我要说给嫂子听。我的确是受了伤的女人，但是伤害我的人不是晓勇。我也不是因为工作关系认识晓勇的，他从来没有欺骗我的感情。我在农村长大，读大学的时候差一点儿因交不上学费而退学，那个时候也不知道出去打工，勤工俭学。后来学校转给我一笔救助金，说是一个消防兵资助的，我想我这是遇到贵人了，就想方设法查到了刘晓勇的联系方式，跟他有了通信来往。毕业以后，我放弃了去省城工作的机会，跑到这里应聘到了新月房地产公司，也找到了刘晓勇，随着跟他越来越多的交往，我心里越发喜欢他，当我知道嫂子也是农村人时，觉得嫂子配不上他。我确实动了心，很想让他离开嫂子跟我一起生活。我追过他，而且追了很长时间，但刘晓勇拒绝了我……"

"晓勇他帮过你，你怎么能恩将仇报诬告他啊！"听到这里，我强压心底的怒气替刘晓勇打抱不平。

"说下去，让她。"支队长打断了我的话。

"我也搞不明白喜欢他是因为崇拜还是想报恩，本来他拒绝我，我也不怨他，但我……”说到这里，冯梅终于哭了出来，“新月公司的老总看我跟晓勇关系好，就让我想法跟晓勇处好关系，让晓勇高抬贵手把消防手续给办齐全，晓勇坚持原则不肯，那个老家伙就骂我无能。我提出辞职，谁知他借口给我送行把我灌醉了，强暴了我。酒醒以后，我想到了死，但我的小姐妹把我救了。我不知道该怎么办，一个女孩子失去了最宝贵的东西，活在这个世上还有什么盼头呢？我把自己关起来，不吃不喝、不见任何人，一个礼拜下来，我想开了，我不能死，为了我的父母我也得活着。但我钻了牛角尖，我没把账记在那个老不死的头上，却把所有的仇恨都记在了刘晓勇头上，当时我觉得是他害了我……嫂子，我对不起你啊！”

“莫哭了，你跟我一样，也是个苦命人撒……”芝兰一把搂住了冯梅，两个女人抱在一起痛哭起来。

“嫂子，我现在悔得肠子都青了。老天爷啊，你睁开眼，看看我，你让我躺在那儿，让晓勇醒过来吧……”冯梅从芝兰的怀里挣脱出来，趴在刘晓勇的身上哭成了泪人。

“天哪！晓勇流泪了！”妻子的一声尖叫把所有人都吓了一跳，刘晓勇的眼角真的淌出了两行清泪。

“叫大夫，快！”支队长朝我背上猛地拍了一掌。我喜出望外，赶紧往病房外跑去，身后传来冯梅的声音，“太好了，晓勇，你有知觉了。我这辈子，还有下辈子，当牛做马也要赎罪……”

如果主治医师不是亲眼看见刘晓勇流泪，他怎么也不肯相信这是真的，他相信科学，但他又不得不尊重事实。他顾不上周末休息，给他能联系到的国内的几个专家打了一通电话，又专门在网上请教了国外著名的几家医院的专家。所有人都告诉他像刘晓勇这种情况不可能苏醒，但他相信自己的第六感，他重新制订了治疗方案，要求我们这些熟悉刘晓勇的人经常跟刘晓勇说话。

我和李志往医院跑得更勤了，冯梅和芝兰好得跟亲姐妹一样，她们一起在医院守护着刘晓勇。直到老兵退伍的那一天，李志把离队老兵呼啦啦全带到了刘晓勇的病床前，也依然无法把晓勇从沉睡中唤醒。

所有人都期待着奇迹的出现，包括支队长。

支队长在李志把退伍老兵带到医院的那天下午，把我叫到了办公室。

“老兵，又送走一茬儿，我也该走了。”说完这话，支队长把自己的转业申请递给我，“报到总队吧，你去办。”

“老队长，你这是……”支队长朝我摆摆手，阻止了我下边要说的话。他在奥运会结束后两次向总队党委递交了停职反省报告，虽然总队没有批准，但他现在又要递上自己的转业申请，看来是铁定了心要脱掉这身军装了。

“最后一班岗，还要站好，春节前要筹备好明年的全市消防工作会议。”

过了元旦没几天，全市消防工作会议就如期召开了。没想到的是，市里几大班子的领导都来了，这是建市以来，规格最高的一次消防工作会议。

虽然，市委书记出席了会议，但会议仍旧按惯例，由副市长部署新年度的消防工作。没想到的是，在会议即将结束的时候，市委书记主动要求讲话——

同志们：

这次会，本来没邀请我参加，但我来了，来的目的只有一个，那就是借这个机会向消防支队、向“7·

22”火灾受伤致残的消防干警、向全市人民公开道歉。

“7·22”这把火烧得我心痛啊！大家知道，购物中心这个项目是我当市长的时候抓的，当时消防审核验收，王支队长不肯给我走后门，我还朝他发了火。我的想法也很简单，这火也不是说着就能着起来的，这么多下岗工人等着吃饭，这个项目能解决多少人就业啊。消防支队还是市委、市政府领导下的一支现役部队，你不听市里的听谁的？所以，王支队长不支持，我也把这个项目上马了，而且购物中心很快就开业见到了效益，当时我心里还挺美，现在一把火把我给烧醒了。同志们哪，教训惨痛啊，不能只看经济效益不顾消防安全啊……

我最近听说王支队长因为这场大火向总队递交停职报告，这可不行，如果上级处理你，你老王要表个态，我去协调，咱这么大一个市，还就得有你这样讲原则的人管消防……

书记讲完了，众人把目光投向了在主席台就座的王支队长，他微微抬起头，清了清嗓子，平静地说：“对书记的信任，我表示感谢！这是我干消防的最后一次会议，我已经接到了转业通知。在今天会上我就一句话，咱们消防干的是良心活儿。”会场上静了许久，猛地响起了掌声。

会议结束后，支队长在我和李志的陪同下去了医院。在去医院的路上，天空中飘起了雪花。

一进刘晓勇的病房，我就看到病床旁的柜子上不知什么时候摆了一盆兰草，整个屋子显得有了几分生机。

支队长拖了一把椅子坐在刘晓勇的病床前，一手握着晓勇的手，一手抚摸着他那清瘦、煞白的脸。

“熊新兵蛋子，我来看你了，我今天最后一次穿军装。你看看，睁开眼哪，恁这熊兵，不听话，不中！我陪你说话……”

李志也跑到刘晓勇床前嚷：“起来，躺在床上耍赖皮？你给俺起来，你他娘的就是孬种，你从当新兵的时候就不服我，你有种就给俺站起来，咱俩单挑。你忘了，咱们当年说好了要单挑，只要你敢起来，俺保证决不还手。今儿个咱老队长，还有黄狗都来了，他们给咱俩做证！”

“晓勇，睁开眼，看我马上脱军装了，这是最后一天，穿在我身上……”支队长的声音也有些哽咽。

“晓勇，我是黄洵，我跟你说，咱支队长今天转业了，他说他从明天开始天天到这里陪你，你能听到吗？还有芝兰，她也带着孩子回来了。对了，孩子现在长高了，估计快有你高了，你站起来跟孩子比一下啊。还有冯梅，她也在这儿，我早就说过我们都相信你，现在再也没人说你闲话了，你还是不信？来这之前，我刚接到咱们老排长的电话，他说明天要来看你，还要带一个神秘人物，你就不想知道是谁？”

“想知道也不告诉你！想知道就爬起来，要不，明天俺没法交差，就是老队长、老排长不骂俺，那个人也得收拾俺咧。行，俺李志也不卖关子，咱老班长王班长要来啊，他要看见你躺在这儿，还不得拿巴掌抽俺？”

“晓勇，这么多人都在这儿，你就那么狠心，不搭理我们……”我再一次失望了，真不知道这世上还有什么能刺激到刘晓勇的了。

“这梦做得好奇怪啊，我梦见自己在大火里洗了个澡，过瘾……”这些话从刘晓勇嘴里缓缓地如游丝般吐了出来，没人敢相信的奇迹出现了！

是的，刘晓勇醒了。他吃力地睁开了双眼，他望着支队长那张熟悉的脸喃喃说道：“我怎么睡在这儿？老队长，你、你有白头发了。”没错，刘晓勇说得没错，支队长的鬓角上不知什么时候添了一片白发，那白发跟窗外一阵紧似一阵的雪花一样白。

支队长揉揉双眼，不敢相信地用手轻轻地抚摸着刘晓勇的脸。他缓缓把头扭向柜子上的那盆兰草，像发现新大陆一样惊呼：“快看，这花骨朵，米粒一样，刚才来的时候还没发现，春天快到了，中！”支队长话没说完，窗外就乒乒乓乓地响起了鞭炮声，支队长旁若无人地大喊：“快过年了，春天到了！”

“你他娘的终于醒了！今年过年你老老实实跟俺回家，俺给你包饺子，别瞪眼，四川人不爱吃饺子？不吃也得吃，叫上老队长、老排长、老班长，咱们这一大家子一块儿过年！”

听了李志毫不讲理的话，芝兰、冯梅都咧嘴笑了，笑出了眼泪，病床上的刘晓勇也露出了笑容，那笑容让我鼻子发酸，酸得说不出一句话。

七

那年的除夕夜，窗外鞭炮声震耳欲聋。我是在妻子的搀扶下踩着鞭炮声从医院出来的。我喝得不多，却有些醉了，坚持要步行回家。那条路不长也不短，恰好途经刘晓勇出事儿的那个购物中心。经过整改的购物中心门前挂满了红灯笼，一闪一闪的，像是一群喝醉了的人，醉眼蒙眬地与我对视。大悲大喜之后那天的年夜饭吃得回味无穷。

时至今日，我依然记得当时的情景。李志再浑也不敢不听医生的，他承诺的家庭聚餐改到了刘晓勇的病房里。当然，老队长、老排长、老班长、我，能到的全都到齐了，一大屋子人抢着包饺子。刘晓勇居然也要求包饺子，还非得逼着老班长手把手教他包东北的大馅饺子，他哆嗦着手抹了把面粉，伸向老班长的脸。李志看出了门道，抓起一把面粉抹在了老班长的脸上。嗬，刘晓勇的记忆里有了新兵连！那时候，我们就用这种方式跟班长闹腾。

护士把热气腾腾的饺子送到病房时，刘晓勇指了指芝兰手里的酒杯。芝兰小心地把酒杯端到他唇前，他说："干！为我刚刚醒来的梦……"

这时，我又想起刘晓勇在病床上醒来的第一句话："这梦做得好奇怪啊，我梦见自己在大火里洗了个澡，过瘾……"

刘晓勇这梦做得既奇怪也不奇怪，他梦见自己在大火里洗了个澡，这不就是我们消防兵共同的梦吗？

窗外的鞭炮声更加稠密了，传说中叫"年"的怪兽被吓跑了吗？它怕红色、火光和炸响，但刘晓勇不怕，李志不怕，我黄洵也不怕，所有的消防兵都不怕！

后记

最后一个军礼

2018 年年初，我向组织上呈递了转业报告，想想几个月之后就会离开服役多年的兵营，心里有太多不舍。

那时候，只是听说消防部队马上就要改制。

没多久，“两会”上传来消息，消防将隶属新成立的国家应急管理部。明知道改革是大趋势，内心依然有些酸楚。是的，即便之前有过充分的心理准备，在得知消息的那一刻，我还是盯着手机上的新闻愣了半天。

随后，许多战友跟我联系，商量各自的前途，探讨消防的发展方向，我总是言及其他。那段时间，朋友圈里全是与此相关的话题，有焦虑彷徨的，更多的是信心满怀的。各种声音交织在一起，有些嘈杂，有一点却毋庸置疑，几乎所有消防兵都留恋曾经的军人身份。

在这种情绪的笼罩下，我自然会去思考一些问题。譬如，我一直在琢磨，倘若仅一个人告别部队，或许可以潇洒地向左转、向右转、甚至向后转；真正面临整支队伍脱下军装，那我们只能选择一如既往地向前——无论正步、齐步，还是跑步，使命在肩，我们永远冲锋在前。

这不是大话空话，在不长不短的消防生涯里，我经历过很多事情，最刻骨铭心的是，朝夕相处的战友倒在了岗位上。

非常惭愧，我未曾在基层一线工作过，没出过火警，甚至没穿过战斗服，没戴过空呼器，但我听过他们的故事，并时常被他们感动着。我能做的，是把看到的和听到的记在脑海里，再以文字的方式还原，奉献给读者。

有两段经历值得记录。

大概十年前，我在机关警勤中队当中队长。有一天，一个新兵不见了，后来我发现他躲在角落里偷着喝酒。直至深夜，他才告诉我，家里出了状况，说要回去把欺负过母亲的六个畜生杀掉，还说一条命抵六条命，值。

还有前几年，一位老兵向我诉苦，说心里特别难受，起因是，在一次出警过程中，阴差阳错间眼睁睁看着一对母女丧身火海。那本不是消防队的责任，他却为此焦虑不安，得了严重的抑郁症。

这两件事在我心中发芽，生出长长的藤蔓，缠缠绕绕，令我窒息。无法释怀的感觉让我产生倾诉的冲动，两个故事便成了《黄灯亮了》和《喇叭花开》的“种子”。

任何文学创作都来源于生活。日常的点点滴滴，在我眼里就是作品的“种子”，只要阳光正好，雨露恰当，迟早会扎根生长、开花结果。

很尴尬，我不是编故事和讲故事的高手，诸多好的素材，在我的笔下变得枯燥乏味。尤其是《火浴》中有关抗震救灾的描写，基本上是尊重了真实的案例。我偷了一点懒儿，原原本本地引用了自己写过的报道，新闻移植到文学作品里，很难再现当时的惊心动魄，语言也难免干巴生涩。但我打心里想把那些感动过我的消防故事写得更加精彩。

我是2013年才开始写小说的。在创作方面，我的状态始终不稳定。有时一个月憋不出几个字，有时半天就能写一个中篇，最夸张的一次，竟用不到三个月的时间完成了一部长篇小说。期间，我插空写了十五个短篇小说，被朋友们戏称为“花开”系列。这般速度很难出精品佳作，但我喜欢并尊崇“第一感觉”，那种一吐为快的滋味，让人酣畅淋漓。

熟悉我的人知道，我这个人很倔，认准的事儿会一条路走到黑，纵然撞得头破血流也不肯反悔。具体到创作中，亦是如此。

在此之前，消防隶属公安。作为执法单位，天天跟形形色色的人打交道，自然容易产生矛盾，进而受到指责。但我只允许自己发发牢骚，决不容忍别人玷污消防乃至公安。就拿那部长篇来说吧，我在里面构建了一个关系网，个别地方单位的不作为和乱作为让消防寸步难行。文稿送到杂志社，编辑说有点儿过了，我想也是，很多分寸难以拿捏。

但有一点我能够掌控，那就是不让消防官兵在自己的作品中牺牲，虽然那些人物并不真实存在。现实中见多了流血牺牲，让他们再在虚构的世界里失去生命，即便再英勇再果敢，我也于心不忍。

当然，在早期的作品中，情节发展到极致，我会用主人公的伤亡来结束冲突，那是不成熟的创作方式。还好，我也在成长，在创作的过程中不断成长。

这个过程是艰辛而又快乐的，但我极其享受。从某种意义上讲，它催我重新审视自己，反思过往。

回首二十多年的军旅生涯，好像什么事情都没做，却留下了无数的记忆。这些记忆，有时候只是一句唠叨、一个眼神、一张笑脸，但对我而言，却承载了最美好的青春。

的确，经历过的都是些小事儿。在浩瀚的历史长河面前，每一个生命个体都甚为渺小，哪怕是生老病死，也仅是周边的人能够记住。这让我越发缅怀那些离我远去的消防英烈，他们陌生或者熟悉的面孔，叫我根本没法停下手中的笔。

我见证抑或亲历过汶川地震、天津爆炸，在诸如此类的大灾大难现场，处处有消防官兵的身影。我偶尔会想，这次消防改革，极有可能受了某些大事件的影响，消防事业势必要向国际一流水平看齐，它的发展只会越来越好。

迄今为止，消防经历了八次改革，实行兵役制度已经有五十三年的历史，最近的一次改革是在 1985 年，确定了公安部领导下的公安消防部队。事实上，早在新中国成立，就建立了消防民警编制，这样算下来，这支队伍归属公安的年月已然与祖国母亲同岁。

人是有感情的动物，受公安领导这么多年，着军人制服这么多年，肯定会有浓重的、无法割舍的情结。不管别人怎么想，在我看来，这种难以用语言描述的情感，早已融入到自己的血脉之中。

我非常清楚，自己的想法浅薄至极，就像清楚自己的小说难登大雅之堂。但在体制改革的现实面前，我所能做的，是把部分消防题材的小说结集出版，再写下这篇后记，用来表达个人的情感。似乎也唯有用这种方式向伟大的消防部队致敬了。

若不出意外，在不久的将来我会到地方工作，过去以及未来的岁月里，我必然会留下些许遗憾，但曾经的消防之旅，我无怨无悔。

工作也好，生活也罢，一路走来应该感谢的人很多，但最该感谢的是培养我的消防部队。敬一个庄重的军礼吧！这最后一个军礼，我要送给常年战斗在一线的消防兄弟，还有我曾经服役、为我打上烙印且华丽转身的消防部队。

行文至此，我隐约听到了战友们响亮的番号，看到了他们灿烂的笑脸和坚定的步伐，这是消防人特有的忠诚，所有的荣光必将属于这支英雄的队伍。

图书在版编目（CIP）数据

我说红烧，你说肉 / 初曰春著 . —北京：群众出版社，2018. 6

ISBN 978 - 7 - 5014 - 5836 - 3

Ⅰ. ①我… Ⅱ. ①初… Ⅲ. ①中篇小说—小说集—中国—当代②短篇小说—小说集—中国—当代 Ⅳ. ①I247. 7

中国版本图书馆 CIP 数据核字（2018）第 123797 号

我说红烧，你说肉

初曰春 著

出版发行：群众出版社

地　　址：北京市丰台区方庄芳星园三区 15 号楼

邮政编码：100078

经　　销：新华书店

印　　刷：北京市泰锐印刷有限责任公司

版　　次：2018 年 6 月第 1 版

印　　次：2018 年 6 月第 1 次

印　　张：9. 125

开　　本：880 毫米 × 1230 毫米　1/32

字　　数：221 千字

书　　号：ISBN 978 - 7 - 5014 - 5836 - 3

定　　价：35. 00 元

网　　址：www. qzcbs. com

电子邮箱：qzcbs@ sohu. com

营销中心电话：010 - 83903254

读者服务部电话（门市）：010 - 83903257

警官读者俱乐部电话（网购、邮购）：010 - 83903253

文艺分社电话：010 - 83901330　010 - 83903973